TODO TERRORISTA
É
sentimental

Márcio Menezes

Todo terrorista é sentimental

EDITORA RECORD
RIO DE JANEIRO • SÃO PAULO
2011

CIP-BRASIL. CATALOGAÇÃO-NA-FONTE
SINDICATO NACIONAL DOS EDITORES DE LIVROS, RJ

Menezes, Márcio
M51t Todo terrorista é sentimental / Márcio Menezes. – Rio de Janeiro: Record, 2011.

ISBN 978-85-01-09087-4

1. Romance brasileiro. I. Título.

10-6353 CDD: 869.93
CDU: 821.134.3(81)-3

Texto revisado segundo o novo Acordo Ortográfico da Língua Portuguesa.

EDITORA RECORD LTDA.
Rua Argentina, 171 – Rio de Janeiro, RJ – 20921-380 – Tel.: 2585-2000

Impresso no Brasil

ISBN 978-85-01-09087-4

Para Mariana Ferman

Agradeço a Evelyn Grumach, Ricardo Mello
e Luiza Leite

Prólogo

No dia 19 de setembro de 1994, o deputado federal Ricardo Jofre de Castro foi assassinado ao sair de um batizado no bairro da Penha, subúrbio do Rio. O carro do político explodiu. Com o impacto, um menino de 7 anos perdeu a visão do olho direito. No dia 2 de dezembro do mesmo ano, o vereador Jefferson Calado foi morto antes de almoçar com a família em um conhecido restaurante da Barra da Tijuca. Seu Mercedes-Benz voou cinco metros no momento em que a vítima pegava os cigarros que esquecera no veículo. No dia 18 de janeiro do ano seguinte, outro vereador, José Ramos Georgette, foi assassinado na porta do edifício onde residia, na avenida Sernambetiba, Zona Oeste da cidade. Além de políticos com mandato, as três vítimas tinham algo mais em comum: todos estavam supostamente envolvidos no "Escândalo da Amarelinha", caso em que a máfia dos laboratórios farmacêuticos revendia ao Estado remédios falsificados por preços acessíveis. A polícia acreditava que o motivo das três mortes era queima de arquivo.

I

Vinte e sete dias separaram esses três assassinatos de outro crime cometido contra um político. O secretário de Obras do município, Robério Peixoto de Mello, morreu após o almoço de inauguração do restaurante Happy Food, em um shopping no Recreio dos Bandeirantes. O que a princípio pareceu um infarto fulminante foi logo apontado como envenenamento no laudo de morte. A polícia estava focada no "Escândalo da Amarelinha", buscando evidências em outros nomes envolvidos na máfia, quando esse assassinato jogou terra nas linhas da investigação. Seria a última vítima também beneficiada pelo esquema? Seu nome não constava na lista de negociatas com os laboratórios citados. Além disso, o secretário era querido nas comunidades em que atuava. Olhando com mais cuidado, o homem tinha uma ampla atuação na vida pública. Era conhecido como o tipo de corrupto que rouba muito, mas faz.

Quatro políticos haviam sido assassinados em dois meses. As empresas de segurança particular estavam mais atribuladas que nunca. Subitamente se viram forçadas a contratar gente sem experiência, seguranças que não sabiam manejar uma arma ou ex-policiais dispostos a faturar um dinheiro extra

Os crimes repercutiram em todos os noticiários. Dezenas de suspeitos foram detidos e interrogados: de políticos adversários a porteiros de edifício, membros da secretaria de Governo a seguranças de centros comerciais.

II

As investigações não progrediam e o governador do estado exigia mais resultados. A rede de relações de cada vítima era enorme: inimigos políticos, ex-funcionários injustiçados, ex-mulheres exigindo aumento de pensão, dívidas pessoais e promessas não cumpridas. Após um mês de provas e argumentos inconclusos, o presidente da Câmara de Vereadores, Rogério Duarte Dellasandro, é assassinado. Um dia antes, a vítima foi entrevistada pelo principal jornal de circulação local e nacional, quando declarou: "Não necessito de seguranças, quem não deve não teme." Era notório que o então presidente da Câmara mantinha no Nordeste propriedades onde crianças e mulheres trabalhavam por dois reais diários vivendo em cativeiros. O escândalo veio à tona na imprensa quando um menino de 11 anos morreu de desidratação numa plantação de laranja. Rogério estava sendo investigado pela polícia de Sergipe quando, ao sair de um restaurante no bairro do Leblon, seu carro foi destroçado por uma bomba. Os estilhaços feriram uma garota de programa que estava com ele.

III

Na madrugada de 18 de abril de 1995, dois dos principais jornais da cidade receberam uma carta. Uma carta que mudou completamente o rumo da investigação e que de certa forma afetou os hábitos de muita gente. Reproduzo essa carta na íntegra aqui: "É notório que a corrupção mata. Quantos milhões de reais não foram desviados por políticos que receberam o voto do cidadão — o seu voto —, e quantos milhões de pessoas deixaram de ser assistidas em hospitais, foram privadas de ter acesso à escola ou de se alimentar além de uma cesta básica ao mês porque ao longo de todos esses anos a corrupção vem assolando o território deste país como uma praga incurável que se propaga rapidamente, trazendo consigo consequências devastadoras? A diferença entre essa peste e as outras que conhecemos ao longo da história é que, pelo que se vê, essa não tem cura. Só atinge os pobres, a camada de desprivilegiados que, por incompetência e corrupção daqueles que foram escolhidos por eles, morrem nas filas de hospitais públicos, matriculam seus filhos em escolas sem estrutura de ensino, veem o futuro cinza e sem perspectivas debaixo de um barracão sem luz e esgoto. Se a peste na Idade Média matava nobres e plebeus, a corrupção do século XX mata o miserável e priva a classe média de viver dignamente. Os quatro políticos assassinados eram assassinos e criminosos dissimulados; matavam com uma assinatura, com uma tinta de caneta e não com uma escopeta. Praticavam o genocídio sem apertar o botão de conexão com nenhuma bomba. Matavam em silêncio, matavam com desinteresse, sentados em luxuosos restaurantes entre garrafas de uísque e sopas de *escargot*. Lamentamos sinceramente pela dor de seus familiares e amigos mais próximos, que nem sempre estavam cientes das atrocidades e negociatas praticadas por seus entes queridos. Mas preferimos matar um que rouba a milhões do que ver milhões morrendo por causa de um. Dentro das próximas horas mostraremos dados estatísticos de que o dinheiro público, depois dessas mortes, será reinvestido em temas essenciais que julgamos ser de primeira ordem para o desenvolvimento do país: saúde e educação. Exigimos a mudança da Lei da Imunidade Parlamentar, que impede que o político corrupto seja julgado como um criminoso comum. Não pretendemos parar por aqui: a lista de nomes para futuros atentados é extensa, enquanto houver corrupção, haverá sangue."

Assinado: C.T.A.C. (Comando Terrorista Anti-Corrupção)

IV

Bonito o meu texto. Fiquei impressionado porque foi publicado na íntegra pelos jornais do Brasil e do mundo. Queria poder telefonar para os amigos em Londres e em Roma para revelar que o autor era eu. Mas não podia. Fiquei realmente orgulhoso porque sou jornalista e nunca havia publicado meia linha sequer em algum jornal significativo do país. Agora a imprensa brasileira tinha me dado a primeira página. Para contar essa história tenho que voltar justamente aos tempos da faculdade — mais precisamente em 1994. Eram épocas felizes; Kurt Cobain, Chico Science e Paulo Francis estavam vivos e o Botafogo foi campeão brasileiro um ano depois.

LIVRO I a.C. (antes do Comando)

"... because if it's not love / then it's the bomb / that will bring us together."

Morrissey

1

"Vai, irmão, bota outra cerveja aí e coloca na conta do Cito."

Assim me chamavam. Com certeza era a décima cerveja na minha conta. Cheguei a ter conta nos seis bares da rua Farani ao mesmo tempo, e o cara que falou essa frase aí de cima era o Gonzáles — intelectual, sentimental, fã incondicional de Ângela Rô Rô e Orlando Silva. Um tipo brilhante. Capaz de repetir todos os diálogos e planos de *Terra em transe*, de Glauber, recitar versos de Castro Alves e chorar ao lembrar o curta *O poeta do Castelo*, de Joaquim Pedro de Andrade sobre Manuel Bandeira. E repetia bêbado que Joaquim havia morrido sem filmar *Casa-grande & Senzala* e que aquilo era muito injusto. Não podia ver uma pessoa de mais idade trabalhando na noite vendendo flores ou balas que logo se comovia. Gonzáles colocaria a bomba nos nossos primeiros atentados.

Nessa época acho que lia um livro por dia, ou talvez três por semana, e a quantidade de álcool que bebia era de um engradado de cerveja e algumas genebras para cada livro lido. Fazendo os cálculos, estar vivo hoje — para a desgraça dos corruptos brasileiros — é um milagre.

Discutíamos política mais nos bares do que na universidade. A faculdade de jornalismo estava repleta de futuras donas de casa que queriam ser apresentadoras de telejornal. Tinham o mesmo corte de cabelo — curto, correto, negro. Liam Paulo Coelho e outras coisas de autoajuda. Boa parte delas havia votado no Collor porque seus pais diziam que toda a oposição era comunista e que o Brizola tinha fugido do país vestido de mulher.

Gonzáles e eu dedicávamos uma noite por semana a essas beldades com a esperança de uma trepada em um motel baratinho da Marquês de Abrantes. Nunca rolou.

Eu pertencia a um grupo que desconfiava de toda a atividade política organizada por partidos, e Gonzáles era meu porta-voz. E eu o porta-voz dele, porque por tragédia e desgraça nós dois éramos gagos. Os únicos gagos da universidade. Não completamente gagos, do tipo que não pode dizer uma frase inteira de uma vez só. Mas qualquer um que se sentasse conosco por mais de uma hora percebia que de fato ga-ga-gue-já-va-va-mos. Isso não dava muita credibilidade na hora de defender determinados argumentos, mas quando o fazíamos era com um tal grau de veemência que convencíamos os demais. E nunca suportei os chavões: "Nelson Gonçalves era gago!" "Os gagos são mais inteligentes!" De modo que, como presidíamos o Diretório Acadêmico — ele, presidente, e eu, o vice —, era um martírio ter que passar de sala em sala para informar e propor nossas atividades aos estudantes. A situação mais constrangedora foi o dia em que convidamos os alunos para uma leitura de textos de Clarice Lispector. Já havíamos percorrido 18 salas e eu havia feito — suado, torturado — o comunicado em quase todas as turmas, porque sabia que Gonzáles não conseguia pronunciar nenhuma palavra iniciada com "cl". Começaria bem, mas quando chegasse o momento de dizer "Clarice" seria um desastre. Faltava uma turma e deixei para ele falar — estava exausto e precisava ir ao banheiro. Esperei por cinco minutos e nada. Decidi voltar para a sala em que Gonzáles havia dado o último comunicado e me deparei com uma cena patética. Um silêncio absurdo, o professor e sessenta alunos estáticos, terrivelmente assustados, encarando Gonzáles, que emitia um rugido com a boca bestialmente aberta: "Cla-cla-cla-cla-cla--cla-cla-cla..." Rapidamente gritei do lado de fora: "CLARICE Lispector!" e Gonzáles desmaiou.

2

As discussões nos bares eram intermináveis e *Pulp fiction* despertou o interesse de alguns idiotas que antes nunca haviam pensado em fazer cinema. Gonzáles não perdoava ninguém que não conhecesse Rogério Sganzerla: "Você nunca viu *O bandido da luz vermelha*? Então vai para casa!" A casa do Gonzáles era o nosso aparelho. Difícil passar por ali e não escutar Sérgio Sampaio ou Luiz Melodia na vitrola em algum momento do dia. Como ficava a cinquenta metros do Baixo Gávea, a maioria das noites acabava ali mesmo. E a noite pro Gonzáles não terminava nunca. Nessa época ele morava com duas meninas, e uma delas — Ana Maria Cotta — era filha de um ex-militante de uma organização revolucionária que se exilou durante 12 anos no México. Ana era linda, alta e loira e namorava a Cíntia, que namorava o Gonzáles. Os três estavam morando no aparelho, e Gonzáles jurava que não trepava com a Ana, só com a Cíntia. Eu nunca acreditei.

3

"Nessa porra de faculdade todos os que estão envolvidos com movimento estudantil e com política são filhos de exilados ou de guerrilheiros! Que merda! Se não houvesse nenhum drama familiar em suas histórias, aposto que todos eles estariam na praia!" Gonzáles tinha razão. Eu e ele vínhamos de famílias comuns de classe média normal, pais com profissões convencionais, e o resto do grêmio era formado por almas sequeladas por alguma ausência familiar ocorrida na ditadura militar. A consciência política e o espírito crítico não podem surgir por si próprios? Acabei até acreditando que ele realmente nunca tinha trepado com a Ana, porque ela era o exemplo vivo disso. Gonzáles dizia que ela gostava demais dos Smiths para poder se meter com política. Isso era uma bobagem. O que definitivamente não era uma bobagem era a Ana de biquíni no posto 9. Acho que Gonzáles implicava com ela porque no fundo estava apaixonado. Eu estava. Ana foi responsável pela logística da bomba que colocamos no carro do presidente da Câmara Rogério Dellasandro. O atentado foi um equívoco porque a prostituta que o acompanhava saiu ferida; Ana nunca se perdoou por isso e nós nunca a perdoamos pelo que aconteceria depois.

4

Numa calorosa tarde de maio decidimos concretizar um objetivo em relação à nossa existência e ao rumo do país, uma clara demonstração da nossa absoluta ingenuidade. Viver só era possível se mudássemos a ordem que nos fora imposta. Alguns montavam uma banda de rock, outros se decidiam pela via política. Vendo hoje com o distanciamento que o tempo permite, acho que realmente não tínhamos nada melhor para fazer. As reuniões do movimento estudantil estavam impregnadas de dogmatismos de esquerda e discutíamos a teoria marxista sem encontrar nenhuma aplicação prática. Então resolvemos marcar no aparelho com amigos do diretório acadêmico e outros personagens da Farani às quatro da tarde. Gonzáles comprou cervejas e buscou uns baseados no Vidigal, pegamos uma mesa e cadeiras emprestadas e limpamos a sala de móveis inúteis para dar a entender que seria uma reunião séria, em que as decisões tomadas teriam consequências grandiosas. Dos 14 convidados só compareceram Ana e Cíntia porque moravam na casa. Era óbvio: numa terça-feira às quatro da tarde, a maioria dos nossos amigos e conhecidos estava trabalhando, fazendo estágios em jornais ou enviando currículos para assessorias de imprensa. Todos desenvolvendo suas apostas individuais para o futuro, alguns terminando cursos de francês e alemão. Ninguém apareceu, exceto um cara que não foi convidado. Caio era um *freak* modernoso e gay, amigo da Cíntia, que adorava falar comigo segurando o meu bíceps. Veio para pegar de volta um vídeo que tinha emprestado para Cíntia. O filme, chamado *Trash*, era produzido pela Factory de Andy Warhol. Gonzáles ficou interessado:

"Bota esse filme aí, que não vai vir ninguém."

Colocamos a fita, que começava com um plano-detalhe de dois minutos na bunda do protagonista. Olhei pro Gonzáles e ele me olhou de volta. Estávamos de saco cheio e apertamos outro baseado. Fazia calor. Ana tirou a camiseta e decidiu ver o filme só de calcinha. Olhei pela janela e vi que a hora mágica se anunciava. Agradeci — não me lembro a quem — pelo privilégio de morar no Rio de Janeiro.

Passamos a madrugada na sala cheia de cadeiras vazias. Acabamos a cerveja escutando atenciosamente o Caio, que explicava com detalhes como manejar explosivos enquanto, no quarto, Ana e Cíntia faziam amor.

5

Estava claríssimo que nos faltava um objetivo profissional. Quando marcamos o dito encontro no aparelho a ficha realmente caiu. O tempo passa, as oportunidades não se repetem, e muitos dos nossos amigos já estavam na porta do mercado de trabalho ou começando a dar entradas em algum quarto e sala no Humaitá. Eu e Gonzáles víamos o tempo passar. Se tempo é dinheiro estávamos milionários.

O problema é que depois de um breve estágio em um jornal de bairro vi que gostar de escrever e ser jornalista é quase uma antítese. Decidi que não escreveria para nenhum periódico com o qual não me identificasse ideologicamente. O que resultava em um suicídio profissional.

Pensei em juntar dinheiro, trabalhar de qualquer coisa e viajar pela África portuguesa; Angola, Cabo Verde, Moçambique e Guiné-Bissau. Ou em abrir uma loja de comida orgânica em Mauá e criar um Coletivo de Consumo Crítico. Poderia pedir a Vânia em casamento, ter filhos e ser pescador em uma praia distante do porto de Paraty. Pensei em pegar a mochila e viajar pelo país e escrever um livro estilo Jack Kerouac.

A ideia de criar um comando terrorista e erradicar a corrupção no Brasil surgiu em um lugar pouco provável.

Em uma quarta-feira chuvosa à noite, durante um clássico entre Botafogo e Flamengo, nas frias arquibancadas do Maracanã.

6

"Nunca planejei morar fora do Brasil, até que fui para San Sebastián e me apaixonei! Imagina você poder voltar para casa tranquila às três horas da madrugada, sem se preocupar com a violência..."

Címtia pensava em se matricular em algum curso e ir pro exterior.

"As ruas são limpas, as pessoas trabalham para viver, não vivem para trabalhar. A seguridade social te dá quase tudo, ninguém morre em fila de hospital. Nada me prende aqui."

Com certeza nada prendia Cíntia aqui, exceto o seu namorado e a sua namorada. O abatimento de Ana era visível.

Outro gole de cerveja e ela continuou:

"Tem gente que suporta isso. Eu não consigo! Meu irmão acabou de comprar um carro desses... não sei o nome. Custou 85 mil reais. Imagina se em um país de miseráveis como esse eu compraria um carro de 85 mil reais, nunca! Tem gente que fecha os olhos e não dá a mínima, mas EU não consigo viver em um país assim! Qual é o barato de sair da noitada e antes de chegar na porta de casa ver uma família inteira dormindo no asfalto com frio?"

Para Cíntia, pro Tom Jobim e prum monte de gente a saída seria a do aeroporto. Todo mundo conhecia a Cíntia antes dessa viagem de três meses pela Europa e curioso que ao regressar parecia mais estressada e inquieta do que antes. Não falou muito sobre os museus, monumentos e vida noturna. Falou da qualidade de vida e do tal estado de bem-estar social.

Eu me incluía nessa classe de ser humano a quem a dor e o sofrimento alheio violentavam profundamente. Como sentir-se completamente realizado se a seu lado está alguém com o estômago vazio, com o olhar perdido, sem perspectivas? Em que tipo de estrutura se pode sustentar uma sociedade onde poucos consomem histericamente bens desnecessários enquanto a maioria não consegue simplesmente sobreviver? Digo desnecessários porque, se falta o mínimo para muitos, o que se consome quase doentiamente por uma minoria é desnecessário. Viver em um país pleno de recursos naturais, com as dimensões territoriais que possui, e continuar vendo práticas de trabalho escravo em latifúndios no Nordeste noticiadas nos jornais era inadmissível.

E eu não queria sair do Brasil.

7

Nessa época, eu morava num apartamento arrumadinho numa rua tranquila de Botafogo. Era herança de um tio-avô que ainda pagava a empregada duas vezes por semana. Eu lhe disse que não era necessário porque daria conta da limpeza sozinho, mas ele insistiu. A Socorro trabalhava para família há trinta anos e essa era uma forma de ajudá-la. A casa estava sempre em ordem, pois eu passava mais tempo na faculdade e na casa do Gonzáles do que ali. Resolvi alugar um quarto para uma paulistana estudante de comunicação, amiga da Cíntia, que veio pro Rio acompanhar o namorado carioca. Isabela tinha o típico charme das paulistas. À noite se vestia muito bem e de dia — com a temperatura um pouco mais alta — não sabia muito o que fazer, geralmente errava quando insistia em colocar tênis. Se não fosse por ela eu nunca teria conhecido Juanja, o vizinho do 902, um espanhol cinquentão de boa aparência que era casado com uma baiana. Conhecia Juanja de vista, nos cumprimentávamos no elevador e às vezes no botequim ao lado do prédio, onde comprávamos cigarro. Suspeitava que Juanja investia muito discretamente na minha *compañera de piso* — como ele dizia. Certa noite ele tocou a campainha:

"Posso falar com a Isabela?", perguntou, com forte sotaque castelhano.

"Ela ainda não chegou, mas sempre volta a essa hora."

"Tenho uns livros que ela me pediu, você pode entregar para ela?"

"Sim, claro... você não quer esperar?"

Juanja hesitou um pouco, talvez tivesse sentido que eu invadira sua intimidade ao sugerir que esperasse alguns minutos ou até mesmo uma hora ao lado de um desconhecido numa casa que não era sua. Mas esse talvez fosse o preço a pagar se ele quisesse ver Isabela naquela noite.

"Você é espanhol, não é? De onde?", perguntei.

"Do País Basco."

"Legal, tenho uma amiga que esteve em San Sebastián e gostou muito. Parece que ela vai morar lá daqui a alguns meses..."

"Donostia, um lindo lugar", ele disse.

"Como?"

"Em eusquera, San Sebastián é Donostia. No País Basco se fala também o eusquera. É uma das cinco línguas do mundo cuja origem ainda é desconhecida."

"Quer uma cerveja?", perguntei.

"Você tem Fanta Limão?"

Estranhei a pergunta, e por uma dessas coincidências eu tinha.

"Então *hacemos una clara*, cerveja com Fanta Limão!"

Conversamos durante toda a noite. Juanja também gostava de jazz e foi buscar em seu apartamento dois vinis raríssimos do Sonny Rollins. Narrou com detalhes o último concerto de Miles Davis em Barcelona. Disse que ainda tinha um pôster do Duke Ellington pendurado na sala e que sua esposa o odiava. Foi ao seu apartamento de novo e trouxe mais cerveja com Fanta Limão. Falou com entusiasmo sobre o dia em que cruzou com Chet Baker na Piazza Navona. Parecia completamente à vontade e confessou que não bebia mais destilados — o álcool arruinara sua última relação. Tinha uma filha que morava em Amsterdã e outra em Chicago, fruto de dois casamentos distintos. Não se dava bem com elas, e percebi que Juanja era um tipo solitário, uma dessas almas marcadas por um profundo corte com o passado. Passava quase todas as noites em casa, porque sua mulher era produtora musical e no momento produzia um percussionista baiano e tinha que acompanhá-lo em suas apresentações.

Falava do músico com desprezo, "um bosta", deixando claro seu ciúme contido:

"Nunca confie nas baianas, são todas umas sonsas."

Isabela não apareceu naquela noite e não fez a menor falta. Já estávamos suficientemente bêbados quando, por algum motivo, começamos a falar de política. Já era tarde e ele não se pronunciou muito. Ao se levantar quase cambaleando em direção à porta, Juanja apoiou seus braços no meu ombro e me encarou nos olhos:

"Não acredito na eficácia política do terrorismo."

Não entendi aquela frase solta. Estávamos falando sobre política, mais especificamente sobre a esfera municipal; que o prefeito tinha mais é que tapar buraco, iluminar determinadas ruas e não coibir com tanta veemência os ambulantes de Copacabana. No meu mundinho do movimento estudantil, a palavra terrorismo não existia, não era pronunciada. Estava descartada do jogo democrático. Só fui compreender aquela frase quando soube muito depois que Juanja, ou José Guido Velásquez, era na verdade José Ubeda Echeberria — ex-chefe militar do ETA, Comando Biscaya —, procurado pela polícia francesa, espanhola e canadense.

8

Era uma sexta-feira ensolarada quando resolvemos ir à praia no final da tarde. Cíntia havia ido ao consulado espanhol para resolver os trâmites para o seu visto de estudante. Ana estava claramente abatida. No trajeto do ônibus não emitiu nenhuma palavra. Estava especialmente esplendorosa, uma espécie de Uma Thurman tropical com dois olhos castanho-claros enormes que pareciam saídos desses comics japoneses. Nem a notícia de que Gonzáles havia comprado entradas para o primeiro concerto dos Stones no Brasil a animou:

"Well we all need someone we can lean on, and if you want it, well you can lean on me", Ana cantou baixinho.

A grandíssima puta sabia toda a letra de *Let it Bleed*. Continuou cantando mais alto:

"Take my arm, take my leg, oh baby don't you take my head?"

Entendemos o recado. Ana estava sangrando e o melhor seria deixá-la sangrar.

No posto 9 a palhaçada de sempre. Os de teatro com a turminha do teatro, os muito vaidosos e um pouquinho cultos com a turminha do teatro, os gays que não sabem que são gays com a turminha do teatro. E todos aqueles músicos adolescentes recém-saídos do disco *Transa* do Caetano, e todos aqueles professores de capoeira cujo futuro seria fazer filhos na Suécia e na Dinamarca. Se Ana estava deprimida, eu também.

Gonzáles se mantinha à distância da multidão enquanto tomava cerveja na barraca do Mineiro. Eu sabia que ele só se aproximaria depois de duas ou três cervejas. Ana abriu o jogo e disse que a Cíntia lhe perguntara se poderia dar aulas de castelhano para ela. Estava arrasada. A namorada traçara uma meta e Ana fora descartada olimpicamente:

"Ela nem me perguntou se eu gostaria de ir com ela. E quer que eu dê aula de espanhol? Falei que aprendi espanhol no México e ela vai para Madri. Lá é outra coisa."

Gonzáles se aproximou e nos chamou a atenção para a beleza de uma vendedora de biscoitos que estava sentada fumando um cigarro à nossa direita: uma linda senhora de seus cinquenta e tantos anos, discretamente maquiada e com dois brincos dourados e reluzentes. Tinha um aspecto muito cansado. De imediato senti uma ternura que já havia experimentado antes vendo pessoas de mais idade trabalhando em ofícios pouco edificantes e impróprios para sua condição física. Estava visivelmente esgotada. Pensei que aquela pobre mulher poderia ser a minha avó, ou do Gonzáles, ou da Ana, ou de qualquer um na praia naquele momento. E imaginei como ela começaria o seu dia: o despertador tocando numa casinha simples, ela se levantando cedo, preparando o café para os netos, retocando a maquiagem caprichosamente diante do espelho. Pegaria as quatro bolsas carregadas de biscoito e correria até a casa da vizinha para deixar as crianças. Entraria no ônibus num subúrbio distante e viajaria uma hora e meia até chegar em Ipanema.

Enquanto imaginava esse filminho, percebi que a vendedora tinha ido embora. Ana conversava com um desses odiosos músicos de forró e Gonzáles esbarrara com um amigo do cineclube da universidade. Para ele só as pessoas "de cinema" valiam a pena. Ao meu lado, um poeta-surfista-cabeça se aproximou de uma hippie tijucana meio de pileque, oferecendo à moça dois poemas em troca de um beijo. Ela consente e o cara recita Leminski (mandou bem). Os dois se beijam.

Na volta decidimos caminhar pela orla e, a menos de cinquenta metros do posto 9, uma multidão aglomera-se na areia. Corremos a tempo de ver a vendedora de biscoitos caída sem conseguir respirar. Ninguém fazia absolutamente nada, e carregamos a senhora até o calçadão onde os táxis passavam ocupados. Na praia as pessoas se levantavam para aplaudir o pôr do sol.

9

Angelina Ferreira dos Santos morava em Vaz Lobo. Não resistiu ao enfarto fulminante e morreu nos meus braços dentro do táxi. Gonzáles não conseguia parar de chorar. Ao chegar no hospital Miguel Couto, nada podia ser feito. Dona Angelina levava um pouco mais de quarenta reais, uma imagem da Virgem Maria e um papelzinho com um número de telefone anotado dentro do bolso da camisa. Também uma caixinha de remédios que segundo a médica era para diminuir o colesterol:

"Ela devia ter pressão alta", a médica nos disse.

Ficamos ao lado da jovem doutora enquanto ela contatava a família de dona Angelina. Ninguém atendia ao telefone que havíamos encontrado. Circulamos pelas dependências do hospital e fumamos um cigarro na entrada do edifício. A cena era absurda. Alguns idosos dormiam na fila enquanto crianças choravam copiosamente. Esperamos por quarenta minutos algum procedimento do Miguel Couto, quando a doutora nos pediu — se possível, claro — para entrar em contato com algum parente da vítima. Ela não podia ocupar mais o seu tempo com esse assunto, dada a descomunal fila que se apresentava no setor de emergência. Se não pudéssemos não haveria problema, ela encarregaria outra pessoa de fazê-lo depois. Eu não tinha condições e Gonzáles tampouco, mas para minha surpresa meu amigo pegou o telefone das mãos da médica e disse:

"E-e-eu faço."

Gonzáles discou os números bem devagar e esperou a ligação completar com o olhar fixo em um ponto qualquer da parede. Ninguém atendeu. Passaram alguns segundos e tentou novamente. Subitamente aquela pequena saleta do hospital é dominada por um estranho silêncio. Dessa vez disca os números ainda mais lentamente e olha para mim franzindo as sobrancelhas. Parece que ele não está ali. De certo modo não estava mais. Essa experiência havia matado um pouco cada um de nós. Não éramos mais os mesmos de algumas horas atrás, quando sairíamos da praia antes de aplaudir o pôr do sol e esticaríamos para uma cerveja num botequim qualquer da Maria Quitéria.

Uma voz de criança atende.

Gonzáles não conseguiu falar, simplesmente da sua boca não se ouviu nenhum som reconhecível, uma menina do outro lado da linha perguntava "quem é?". Ele levou as mãos à cabeça e começou a chorar. Peguei rapidamente o telefone e disse: "Alô!", mas não tive forças para seguir. Gaguejava sem controle como poucas vezes na minha vida. Chorávamos abraçados com o telefone pendurado no gancho, quando a médica apareceu na porta. Havia retornado para fazer outra tarefa — pegar um formulário, certificar a validade de um remédio. Ela imediatamente pegou o telefone e começou a falar com a menina.

Depois de alguns minutos, a filha estava a caminho do hospital. A doutora nos perguntou:

"Vocês são parentes dessa senhora?"

"Não."

Respondemos juntos, sem gaguejar.

Naquela noite voltei sozinho para casa. Gonzáles permaneceu no hospital e no dia seguinte foi até o Caju para o enterro da dona Angelina. Me disse que, como havia chegado cedo, tentou encontrar o túmulo do Júlio Barroso — compositor que ele adorava — mas não teve êxito. Ficou alguns minutos contemplando a lápide do Noel Rosa.

10

Desde aquele dia alguma coisa mudou. Gonzáles se sentia impotente diante dos fatos cotidianos da vida e com frequência, no meio do cinema ou lavando a louça de madrugada, repetia que aquela senhora não deveria estar ali. Tinha que estar em casa cuidando dos netos e não caminhando dez quilômetros por dia, com dois sacos plásticos repletos de biscoito sob um sol de quase quarenta graus.

Para nos animar, Ana nos convida para um show no Circo Voador. Conseguira quatro entradas com uma amiga modelo pernambucana que vivia no Rio para um show de um tal de Chico Science e Nação Zumbi.

Chegamos na Lapa, e a primeira coisa em que me fixei foi nos vendedores de cerveja que se concentravam em frente ao local. Quantas vezes não havia estado nesse lugar, comprando cerveja na mão deles e reclamando do preço?

Agora os enxergava de um modo diferente. Alguns ambulantes levavam seus filhos para ajudar nas vendas, moleques de sete ou dez anos que permaneceriam ali até alta madrugada. Uma outra vendedora tinha um recém-nascido no colo e abria a cerveja só com uma mão.

Gonzáles conversava com um guardador de carros. Pensei que estava comprando alguma coisa, mas o cara dizia que não suportava mais o suborno da polícia. Para continuar vigiando os automóveis naquela região tinha que deixar metade do dinheiro com dois policiais que faziam a ronda. E se quisesse vender uns baseados tinha que deixar setenta reais nas mãos dos canas.

Já sabíamos de tudo isso; do abuso de poder por parte da polícia, das dificuldades dessas pessoas de chegar ao final do mês com os filhos alimentados, da falta de emprego e do medo de ficar doente e morrer de infecção no leito de um hospital público. Não era nenhuma novidade. Estávamos no movimento estudantil justamente para investigar as vias de atuação concretas que pudessem gerar uma mudança. Após a morte de dona Angelina, passamos do estágio de reparar na miséria alheia (e seguir nosso carnaval cotidiano) para atuar de forma direta, já que os brasileiros se acostumaram a reconhecer no seu semelhante o drama, e a contemplá-lo com uma apática tristeza. Para Gonzáles essa meta de imediato se tornaria uma obsessão. E eu, devido a uma dessas involuntárias e desastrosas manobras do coração, demoraria um pouco mais.

Entramos no Circo e reconhecemos algumas figurinhas fáceis do underground carioca; músicos em ascensão, atores moderninhos e toda a comunidade de Pernambuco radicada no Rio. Fui pegar duas cervejas quando esbarrei com a Vânia. Tremi. Tivemos um flerte na faculdade e ela era um clone da Marisa Monte, só que mais bonita. Era atriz de teatro. Em trinta segundos esqueci de todos os meus problemas existenciais e as mazelas do terceiro mundo. Mergulhei naqueles olhos negros como Charlie Parker e Keith Richards mergulharam na heroína. Por um minuto pressenti que ela um dia seria minha, que dormiríamos desnudos abraçados por um longo tempo e que naquela pele eu tatuaria de forma invisível o meu nome. Esse seria o nosso segredo.

"Q-quer uma cerveja?", perguntei.

Estava de volta à realidade. Se o Gonzáles tinha problemas com as letras "cl", eu tinha com a letra "q".

"Quero!", respondeu com um largo sorriso.

Conversamos por cinco minutos. Puro magnetismo. Éramos feitos um pro outro. O show ia começar e ela se despediu com um beijo forte na minha bochecha direita. Sabia que estava acompanhada. Algum tempo depois, e quando já éramos namorados, ela me confessou que achava uma "gracinha" o meu jeito de falar quando entrava nas salas de aula para dar os comunicados do Diretório Acadêmico e que aquela noite no Circo Voador foi o momento em que decidiu que eu seria o seu homem.

Vânia foi o grande amor da minha vida.

11

Passei os dez minutos iniciais do show realmente incomodado. A acústica era péssima, os instrumentos percussivos abafavam a voz do vocalista — que me pareceu nervoso — e não entendíamos as letras. Olhei ao meu redor e vi que as pessoas estavam interessadas, de alguma maneira o cara ainda tinha o público ao seu lado, mas depois de outros dez minutos fui comprar cerveja. Passei boa parte do tempo sentado no bar vendo o show pelo telão e esperando Vânia retornar, coisa que não aconteceu. Entrei novamente e Gonzáles estava petrificado. Gaguejava "pro bem" — quer dizer — estava maravilhado, não encontrava palavras e se as tinha não conseguia pronunciá-las. Depois me disse que nunca tinha visto uma mistura tão intrínseca entre maracatu, hip-hop e poesia e que ele chamava aquilo de "rebelião". Pensei que estava louco. Saí do concerto confuso, Cíntia havia apenas gostado. Ana e Gonzáles não paravam de falar do cantor. Tentei procurar a Vânia, mas não a encontrei. Era a primeira vez que eu ouvia o termo mangue beat. Soava melhor do que Mengo beat, pensei.

12

Saímos do Circo e fomos direto para a casa do Caio, o amigo moderninho da Cíntia. Seu pai se encontrava no hospital com suspeita de câncer no pulmão, e ele estava sozinho.

Compramos cerveja, batatas chips e subimos a pé uma longa ladeira no Leme até um amplo apartamento que me chamou a atenção pela quantidade de CDs. Caio colocou *Unknown Pleasures*, do Joy Division, e achei a onda meio deprê. Pensava que se estivesse com a Vânia seguramente estaria em algum bar da Lapa conversando sobre outros temas essenciais da vida, rindo e falando alto. Não perguntamos sobre seu pai. Mas ele próprio queria desabafar. Nos contou que seus pais se conheceram na praia; ele, salva-vidas e sua mãe, uma filha bem-nascida da alta burguesia de Copacabana. Estudou no Liceu Francês e fez mestrado no exterior. A família dela era contra a relação, e por isso teve que brigar com Deus e o mundo por aquele amor. Afinal, o que faria uma psicóloga com mestrado em Paris ao lado de um salva-vidas? Casaram-se e nasceu o Caio. Seu pai foi transferido para o Corpo de Bombeiros do bairro e pouco tempo depois entrou para a polícia — um tema tabu para a família. Foi quando começou a beber. Caio dizia que seu pai era um tipo esportista, alegre e saudável. Que caralho ele fazia numa delegacia? O dia a dia de um policial era uma violação do caráter conciliatório e distraído dele. Por influência do sogro, conseguiu outra transferência para o Esquadrão Antibombas da Polícia Militar. Fez um curso de formação e passava todas as tardes em simulações de situações de risco em um terreno no Recreio dos Bandeirantes. Aos 12 anos, Caio começou a acompanhá-lo em algumas simulações em que aprendeu rapidamente a ativar e desativar pequenos artefatos de dinamite. Aquele trabalho interferiu pouco na rotina alcoólica de seu pai e logo veio o pedido de separação. Quis o destino que nunca se divorciassem. Ainda estavam legalmente casados quando ela perdeu o controle de uma Fiat na estrada Rio-Petrópolis. Caio iria acompanhá-la naquele fim de semana na serra, mas preferiu ir nas simulações do Recreio dos Bandeirantes. Seu pai largou a polícia e parou de beber. Passava os dias na praia do Leme jogando cartas com os aposentados. Sua mãe tinha deixado bens suficientes para que não precisasse trabalhar.

A música tinha acabado e Caio olhava fixamente para uma foto dos pais na mesa da sala. Mudamos a conversa e Cíntia se dirigiu à estante de vinis para ver se tinha algo de James Brown ou Sly Stone, mas antes que pudesse escolher, o anfitrião pegou outro CD:

"Vocês já escutaram isso?", perguntou.

Era Chico Science e Nação Zumbi.

"Isso é uma bomba!", Gonzáles replicou.

O CD passou de mão em mão naquela noite. Parecia que estávamos manuseando uma dinamite. Escutamos inúmeras vezes. Compreendi exatamente o que Gonzáles queria dizer com rebelião.

13

Gonzáles tinha me deixado a chave de sua casa para que eu pudesse pegar um livro sobre Fassbinder. Tinha adorado *Lili Marlene*. *Um ano com treze luas* me pareceu um soco no estômago: "Se diz que no ano da Lua, que acontece a cada sete anos, as pessoas sensíveis sofrem fortes depressões. Se no ano da Lua resulta ter, ao mesmo tempo, um ano com treze luas novas, as pessoas podem sofrer grandes catástrofes emocionais."

Me lembro da Ana lendo esse texto da contracapa do vídeo quando alugamos o filme. Ela acreditava que 1994 era o seu ano da Lua. Nunca entendi muito bem a relação Gonzáles-Cíntia-Ana. Achava que não rolava ciúmes entre eles. Segundo a Cíntia, ela poderia se relacionar com quem quisesse, desde que fosse do sexo oposto. No caso, o Gonzáles. Ele não se importava que sua namorada mantivesse uma relação sentimental com outra mulher. Só que na realidade Cíntia estava abandonando a Ana, o que não constava nas regras do jogo.

Sempre fui discreto. O problema é que o meu grau de discrição é equivalente ao meu lado voyeur. De modo que, quando entrei silenciosamente na casa do meu amigo para pegar o livro, vi Ana e Cíntia dormindo nuas e abraçadas no sofá da sala. Não consegui me mover. Peguei uma cadeira da cozinha, acendi um cigarro e me sentei diante delas. Fiquei quarenta minutos hipnotizado. Foi sentado naquele mesmo sofá — dois meses depois — que soube pelo noticiário do escândalo da máfia dos remédios. Também ouvimos pela primeira vez o nome da nossa primeira vítima.

Não sei se 1994 era o ano da Lua, ou se as vítimas da máfia dos laboratórios farmacêuticos sofriam de depressão, mas sei que o deputado federal Ricardo Jofre de Castro foi responsável por 113 catástrofes pessoais. E uma delas se chamava Angelina Ferreira dos Santos.

14

Alegria e pânico resumiram os traços do meu rosto em frente ao espelho da sala, segundos depois de escutar uma mensagem na secretária eletrônica. Vânia havia ligado me convidando para a estreia de uma peça da sua companhia de teatro naquela mesma noite. Como tinha conseguido meu telefone? Não me importava. Mas eu suspeitava que era obra do Gonzáles.

Lá se iam dois meses desde a morte da vendedora de biscoitos na praia e Gonzáles vivia como se estivesse num transe. Comia mal, bebia em boa parte do dia e se isolava no aparelho com seus livros. Cíntia me disse que já não dormiam juntos há muito tempo e que isso não estava relacionado com a ida dela à Espanha. Muito pelo contrário, Gonzáles mais de uma vez incentivou sua namorada a empreender a viagem, dizendo: "Isso aqui é uma merda, daqui a pouco quem vai sou eu." Havíamos mudado desde aquele fatídico acontecimento do posto 9, mas o surgimento da Vânia na minha vida tinha humanizado docemente o meu espírito.

"Isso é fuga", me disse Gonzáles.

"O quê?", respondi.

"Isso é f-u-g-a", insistiu.

Estávamos na Farani naquele final de tarde e me perguntei por onde andaria o herói sentimental que se escondia atrás da muralha de cervejas vazias dos bares de Botafogo. Ou o incondicional admirador de Orlando Silva e Lupicínio Rodrigues?

Ou aquele que ia sozinho nos inferninhos do posto 6 ver os saraus etílicos poéticos da Ângela Rô Rô?

"Temos que fazer alguma coisa. Não tenho a menor ideia, mas ficar de braços cruzados vendo esse circo contemporâneo não dá. O que é que você quer fazer? Trabalhar num jornal? Ter filhos? Construir uma casa, fazer planos e ver seu filho morrer com um tiro de bala perdida? E quem deu o tiro de bala perdida? Foi outro pai de família que um dia, como você, tentou fazer planos, criar uma família, construir uma casa, mas não pôde. E não pôde por quê? Porque não tem trabalho. E não tem trabalho por quê? Porque este país é dirigido por um bando de incompetentes e corruptos. Você sabe quanto a corrupção custa por ano aos cofres públicos deste país? 1,6 bilhão de reais. E se esse dinheiro fosse investido no que era devido? Em escola, saúde ou em políticas de planejamento familiar? Você acha que aquele menino estaria vendendo balas no sinal nesse momento? Ô moleque, vem cá!"

Gonzáles levantou-se e voltou com a criança que vendia caramelos no sinal da rua Farani.

"Quantos anos você tem?", perguntou.

O menino mostrou seis dedos e disse:

"Oito."

"Mas isso é seis, moleque", Gonzáles esboçou um doce e raro sorriso, como se a criança fosse seu sobrinho.

"E quantos irmãos você tem?", continuou.

"Tenho seis irmãos."

"Então deve ter oito!", meu amigo concluiu. A mesa ganhou um súbito momento de leveza.

Gonzáles botou o menino no colo e lhe deu um gole de cerveja.

"Qual é o seu nome você?", perguntou, bêbado.

"João Carlos", a criança respondeu olhando pro chão.

"Você já matou alguém, João Carlos?"

"Que é isso, moço?", o menino respondeu.

"E você sabe o que é que eu e esse tio aqui fazemos, e toda essa gente que está sentada aqui nesse bar, para que no futuro você não mate ninguém?"

A criança não respondeu.

"Nada. Absolutamente nada."

Saí abruptamente da mesa e não olhei para trás. Eu tinha exatamente dez minutos para chegar na estreia da futura mãe dos meus filhos.

15

Cheguei esbaforido na porta do teatro que ficava em frente à praia. E qual não foi o meu espanto quando li o nome da peça, *Fuga nº 2*, um espetáculo que apresentava 12 esquetes baseados nas músicas dos Mutantes.

Eu tinha consumido algumas cervejas pela tarde, e na hora em que o elenco agradeceu ao público me excedi nos aplausos. Estava maravilhado. Não acreditava que aquela mulher pudesse ser minha. Esperei a Vânia sair do teatro. Havia muita gente que queria cumprimentá-la e isso me intimidou um pouco. Percebi que havia dois ou três caras esperando também sozinhos e desejei profundamente que não estivessem aguardando por ela.

Então veio minha musa, ainda com cheiro de palco, e me perguntou se eu não gostaria de acompanhá-la ao restaurante em que a Companhia tinha conseguido um apoio — 50% de desconto no consumo de qualquer prato —, que não significaria muito para mim, pois as bebidas se pagavam integralmente.

Vânia me apresentou a todos naquela noite — os diretores, atores, atrizes, o iluminador — e mais de uma vez me perguntou o que eu achava do seu personagem; um travesti horroroso, que no final abria a parte de cima do vestido e mostrava os seios. Respondi que o que mais me havia impressionado era a sua voz. Sem nenhuma dúvida seu maior trunfo.

Fomos para o meu apartamento e nos servi de vinho tinto. Disse que era chileno. Estávamos abraçados quando ela pegou a garrafa e leu no rótulo: "Produzido em Santa Catarina." Disse que Florianópolis e Santiago ficavam bem próximos, como nós dois naquele momento.

Fizemos amor ao som de Vânia e Leonard Cohen.

16

Não nos desgrudamos por duas semanas. Dormíamos juntos diariamente e fazíamos amor quatro vezes ao dia; na sala, na cozinha, no banheiro e até no teatro. Passava todas as noites para buscá-la depois do espetáculo e comíamos sempre no mesmo restaurante. Descobri que aquelas pessoas não eram tão insuportáveis quanto imaginava. Algumas, piores. E foi curioso constatar que um dos melhores atores da Companhia era um tipo normal, tímido e reservado. E um alienado da melhor estirpe. Nas poucas vezes que tentei uma aproximação — eu com a minha veia intelectualoide — falei das obras de Artaud e Alfred Jarry que haviam me impactado. Ele simplesmente desconhecia esses nomes. No dia em que na mesa fizemos com que cada um dissesse qual era o filme da sua vida, ele não pestanejou: *E.T.*

Ele era o oposto de Ângela, que tinha visto tudo de Pasolini, Antonioni, Visconti e Rossellini. Só falava de teatro: "Porque o teatro..." Ou então: "Quando descobri que era atriz..." E citava trechos de *Ricardo III*, repetindo inúmeras vezes seu encontro com Peter Greenaway numa cafeteria de Manhattan. Disse que esbarraram nesse local e ele a convidou para um café. Todo mundo sabia que ela somente serviu o café. Tinha tanta personalidade fora do palco que, dentro dele, era uma anã.

Em uma festa da Companhia — idealizada para arrecadar fundos para a produção do próximo espetáculo — apresentei Ângela ao Gonzáles. Desde a cena que meu amigo havia protagonizado na Farani com o menino do sinal que não nos falávamos, ou seja, aproximadamente 15 dias. Simplesmente não nos esbarramos na faculdade porque era final de semestre e as provas obrigavam cada um a isolar-se em casa ou na biblioteca. Ângela poderia sofrer de excesso de personalidade mas era um exemplar admirável do gênero feminino no que concernia a seus atributos físicos. Fazia o estilo do Gonzáles e achei que, depois de meia hora de conversa sobre Jim Jarmusch e a fase "Racional" do Tim Maia, meu amigo saberia conduzir o assunto. Mas estava enganado: Gonzáles abandonou a festa sem se despedir de ninguém e depois não se apresentou para os exames finais na universidade. Na noite seguinte, apareceu repentinamente no meu apartamento, mas não abri a porta.

17

Estava seguro de que meu amigo espanhol e minha *compañera* de apartamento não ultrapassavam a tênue linha da amizade. Talvez fosse só por respeito, já que os dois tinham seus respectivos parceiros. Isabela adorava ouvir as histórias sobre suas aventuras no México ou no Canadá. Quando perguntávamos sobre sua profissão, ele geralmente hesitava e dizia que era representante de uma empresa basca de importação. Enquanto sua esposa acompanhava músicos na noite carioca, Juanja descia até o nosso apartamento duas vezes por semana e se oferecia para fazer o jantar. Era muito bem-vindo, principalmente quando a sessão gastronômica tinha a trilha sonora dos maravilhosos vinis que ele trazia. Bebia rápido. No meio da refeição já se notava em sua voz uma ligeira embriaguez. Curioso que no meu caso o álcool sempre foi um aliado acidental em certas ocasiões em que tinha que me expressar em outro idioma. Uma dose a mais me servia para adornar uma frase pronunciada em francês ou até para ampliar gramaticalmente o inglês. Em Juanja, era o movimento contrário; quanto mais bêbado, mais basco. Era quase meia-noite quando o interfone tocou diversas vezes, mas não podíamos escutar. Estávamos demasiado eufóricos ouvindo Dexter Gordon a todo volume e conversando animadamente sobre como se comportar em uma praia nudista sem ser inconveniente. Vânia dizia que não tiraria a parte de baixo do biquíni e Isabela tinha curiosidade em conhecer uma dessas praias. Confesso que quando trepamos naquela noite pensei nas duas desnudas em uma praia paradisíaca das ilhas Maurício. E depois pensei em Cíntia e em Ana fazendo amor em outra dessas praias paradisíacas da Tailândia. Cheguei até a pensar em sondar com a minha namorada as possibilidades de uma experiência a três, mas desisti porque sabia que me arrependeria. Como me arrependi de não ter escutado o interfone naquela noite. Gonzáles não teria cruzado toda a cidade em um ônibus vazio e passado toda a madrugada no cemitério do Caju, contemplando em silêncio o túmulo da dona Angelina.

18

Eu e Vânia saíamos de uma sessão de *Gattopardo* num cinema em Botafogo quando vimos Caio e Cíntia sentados em um bar do outro lado da rua. Não nos deu nem tempo de comentar o filme — dos diretores italianos, Visconti era o que menos me atraía. Cíntia estava eufórica porque havia conseguido ser aceita na Universidade Complutense de Madri, onde faria uma pós-graduação em Gestão de Patrimônios Culturais. O próximo passo seria conseguir uma bolsa da Agência Espanhola de Cooperação Internacional, o que não seria fácil. Estava com dificuldades em pagar as aulas de castelhano que fazia com uma professora galega e prometi-lhe apresentar Juanja, meu vizinho *basco*. Vânia se despediu de todos e foi para o teatro. Estava contente, a peça recebera críticas elogiosas dos cadernos B da imprensa carioca e surgiu um convite para uma breve temporada de apresentações em Curitiba. A Companhia também se preparava para a produção de um outro espetáculo, baseado nas canções do Secos e Molhados.

As suspeitas de câncer de pulmão do pai do Caio foram descartadas pelos médicos, e ele parecia aliviado. Largou o cigarro e continuava jogando baralho todos os dias com os aposentados do Leme, agora com um palitinho na boca.

Comentamos que Ana havia largado a faculdade de sociologia temporariamente e estava trabalhando como vendedora em duas lojas ao mesmo tempo em uma jornada insana de trabalho. Para Cíntia, Ana só queria juntar dinheiro, mas todos sabiam que era a sua única forma de não pensar demais na futura ausência da namorada.

Pedi outra cerveja e perguntei como estava o Gonzáles. Fazia mais de duas semanas que não o via, quando desapareceu repentinamente naquela festa. As mensagens deixadas na secretária eletrônica do aparelho não tiveram resposta. Cíntia me disse que quando chegava no apartamento via Gonzáles estudando a Constituição brasileira. E sempre que tentava puxar assunto ou sociabilizar os espaços comuns da casa, ele corria com o livro pro quarto. Só se permitia parar para cozinhar um macarrão horroroso e deixar os restos na pia. Certa noite, após voltar cansada do consulado, Cíntia preparou carne seca com cenoura e deixou em cima da mesa junto com um bilhetinho gracinha para que ele comesse coisas mais consistentes. A comida permaneceu intocada.

Qual não foi a nossa surpresa quando Caio nos revelou que se encontrava com Gonzáles todos os dias. Nas duas últimas semanas, meu amigo subia religiosamente a ladeira do Leme no final da tarde e passava algumas horas na casa do Caio. No começo, o pretexto era o de fumar um baseado e escutar velhos discos do Velvet Underground. Logo Gonzáles pegou emprestado alguns livros do William Burroughs e Caio parecia orgulhoso de haver apresentado a ele alguns escritores da geração beat. Para mim isso era absurdo. Sabia que meu amigo não gostava de Jack Kerouac e não tinha o menor interesse pelas poesias de Allen Ginsberg. Apesar de levar uma existência que eu consideraria beat, Gonzáles classificava aqueles autores como lunáticos cujas experiências pessoais narradas em prosa nunca despertaram seu interesse. Caio nos confidenciou que se sentiu atraído fisicamente por ele, mas que no terceiro dia percebeu que dali não desaparafusaria nada.

Em outra tarde, Caio desceu para comprar cigarros e, quando voltou, viu Gonzáles folheando com interesse alguns livros da escassa biblioteca do seu pai. Eram publicações autorizadas apenas para o exército. Livros e apostilas antigas da época em que fizera o curso preparatório para o Esquadrão Antibombas da Polícia Militar. Caio comentou que a princípio achara curiosa a atenção que Gonzáles prestava no capítulo sobre como detonar artefatos à distância, mas que depois relaxou. No fundo gostava da presença dele naquela casa. Afinal era filho único e agora tinha um amigo que o visitava todos os dias.

Às vezes Gonzáles entrava no apartamento e ia direto para a estante de livros. Permanecia ali horas a fio, ignorando por completo a presença do dono da casa. Caio esperava alguns minutos e entrava na biblioteca levando uma bandeja com café e biscoitos de chocolate. Comiam juntos em silêncio e depois Caio ia para o seu quarto.

"Ele vai hoje de novo?", perguntei.

"Sim! Ai, meu Deus, esqueci de comprar para ele sorvete de limão!" E foi embora.

19

Decidi procurar Gonzáles no dia seguinte. Não compartilhei com ninguém as minhas preocupações em relação a ele, mas era claro que precisávamos conversar. Toquei o interfone do aparelho diversas vezes na primeira hora da manhã, pois sabia que ele estaria em casa — na faculdade não aparecia mais.

Ninguém atendia. Resolvi dar uma volta e entrei numa loja de discos em frente à praça Santos Dumont. Procurei CDs de Sam Cooke ou Al Green, mas os poucos à venda eram importados e caríssimos. Eu tinha que pensar em algum presente para Vânia, pois nosso segundo mês de namoro se aproximava.

Eu me sentei numa cafeteria e folheei os jornais: "Deslizamento em São Paulo deixa 150 desabrigados", "Papa condena o uso de preservativos"...

Acendi um cigarro e voltei a tocar o interfone de Gonzáles, me perguntando que interesse ele teria em estudar a

Constituição brasileira e aprender a manejar explosivos. Talvez estivesse apenas querendo conhecer seus direitos. Numa blitz policial Gonzáles era sempre aquele que sabia exatamente como proceder em caso de abuso de poder. E as incursões na casa do Caio talvez fossem apenas mais um de seus caprichos. Gonzáles adorava explicar nas rodas de bar da Farani como manejar aparatos eletrônicos complexos ou fazer ligação direta num veículo roubado. Agora desejava estender seus conhecimentos em como detonar uma bomba a distância. O próprio Caio, mais de uma vez, nos explicou como fazê-lo.

Naquele momento, eu não via nenhuma relação entre essas novas investigações de Gonzáles e o mal-estar e a impotência diante da realidade brasileira. Mas era óbvio.

Esperei mais 15 minutos em frente ao aparelho e voltei para casa. Havia perdido toda a manhã dando voltas com esse assunto.

Quando passei pela portaria do meu prédio o porteiro me chamou:

"Um rapaz passou a manhã inteira aqui te esperando. Deixou esse pacote para você."

Abri o embrulho, era uma obra de Lima Barreto: *O triste fim de Policarpo Quaresma*.

E vinha com uma eloquente e comovente dedicatória.

20

Nos encontramos dois dias depois em uma padaria no Humaitá. Pedimos duas médias e uma dose de conhaque. Minha expectativa havia se confirmado. Gonzáles estava mais magro e fumava um cigarro a cada dez minutos. Confessou que estava bebendo mais do que o habitual — que já era uma quantidade industrial — e que não pretendia concluir a faculdade. Desculpou-se pela súbita desaparição na festa da Companhia de teatro e disse que a Ângela era um bode: "Muito superficial."

Não aparecia mais nos bares da Farani. Além de ter conta pendurada em dois lugares e não ter como pagar, suas últimas bebedeiras haviam sido traumáticas: nem se lembrava muito do que fizera. Em uma delas sentou-se educadamente na mesa das futuras apresentadoras de telejornais e depois de uns minutos pôs o pau para fora. As meninas saíram correndo e dois estudantes de direito expulsaram Gonzáles do bar a pontapés. Em outra noite pagou cerveja e batata frita para todas as crianças que vendiam balas no sinal da esquina e foi outra pancadaria. Um casal que estava na mesa ao lado se escandalizou com o fato de os menores estarem consumindo bebida alcoólica e o chamaram de pedófilo. Meu amigo não lhes deu atenção. O marido era policial civil e puxou uma arma. Gonzáles saiu em disparada e terminou a noite em um botequim do Leme.

"Realmente não estou bem. E te peço desculpas", me disse.

Respondi que não precisava se desculpar; toda amizade que se preze deve considerar os bons e maus momentos de cada um. Eu também lhe devia desculpas, pois havia desaparecido do mapa nas duas últimas semanas. Comentei que estava vivendo uma história de amor. Eu e Vânia não tínhamos feito nada além de nos dedicar um ao outro.

Gonzáles tocou levemente na ferida. Disse que a minha namorada se dedicava a muitas outras coisas: ao teatro, à faculdade, à captação de recursos para a Companhia e às aulas de francês. Enquanto que eu não me dedicava a mais nada. O fato de ter me apresentado para todas as provas finais do semestre não significava que eu seria jornalista, e Gonzáles sabia disso.

Encarou-me com o rosto grave e a mesma ternura de sempre. Disse para eu passar no aparelho no dia seguinte. Gostaria de conversar comigo.

Desmarquei um jantar com a minha namorada e desmarcaria muitos cinemas após aquele dia.

21

Raramente víamos televisão. No aparelho a punição para quem ficasse mais de meia hora diante da TV era a incumbência de limpar o banheiro e trocar o lixo durante duas semanas seguidas, sem direito a reclamação. A única exceção era a novela das oito porque a Cíntia implorou, me confidenciando que Gonzáles se deitava na cama do quarto com um livro e deixava a porta entreaberta justamente naquele horário. E achava que ninguém sabia que ele também estava vendo.

Aquele era um dia atípico, pois eu e Gonzáles estávamos sentados no mítico sofá da sala vendo o noticiário sobre mais um escândalo de corrupção que invadia os lares brasileiros. O governo fluminense abrira uma concorrência para laboratórios farmacêuticos que venderiam medicamentos a preço de custo em grande escala ao estado. A Secretaria da Saúde os comprava e repassava com preços ainda mais acessíveis aos funcionários do estado. Os primeiros beneficiados seriam os aposentados, os que haviam dedicado boa parte das suas vidas à burocracia estatal. Depois dos primeiros meses a campanha se estenderia para toda a população. Os gastos de propaganda com o programa receberam críticas da oposição. Tudo parecia bem até o suicídio de um alto funcionário do laboratório que venceu a concorrência — uma representação de um grande grupo farmacêutico da Noruega. Tragédias pessoais acontecem todos os dias. Um homem pode ser rico, bem-sucedido, ter uma família e em uma bela tarde de maio se jogar do décimo quarto andar de um centro comercial. Suécia e Noruega encabeçavam a lista de países com maior índice de suicídios, e o dito funcionário era de Oslo e vivia no Brasil há pouco menos de um ano. A imprensa dedicou dois dias de suas páginas policiais ao caso e depois de uma semana o fato foi esquecido. Até que uma carta do falecido dirigida à família tornou-se pública nas mãos da viúva e de um nobre advogado. O conteúdo da missiva era estarrecedor. Ele fora convidado a participar de um esquema de corrupção. A princípio cedeu, mas depois se arrependeu. Na carta explicava que, para baixar os custos dos medicamentos, os mesmos eram vendidos com conteúdo inferior ao que se indicava na bula. Em um equívoco nessa suspeitada distribuição, um lote inteiro de remédios para baixar o colesterol veio sem conteúdo algum; com as cápsulas inteiramente vazias. Eram cápsulas amarelas, e a imprensa denominou o caso como o "Escândalo da Amarelinha". Quem havia tomado aqueles comprimidos? A lista de aposentados era enorme, mais de seis mil beneficiados ao longo da campanha do governo. Menos de 24 horas depois do esclarecimento dos fatos, os jornais forneciam as primeiras informações sobre as vítimas.

Cento e treze usuários do programa "Saúde não se Compra" morreram nos últimos dois meses.

A cada edição do telejornal surgiam mais fotos das vítimas, todos aposentados com uma história de vida parecida. Recebiam a pensão do Estado e trabalhavam em algum emprego informal para completar a renda mensal. A repórter entrevistou a família, foi na casa dos falecidos — lares geralmente localizados nos subúrbios, com imagens de São Jorge na sala — e tentou reconstituir os seus últimos dias. Numa dessas reportagens, a filha da vítima — um senhor de 65 anos que vendia cachorro-quente diariamente na porta de um colégio público — gritava com os olhos cravados na câmera:

"Mataram o meu pai, mataram o meu pai!"

Outros testemunhos revelavam as sensações de impotência e incompreensão prévias ao dia dos falecimentos:

"Minha mãe tomava os remédios todos os dias e mesmo assim sentia fortes dores no peito. Pagamos um médico particular que resolveu fazer uma série de exames. Não entendia por que o medicamento não fazia efeito. Minha mãe enfartou um dia depois da consulta."

No jornal da tarde, outra relação de falecidos que estavam na lista de usuários do programa da Secretaria da Saúde. Mais 25 fotografias e histórias de vida de gente comum; pessoas que deixaram netos, filhos e últimas prestações da casa própria a pagar.

Gonzáles ficou sentado no sofá por dois dias. Mudava de canal para obter outras informações de diferentes telejornais. Cíntia e Ana pensaram que ele estava louco, mas eu sabia o que procurava: o nome Angelina Ferreira dos Santos.

22

Era ela. Tinha 57 anos e era o número 108 da trágica lista dos beneficiados do Estado. Deixou duas filhas e uma neta. A mesma neta que atendeu ao telefone naquela sexta-feira à noite no Hospital Miguel Couto. Tinha os mesmos olhos verdes da avó. Na entrevista com a repórter ficou todo o tempo segurando um bichinho de pelúcia ao lado da mãe. A filha da vítima contava que cinco vezes por semana ela vendia biscoitos na praia de Ipanema. Um dia, ao acompanhá-la sob o sol de quarenta graus, se sentaram no calçadão da Vieira Souto e olharam para os edifícios de frente para o mar. Dona Angelina comentara:

"Quem sabe em outra vida. Porque nessa Deus escolheu que a gente morasse longe. Que suasse para ter cada centavo no nosso bolso. Mas Deus sabe o que faz."

Dona Angelina caminhava 12 quilômetros diários sem se queixar. Nos dias anteriores à sua morte, reclamava de dores do peito, mas seguia com a rotina de sempre: chegava em casa e levava a neta ao shopping center, onde na praça de alimentação tomavam sorvete de flocos e viam o show de karaokê. Também gostava de jogar cartas com os amigos aposentados na pracinha do bairro. Era uma senhora bonita e vaidosa e mais de uma vez recebeu propostas de casamento dos companheiros de biriba.

"E eu lá tenho idade para casar?!", dizia.

Era feliz.

23

O Brasil inteiro se comoveu com o escândalo. Nos cemitérios, flores de desconhecidos repousavam nos túmulos das vítimas. A comoção se transformou em indignação e depois em revolta. A sociedade civil exigia ética e respeito. Diversas organizações não governamentais promoveram passeatas em apoio às vítimas. O presidente da República e o governador do estado fizeram pronunciamentos em horário nobre no rádio e na televisão. A Secretaria da Saúde caiu. Personalidades públicas dos meios artístico e esportivo iniciaram a campanha "Ética Já!".

A carta do funcionário norueguês não continha o nome do suposto homem que o acossava e perseguia. Apenas dizia que não conseguia viver sob aquela pressão. As investigações apontaram para o primeiro suspeito, o deputado federal Ricardo Jofre de Castro. Médico e pai de três filhos, o político era sócio minoritário do laboratório farmacêutico em questão.

Eu me lembro claramente quando Gonzáles se levantou do sofá e se dirigiu ao quarto para pegar uma caneta. Voltou à sala com o nome do deputado escrito em um pequeno papel. Abriu minha mão e me entregou o bilhete.

24

Estávamos em casa para mais uma sessão de degustação com meu amigo espanhol: Isabela nunca convidava seu namorado. Juanja nos apresentaria algumas especialidades da cozinha espanhola. Partiu o pão, mergulhou-o no azeite e acrescentou frutos do mar — um camarão robusto, uma lula recheada e pedacinhos de polvo —, as famosas *tapas*. Vânia não perdia nenhum encontro, e os jantares no meu apartamento ficariam famosos entre os atores da Companhia. Ângela se convidou para um desses jantares e trouxe um vinho branco maravilhoso, roubado diretamente do bar da casa de seu pai. Juanja se deliciava com a presença feminina, e isso se refletia na meticulosidade com que fazia a comida. As *tapas* pareciam objetos de decoração, devidamente espetadas com um jogo de palitinhos de prata importado de Buenos Aires. A música era cada vez melhor. Ninguém conhecia *Kind of Blue*, de Miles Davis, que Juanja nos apresentou, com direito a uma complicada explicação sobre a criação do jazz modal e o quanto Miles contribuíra para o jazz etc. Não compreendíamos muito, mas balançávamos a cabeça afirmativamente fingindo interesse. Sempre começávamos o jantar com um bom vinho — presente do convidado da noite —, mas depois arrematávamos a comida com o que tinha. Naquela noite, a presença de Ângela encheu Juanja de entusiasmo. Após quatro caipirinhas, ele começou a discursar sobre a breve temporada durante a qual morou em Bolonha. Foi justamente na época que o jovem Giovanni Falcone, o inimigo número um da máfia siciliana, começaria a desmantelar a organização. Juanja se levanta, pega um limão e nos pergunta:

"Sabia que a máfia começou por causa do limão?"

25

E foi uma longa narrativa. Obviamente a máfia não começou por causa de um limão, mas devido à importância econômica que os limoeiros tinham na Sicília nos séculos passados. Juanja nos contou que a Itália chegou a exportar mais de dois milhões de caixas dessa fruta para Inglaterra e Estados Unidos no final do século XIX. A maior parte era exportada de Palermo. O irmão de sua primeira esposa era casado com uma italiana que vivia nos arredores da capital siciliana — a mulher tinha dois ou mais membros da família que pertenciam à Cosa Nostra. Quando esteve pela primeira vez na ilha, sua primeira filha ainda não tinha feito cinco anos. Passeou de mãos dadas com a sua mulher pelas vastas plantações de limão, propriedade da família do cunhado. Na época em que a máfia surgiu, aproximadamente em 1870, essas áreas exigiam grandes muros de pedra para servir de proteção contra os ventos e os eventuais e inocentes ladrões, em geral recém-saídos da infância, e sem noção da importância daquele investimento.

"Foi aí que entrou a Cosa Nostra, querido *hermano*. Esse negócio valia muito dinheiro e ao mesmo tempo era muito vulnerável. Qualquer vândalo poderia botar a perder toda uma colheita. E as plantações eram vendidas antes mesmo de darem os frutos. Os americanos compravam adiantado."

Eu estava curioso para saber como a história continuaria, mas Juanja teve que subir antes de sua esposa chegar do trabalho. Percebi que Isabela não gostara da forma como Ângela apoiava o braço nas pernas do meu amigo para pedir que lhe servisse outro copo. Eu sabia que Vânia estava sem calcinha. Tínhamos um código: sempre que vinha à minha casa com aquela saia hippie, ela deixava a roupa íntima em casa. Trepamos inúmeras vezes, docemente bêbados, ao som do mesmo disco de Leonard Cohen. Estava maravilhosamente relaxado, fumando o melhor cigarro do mundo, quando ela me perguntou sobre meu futuro profissional. Sugeriu que era hora de começar um estágio. Fiquei mudo.

Fui bater a cinza quando vi ao lado do cinzeiro o pequeno pedaço de papel que Gonzáles havia me dado. Li mais de uma vez aquele nome: Ricardo Jofre de Castro.

26

Vânia já havia me perguntado sobre o futuro. Aquela fase inicial da relação em que tudo é sexo, vinho e Leonard Cohen havia acabado. Chegara o momento de fazer planos. Estávamos apaixonados e ela queria sair da casa da mãe, que tinha um big apartamento na Joana Angélica. Comentei por alto que gostaria de escrever, mas que o jornalismo não me seduzia. Vânia não me pressionava querendo um futuro conservador: casa, família, carro na garagem. Eu gostava dela justamente porque rompia com tudo isso. Era uma mulher especial, de alma libertária e intelectualmente inquieta. Mas descobri que até as mulheres mais independentes gostam de Roberto Carlos. E Vânia amava Roberto Carlos. Tudo que ela pedia era aquilo que eu não queria ver em mim mesmo: uma ambição. Simplesmente "o que eu me imaginava fazendo nos próximos seis meses". E se essa projeção incluísse o fato de estarmos morando juntos, melhor. Gonzáles já havia perguntado sobre as minhas metas, e esse teria sido o tema da nossa conversa no dia em que soubemos do escândalo da máfia dos remédios pela televisão.

Eu não tinha planos. Procurei Gonzáles porque eu sabia que ele os tinha.

27

"Tudo o que eu quero é justiça. Esse filho da puta foi responsável pela morte de 113 pessoas. Cento e treze lares destroçados. Não consigo esquecer o rosto da dona Angelina. Ela morreu nos nossos braços, Cito... eu vi a cara de sofrimento dela enquanto segurava a minha mão para que eu não a abandonasse. Enquanto isso, esse deputado estava tomando uísque em algum iate em Angra dos Reis."

Meu amigo estava resoluto. Queria fazer justiça com as próprias mãos, já que a justiça brasileira estava ocupada com as mãos sujas, como gostava de dizer. E tinha um plano. A ideia era explodir o veículo em que o deputado circulava. Escolher o momento exato para plantar a bomba no chassi e detoná-la quando o político estivesse passando por alguma rua tranquila, sem o risco de expor a vida de outras pessoas. Teria que acontecer quando ele estivesse sozinho, em seu carro particular, para poupar a vida do motorista. "Não morrerão civis", ele disse profeticamente. O endereço da vítima era conhecido, pois vários jornalistas faziam plantão diariamente na entrada de um luxuoso condomínio na Barra da Tijuca. Gonzáles conhecia o local. Por coincidência, o segundo marido de sua mãe morava no mesmo lugar. Teria que entrar, se identificar com o porteiro e botar a dinamite no veículo certo. Parecia ter o plano todo na cabeça, mas faltavam certos detalhes. Qual seria o carro do deputado? Que diria ao ex-padrasto sobre uma visita casual? Os dois não se encontravam há mais de cinco anos. Gonzáles queria que eu o acompanhasse no dia seguinte até a casa da vítima para fazer um reconhecimento do local.

E fui.

28

Dormi na casa da Vânia na noite anterior à nossa visita ao condomínio da Barra. Sua mãe queria apresentar seu novo namorado, um renomado economista e professor da PUC. Depois do jantar tomamos uísque moderadamente e conversamos sobre diversos assuntos. Ele comentou os efeitos da corrupção nos cofres públicos brasileiros:

"O Brasil perde um bilhão e meio fruto da corrupção. Isso sem contar os milhões de reais desviados dos cofres públicos e consumidos em propina todo santo ano... daria para tapar os buracos de quatro mil quilômetros de estradas."

Ouvíamos com interesse:

"No International Country Risk Guide, um relatório em que os riscos para investidores em determinados países são analisados, o Brasil figura ao lado da Somália no quesito corrupção."

Indaguei se éramos mais corruptos do que outras nações, e para minha surpresa ele respondeu que não:

"O problema é que aqui só se descobre a fraude depois que ela atinge milhões e milhões de dólares. Se detectássemos o ato delitivo no começo, o crime contra a economia popular seria menos devastador. Nos países desenvolvidos, o número de auditores que são pagos para criar controles internos anticorrupção é assustadoramente maior do que o do Brasil. E lá eles têm o status de celebridade, justamente para sugerir o grau de responsabilidade e respeitabilidade que merecem."

Antes que eu pudesse fazer novas perguntas, desviamos nossa atenção para a anfitriã, que surgiu da cozinha com um maravilhoso profiterole de chocolate recheado com castanhas do Equador. Colocamos um CD do Carlos Lyra — a bossa-nova tem o dom de atenuar o espírito — e mudamos de assunto.

Não dormi bem e o sexo com a Vânia não foi tão satisfatório naquela noite. Estava pensando que no dia seguinte acompanharia Gonzáles numa missão na qual eu ainda não acreditava. No fundo eu estava apenas testando o meu amigo. Não cria que ele pudesse colocar aquela bomba. Por todos os motivos possíveis. Como conseguiria o artefato? Como o detonaria? Os estudos na casa do Caio não seriam suficientes para que ele manejasse um explosivo, e as consequências poderiam ser catastróficas. Mais do que tudo, o que me deixava incrédulo era a possibilidade de matar outra pessoa. Gonzáles era um homem bom. Humano, demasiado humano. Uma pessoa que tinha todos os discos de Ângela Rô Rô não poderia ser um assassino. Amor era um sentimento que ele tinha de sobra. Queria ver aonde ele chegaria com toda aquela sede de vingança, mas desde o princípio desconfiava que meu amigo não teria espírito para concretizar um crime desse tipo. Ficaria com remorsos, e 24 horas após o feito se entregaria bêbado ao primeiro policial que visse. Parecia ingênuo e absolutamente romântico tentar explodir o veículo do tal deputado. Gonzáles adorava uma verborragia e nunca foi muito prático. Talvez eu tenha decidido acompanhá-lo justamente por saber que ele não conseguiria levar o plano adiante.

Eu estava completamente enganado.

29

No dia seguinte fomos até a Barra com o carro emprestado do irmão do Gonzáles — um desses Cherokees prata do ano — ao som de *Wish fulfillment*, do Sonic Youth. Ao entrar no túnel de São Conrado, fechamos o vidro e apertamos um baseado. A música invadiu por completo nossas mentes e tive a sensação de estar voando. Mergulhamos nas luzes do túnel, um caleidoscópio de cores que se modificavam de acordo com a velocidade do carro. Paramos num sinal e tudo aconteceu muito rápido. Dois jovens encostaram a moto do nosso lado, gesticulando muito. Eu estava chapado, paralisado e apático pelo efeito da *marijuana*. Gesticularam outra vez. Eu não compreendi o que queriam dizer e tampouco o Gonzales. Só vi que em um movimento — como se fosse em câmera lenta — um dos garotos tirou um revólver da cintura e apontou-o em minha direção. Disparou. Seguiu-se um estrondo ensurdecedor.

Os estilhaços do vidro permaneceram imóveis em uma tênue linha que formava uma teia de prata e que era o muro entre o assaltante e eu. O veículo era blindado.

Os assaltantes arrancaram em disparada e o sinal abriu. Permanecemos parados por cinco minutos; as pernas de Gonzáles estavam bambas. Estacionamos o carro dentro de um shopping center e pedimos dois cafés com conhaque. Ficamos calados por quase uma hora. Meu amigo ligou para o irmão e comunicou o ocorrido:

"Isso só acontece com você, porra!", vociferou do outro lado da linha.

Voltei para casa e liguei para a Vânia. Ela me contou que na semana passada o tio-avô de um dos atores da Companhia morrera dormindo. Não foi de infarto. Uma bala perdida atravessou a parede do seu apartamento e lhe atingiu o pulmão. Eram cinco da manhã. Ele nunca mais acordou.

Voltamos à Barra da Tijuca no dia seguinte. Gonzáles conseguiu um Fusca 1966 verde-claro com um adesivo do Pato Donald beijando a Margarida dentro de um coração rosa. Até o bandido mais implacável ficaria comovido e pensaria duas vezes antes de roubá-lo. O carro era um horror; ao passar de 80 km/h, as portas ameaçavam abrir e tínhamos que segurá-las se quiséssemos chegar inteiros na residência do deputado.

A imprensa estava de plantão na porta, entrevistando alguns moradores. Gonzáles fez o reconhecimento do local. Havia numerosas ruas de terra ao redor do condomínio e ali talvez fosse o lugar ideal. Não havia casas e a circulação de veículos era mínima. Perguntei desconfiado se ele tinha o artefato pronto e ele foi incisivo: "Claro!" Disse que ainda não podia me revelar como conseguira a bomba, mas que, se os fatos tomassem o rumo desejado, poderia dizê-lo. Seu ex-padrasto o aguardava no condomínio naquela tarde à espera de que meu amigo lhe entregasse seu curriculum. Essa foi a forma de forjar o primeiro encontro entre os dois. Ele tinha um grande amigo editor de um importante jornal da cidade, e Gonzáles estava ansioso por um estágio. Assim tomariam um café e conversariam um pouco. Meu amigo tocaria no tema do "Escândalo da Amarelinha" e ele lhe diria onde morava o deputado. Ao se despedir, confirmaria a casa e a vaga da garagem da vítima. Em uma segunda visita ao ex-padrasto para agradecer o contato, Gonzáles plantaria a dinamite no veículo. Quando o deputado estivesse transitando de carro por uma rua deserta, a bomba seria acionada.

Gonzáles entrou no condomínio e fiquei esperando na porta. Travei conversa com os jornalistas de plantão. Alguns reclamavam que ainda não tinham almoçado e outros queriam dar uma passadinha no banco, mas não podiam deixar o ponto de trabalho. Ofereci para comprar o almoço do pessoal, já que não tinha muito o que fazer, e foi uma festa. Voltei com o Fusca abarrotado de hambúrguer e batata frita e ganhei um lanche de cortesia.

Meu amigo voltou decepcionado, duas horas depois. Teve que rever três centenas de fotos de quando era criança e passava as férias com o ex-padrasto em Cabo Frio. Escutou incontáveis vezes que sua mãe era uma mulher maravilhosa, e que até hoje o ex-padrasto não sabia direito a causa da separação. O pior era que Gonzáles teria um encontro no dia seguinte com o editor do principal periódico esportivo do país:

"É um homem muito ocupado, meu filho, não me desaponte", alertou o velho.

Não conseguiu averiguar a casa e a garagem do deputado, porque seu ex-padrasto fez questão de acompanhá-lo até a porta.

Ofereci-lhe um milk-shake de Ovomaltine do Bob's, e Gonzáles retrucou:

"Tem de vodca?"

30

De volta ao meu apartamento, notei que há muito tempo a sala não estava tão florida, e a mesa de jantar devidamente posta com um número de pratos maior do que o habitual. "Essa noite o Charles vem aqui", disse Isabela. Enfim conheceríamos o namorado da minha *compañera de piso*. Charles não bebia nem fumava e por isso já merecia nossa desconfiança e repúdio. Mais tarde o rapaz confessou ser tricolor.

Havia convidado Cíntia para apresentar-lhe Juanja. Ela estava com as malas prontas para Madri e esperava com ansiedade a resposta da Bolsa da Agência Espanhola de Cooperação. Meu amigo espanhol desceria em alguns minutos e nos apresentaria novas receitas das *tapas* e falaria para Cíntia um pouco sobre a idiossincrasia ibérica. Vânia chegaria curiosa para saber como fora minha entrevista em um jornal de bairro e eu teria que mentir outra vez. Não poderia dizer que havia passado a tarde em companhia de um amigo que queria explodir o carro do deputado Ricardo Jofre de Castro, principal suspeito do

"Escândalo da Amarelinha". Nem eu acreditava nisso e ria sozinho quando me lembrava que no dia seguinte Gonzáles iria em traje formal para um importante encontro profissional com um grande editor esportivo.

O jantar aconteceu entre o caos habitual. Os melhores vinhos foram digeridos nas primeiras horas e, depois de comermos, Isabela recolheu os pratos e repôs os cinzeiros. Seu namorado — um tipo atlético que fazia natação todos os dias no Fluminense — era tímido e falava pouco. Juanja não se intimidou com a presença dele e propositalmente trocou o disco de jazz por um que havia presenteado a Cíntia — os grandes sucessos de Joaquín Sabina, segundo ele "o maior poeta espanhol vivo". Estava suficientemente bêbado para cantarolar no ouvido de Isabela: "*Todo empezó cuando aquella serpiente / me trajo una manzana y dijo: prueba / yo me llamaba Adán; seguramente / tu te llamabas Eva.*" Minha amiga gostava e seu namorado parecia entediado.

"Onde foi que eu parei?", interrompeu Juanja ao voltar da cozinha com um limão.

Juanja queria continuar a narrar a saga da máfia:

"Eu passeava com a minha mulher por aquelas plantações de limão... era lindo. O mar lá *abajo*, os campos perfeitamente ordenados com *color* amarelo. Quem poderia pensar na quantidade de sangue derramado por causa daquele negócio?"

Ele contou que oficialmente a primeira pessoa acossada pela máfia foi um nobre cirurgião de Sicília, Gaspare Galati, no ano de 1872. Havia recebido uma herança em nome das filhas, uma vasta plantação de limão e de outros frutos cítricos nas redondezas de Palermo. O ex-proprietário das terras, seu cunhado, havia sofrido um ataque do coração depois de receber uma série de ameaças por carta. Dois meses antes de morrer, descobriu que o autor das missivas era o próprio vigilante das plantações, Benedetto Carolo. Ao tratar com o novo herdeiro do local, o vigia mostrava uma arrogância pouco usual para um funcionário e agia como se ele fosse o dono do lugar. Todos sabiam que ele ficava com 25% das vendas dos frutos.

A exportação para os Estados Unidos era uma atividade tão rentável que as plantações já estavam vendidas antes mesmo da colheita, e por isso eram vigiadas com sumo cuidado. O que doutor Galati não sabia era que a reputação do negócio do seu falecido cunhado era péssima, e este não prosperava porque os frutos desapareciam antes mesmo de serem negociados. E o ladrão era o próprio responsável da segurança, Benedetto Carolo, que tinha a intenção de desvalorizar as terras para depois comprá-las. Galati não teve dúvidas e o demitiu. Na mesma noite, o novo vigilante contratado foi assassinado com vários tiros nas costas. A família do proprietário foi à delegacia para comunicar o assassinato e as suspeitas sobre o ex-caseiro. O inspetor da polícia ignorou a informação recebida e prendeu dois homens que não tinham nada a ver com o assunto.

"Foi o primeiro crime cometido pela máfia! Há cento e vinte anos!", disse, exaltado.

Juanja fez uma pausa. Entornava uma caipirinha quando o namorado de Isabela deu sinal de quem ia embora. Eu queria que ele continuasse, mas o público estava dividido. Cíntia iria dormir na casa dele e meu amigo perderia a motivação de narrar a história. Quando os dois foram embora, Juanja deu um longo trago no cigarro e cantarolou para Cíntia os clássicos versos de Sabina: "*Vivo en el número siete, calle melancolía / quiero mudarme hace años al barrio de la alegría / pero siempre que lo intento ha salido ya el tranvía.*"

Parecia que as coisas não iam bem entre ele e a baiana.

31

"Meu Deus, mal apareceu esse escândalo e já vem outro! Esses dirigentes políticos são todos uns monstros degenerados!", disse Ana comodamente sentada no sofá da sala. "Como um senador tem a cara de pau de dizer que ficou rico ganhando 18 vezes na Loteria Federal?", completou lendo o jornal em frente ao ventilador. Fazia quase quarenta graus naquela manhã.

Comentei que eu recentemente lera uma entrevista em que um renomado juiz dizia que a corrupção mata, porque o dinheiro desviado dos cofres públicos serviria para equipar hospitais, abrir escolas e salvar muitas vidas.

"Não dá vontade de matar um cara desses?", Ana me perguntou.

Não respondi. Um deputado havia anunciado uma possível solução para diminuir o índice de violência no Brasil: a pena de morte. Ana e eu concordávamos que, se a pena de morte fosse instituída no país, esta também teria que se estender aos crimes de colarinho-branco; afinal, a corrupção também mata.

"E eu que fui demitida porque botei cinquenta reais na calcinha?"

Fico pensando no feliz homem que tocou naquela nota.

“Era minha última semana de trabalho no shopping e eu estava sozinha na loja com a vendedora que iria me substituir. A menina não sabia nada, estava em treinamento. Ensinei tudo para ela! Subi pro estoque e botei o dinheiro debaixo da saia. Não é que a tonta me seguiu pela escada? E nem notei... me demitiram.”

O escândalo da máfia dos laboratórios farmacêuticos já não estava na primeira página. Outros casos de corrupção ganhavam os noticiários de todo o país. Um respeitado senador do Nordeste foi acusado de subornar juízes em Mato Grosso em troca da absolvição de um sobrinho, acusado de chefiar o tráfico de cocaína da região. Outro deputado teve seu nome envolvido no esquema de contrabando de armas em favelas cariocas. Como algumas armas de uso exclusivo do exército israelense chegavam às mãos de traficantes?

O deputado Ricardo Jofre de Castro tinha imunidade parlamentar e só poderia ser julgado em Brasília pelo Supremo Tribunal Federal. A quebra de sigilo telefônico foi pedida pelo Ministério Público e, dez dias após o escândalo vir à tona, o caso parecia que ia acabar em pizza.

32

Gonzáles chegou em casa arrasado, abatido e envergonhado. Parecia que havia sido flagrado roubando bombom Sonho de Valsa nas Lojas Americanas.

“Consegui o estágio.”

Não acreditei. Ana gargalhou e jogou uma almofada na cabeça dele.

Disse que, por estar muito tranquilo, já que o estágio não lhe interessava, fez a entrevista de forma impecável. Quando percebeu que o editor se mostrou disposto a oferecer-lhe a vaga, começou a gaguejar propositalmente. Mas não teve jeito. Seu futuro chefe perguntou se ele era gago para escrever. Gonzáles respondeu que não. Então estava tudo certo, seu ex-padrasto era um amigo muito honrado e ele se sentia devedor de pequenos favores financeiros do passado.

Gonzáles havia pensado em explodir o carro do deputado Ricardo Jofre de Castro e acabou conseguindo um estágio no principal jornal esportivo do país. Perguntei-me se, caso pensasse em assaltar o açougue da esquina, conseguiria duas passagens para Ibiza ou, se roubasse um pão de queijo de um menino de rua, conseguiria dormir com a Vera Fischer.

"É melhor lutar contra a estrutura do lado de dentro", me disse.

Agora quem queria plantar aquela bomba era eu.

33

No dia seguinte voltamos ao condomínio da Barra. Gonzáles agradeceria ao ex-padrasto a oportunidade profissional oferecida. Não dispúnhamos mais do Fusca verde-claro 1966 com o Pato Donald e Margarida, mas conseguimos um Dodge laranja 1974 com um adesivo do escudo do América — um evidente avanço. Meu amigo levava uma mochila e decidi não perguntar sobre o seu conteúdo. Poucos jornalistas faziam plantão no local, e cheguei a reconhecer alguns deles. Gonzáles entrou e em menos de meia hora retornou ao portão. O veículo do deputado não estava na garagem, e um jardineiro regava as plantas em frente às vagas onde a família estacionava os carros. Estávamos indo embora quando um repórter me reconheceu. Eu havia comprado um sanduíche para ele uns dias antes — quando o caso ainda era quente e a imprensa não saía da porta do condomínio. Pediu uma carona, pois o carro do jornal não estava disponível no momento e o ponto de ônibus mais próximo ficava a três quilômetros. “Sem problema”, respondi.

Durante a carona comentou com a gente que não suportava mais trabalhar naquele periódico, o salário era vergonhoso e a empresa não dispunha da estrutura necessária para funcionar profissionalmente. No dia seguinte teria que ir por conta própria acompanhar os passos do deputado em um batizado na Penha. Ele não conhecia bem aquela área. “Meu pai foi criado na Penha”, Gonzáles mentiu e o repórter nos facilitou o endereço.

Ao se despedir, o jornalista nos agradeceu: “Vai com Deus.”

Se estivéssemos no Oriente Médio, eu diria: “Alá é grande.”

34

Passamos a noite no aparelho tomando cerveja e ouvindo Chico Science. Ana ficou loucaça e me beijou na boca várias vezes. Depois beijou o Gonzáles e disse que na adolescência costumava brincar de beijar os amigos até perceber que as mulheres beijavam melhor. Cíntia se irritou com o comportamento da ex-namorada e bateu a porta do quarto. Gonzáles me deu um comprimido para dormir, disse que ao misturar com o álcool ficaríamos mais despertos. Ana foi para cama e meu amigo me mostrou um artefato de dinamite embrulhado em papel celofane. Era um pouco maior que um despertador e do jeito que estava empacotado parecia um globo para adornar estantes de biblioteca. “Pode explodir em até trinta segundos”, comentou. Colocou a bomba dentro de uma bola de futebol de borracha, dessas vendidas em papelaria. Escolheu aquele objeto pelo caráter simbólico: “O Brasil não é a pátria de chuteiras?” A seleção consagrara-se tetracampeã mundial de futebol dois meses antes.

Pedi outro comprimido. Senti que minha boca começava a mastigar o ar, como se meus dentes pedissem algo para morder. Fumava um cigarro atrás do outro e meu cérebro reagia com rapidez a qualquer informação nova fornecida por Gonzáles. A ideia era deixar a bola de futebol ao lado do veículo quando o deputado entrasse no carro. Nesse intervalo de tempo — entre abrir a porta, sentar e dar a partida — a bomba explodiria. Perguntei se estava seguro do que iria fazer. “É claro”, me respondeu. “Vamos matar uma pessoa que matou mais de cem. E se continuar solto vai matar ainda mais. Farei isso pela dona Angelina e pelo Brasil. Se matássemos todos os corruptos, sobraria dinheiro para o governo investir em saúde e educação. Esses meninos de rua não estariam nos sinais vendendo bala e aprendendo a roubar. Estariam na escola e aprenderiam a ser gente. Se ninguém faz nada, eu farei.” Me pediu que não tocasse na bola em nenhuma circunstância. Deveria pôr luvas especiais para manuseá-la. Gonzáles as conseguiu emprestadas com Caio. Perguntei como tinha encontrado os explosivos, mas ele não me respondeu. Prometeu que depois me contaria tudo.

Eram cinco e meia da manhã quando tomamos o caminho para a Barra da Tijuca, residência do deputado federal Ricardo Jofre de Castro. Deveríamos nos certificar de que a vítima iria sozinha no seu automóvel, caso contrário voltaríamos para casa. E minha ressaca moral seguramente seria menor.

35

"Troca de estação senão detono essa bomba aqui mesmo!"

A rádio do Dodge laranja só tinha AM e já havíamos escutado uma canção de um grupo pop mineiro quando iniciava outra de uma dupla sertaneja.

"Tô falando sério...", Gonzáles ameaçou.

Desliguei o rádio. Permanecemos em silêncio durante todo o percurso. Em menos de 20 minutos já estávamos com o carro estrategicamente estacionado à direita do portão do condomínio. Levávamos uma foto do deputado tirada na saída de um congresso do partido em que militava. Era um tipo bem-apessoado, poderia passar por um professor de tênis saído de um clube da alta sociedade. Aquela foto foi capa de todos os jornais do país. Sua mulher se apresentara à imprensa defendendo o marido das acusações: "É um pai de família, um homem muito honrado, dedicado à vida pública e aos dois filhos."

Abrimos outra cerveja e esperamos por mais de uma hora, tempo suficiente para eu pensar que, se concretizássemos o feito, eu seria cúmplice de um assassinato. Aconteceu o que eu esperava: mais da metade dos veículos que saíam da entrada principal do condomínio tinham vidro fumê: como reconheceríamos o carro do político? E se não tivesse dormido em casa? Poderia passar a noite em um hotel do bairro com a família ou na casa de amigos. Era esse amadorismo do Gonzáles que me levava até ali. Eu conscientemente sabia que era impossível atingir aquele objetivo. Por outro lado, algo também me impelia a acompanhá-lo. Eu acreditava que ao matar um deputado vingaria a morte de uma senhora vendedora de biscoitos? Estaria fazendo justiça matando outra pessoa? Gonzáles admitiu que pretendia fazê-lo não somente por dona Angelina, mas pelo Brasil. "Não acredito na eficácia política do terrorismo." Pensei na frase de Juanja e não cheguei a lugar nenhum. Eu tinha 23 anos, uma namorada maravilhosa e uma faculdade para terminar. Objetivos profissionais: zero. Objetivos existenciais: todos. Objetivo específico daquela manhã: matar um deputado federal.

36

Decidimos ir direto à Penha. No caminho paramos em um posto de gasolina para comprar cigarros e cerveja. Já estávamos embriagados, mas os comprimidos nos mantinham alertas. Sentia a cabeça pesada e emanava um cheiro de álcool insuportável. Os primeiros raios de sol iluminavam as ruas do Rio de Janeiro. O céu vestia um azul típico dos dias de primavera, e eu pensava como aquela cidade era abençoada: o clima, seus habitantes e a harmonia entre montanha, mar e urbe. Não fosse a miséria social geradora de violência, seria o melhor lugar do mundo. Vi idosos caminhando pela Lagoa Rodrigo de Freitas, um jornaleiro abrindo a banca com uma bisnaga debaixo do braço, um jovem casal atrapalhado tentando colocar o carrinho de bebê no porta-malas do carro. Vi o Cristo Redentor límpido na claridade primaveril e, ao entrar no túnel Rebouças, pedi que nos abençoasse.

Gonzáles permaneceu mudo durante todo o trajeto e estava visivelmente alterado pelas bolinhas que havíamos consumido. Ao sair do túnel erramos o caminho e paramos na Tijuca, o tradicional bairro da Zona Norte cercado por favelas. Tínhamos que pedir informação e paramos o carro em uma padaria ao lado do Maracanã. O português dono do local não soube nos responder como chegar até a Penha porque nunca saía da Tijuca. "Nesse bairro tem tudo", nos disse. Gonzáles perguntou aonde ele costumava ir à praia. "Em Araruama", respondeu sorridente. Resolvemos caminhar um pouco e pedir informações a duas belas estudantes de escola pública que nos olharam de viés. Primeiro elas se assustaram, mas logo cederam: "É longe, vocês têm que pegar a Radial Oeste..." Entramos no carro e vimos as duas se distanciarem pelo espelho retrovisor. Seguimos nosso rumo pensando em Nelson Rodrigues.

Meia hora depois já estávamos diante da pequena igreja, uma réplica no estilo colonial muito em voga no século XIX, que necessitava urgentemente de reparos. Em seu pórtico, vimos como a cor branca se misturava com o bege-claro envelhecido da pintura. A imponente porta de madeira ostentava sinais de podridão. Estacionamos o carro na primeira esquina do lado oposto da pracinha; assim poderíamos ver quem passasse, sem que fôssemos vistos. Faltavam quarenta minutos para o início do batizado, e a maioria dos convidados chegava a pé. Dois ou três carros pararam em frente à igreja e seus ocupantes saltavam com tranquilidade dos veículos; típicos moradores da região; três gerações da mesma família, se vestiam de forma simples.

Eram oito da manhã quando um Jaguar negro diminuiu a velocidade e parou diante da igreja. Avançou mais quarenta metros e dobrou à esquerda. Gonzáles deu um longo gole na cerveja e me olhou de revés. Cinco minutos depois, o deputado veio em nossa direção. Usava óculos escuros e caminhava com passos rápidos. Passou pelo nosso carro sem perceber nossa presença. Entrou na igreja. Saímos do carro e confirmamos o lugar em que havia estacionado o Jaguar; uma rua residencial com pouco movimento. O cenário perfeito. Gonzáles voltou ao Dodge e botou a bola de futebol numa mochila. Fomos ao botequim ao lado da pracinha e pedimos duas cachaças. Tudo teria que ser muito rápido. Gonzáles não havia preparado o detonador à distância e teria que colocar a bomba pessoalmente debaixo do veículo do político. E pelo que me disse, levaria trinta segundos até explodir. Se o deputado saísse acompanhado teríamos um problema. Meu amigo poderia ser reconhecido ou, no pior dos casos, a explosão poderia fazer mais vítimas.

Gonzáles virou a cachaça e se posicionou ao lado de uma árvore a menos de cinco metros do veículo. Pediu-me que fizesse um sinal quando Ricardo Jofre de Castro dobrasse a rua.

Esperamos por 15 minutos intermináveis. Por sua desgraça e destino, o deputado saiu sozinho antes de o batizado terminar. Estava apenas cumprindo sua agenda política, pensei. Era muito querido na Penha, onde havia instalado dois postos de saúde com serviços odontológicos grátis; voto em troca de dentadura.

Acenei para Gonzáles e, antes de a vítima poder vê-lo ao dobrar a esquina, meu amigo deixou a bola de futebol debaixo do chassi do Jaguar e se afastou rapidamente. O deputado parecia ter pressa para morrer. Ensaiou uma rápida corrida até o carro. Tudo aconteceu em exatos vinte segundos. Quando o deputado deu a partida no motor, uma senhora e um menino saíram de uma casa em frente. O garoto falou alguma coisa para a avó enquanto apontava o dedo para o Jaguar. Soltou-se da mão dela e fez um sinal para Ricardo Jofre de Castro esperar, pois havia uma bola de futebol debaixo do carro dele. O menino se aproximava do veículo quando a bomba explodiu.

37

Nem nos melhores roteiros de filmes policiais eu poderia imaginar essa trágica coincidência. Depois desse dia tive pesadelos frequentes com uma única cena; uma pista de boliche gigante improvisada em uma grande rua de uma favela; os moradores se amontoavam nas janelas e nas portas dos seus barracos para ver o grande espetáculo: Gonzáles se apresentava e era ovacionado. Um morador do local lhe entregava uma bola de futebol cheia de explosivos. Meu amigo segurava a bola com firmeza, levando-a para perto do rosto, muito concentrado. Do outro lado da rua, dez homens de terno e gravata — supostamente políticos corruptos — ficavam enfileirados, sem a opção de se mover. Gonzáles dava dois passos atrás, mirava firme e fazia a bola deslizar a toda velocidade pela pista. No meio do percurso, o objeto se transformava numa bola de fogo; a massa delirava, as pessoas davam-se os braços como numa final de Copa do Mundo, até o esférico artefato atingir velozmente suas dez vítimas, gerando uma monumental parede de fogo. Crianças e mulheres sorriem, vizinhos se cumprimentam. E começa um grande baile de carnaval.

38

"Cito, tá tudo bem?"

Vânia me despertou. Eu estava balbuciando palavras ininteligíveis e não conseguia dormir naquela noite. Eram cinco da madrugada e meu suor emanava o cheiro de álcool consumido nas 24 horas anteriores. Eu tentava refazer os últimos acontecimentos que desencadearam o atentado. E o que aconteceu logo depois que a bomba explodiu. Não me lembrava direito. Saí do quarto e fui até a sala acender um cigarro. Isabela estava deitada no sofá com o vestido levantado e seu imenso traseiro em uma minúscula calcinha branca. Às vezes via televisão e dormia ali mesmo. Era uma bela imagem a pele morena do seu corpo refletida na tênue luz branca que entrava pela janela. Era a manhã seguinte ao dia do assassinato do deputado federal Ricardo Jofre de Castro. Comecei a perambular pela casa em silêncio. Reparei em como Vânia dormia serenamente em minha cama, com a habitual garrafa de água ao lado. Revi uma foto com a turma da faculdade do lado da estante de livros. A capa de *Songs of Love and Hate* do Cohen ao lado de um narguilé azul-escuro — presente de uma ex-namorada quando foi ao Marrocos. Voltei para sala e vi Isabela na mesma posição; como se estivesse num ensaio fotográfico matinal. Suas mãos estavam caídas bem próximas do cinzeiro, que mudei de lugar. Vi as contas de água e luz em cima da mesa da cozinha. Em algumas horas Isabela acordaria para ir à faculdade. Acendi outro cigarro e fiquei na varandinha olhando o Corcovado à distância. O que aconteceu? O que tínhamos feito? Já estive suficientemente bêbado para, ao despertar de uma noitada, não querer me olhar no espelho ao imaginar o que tinha feito na noite anterior: uma frase impensada a um amigo, um olhar lascivo para a namorada de um companheiro ou uma performance em cima da mesa do bar ao som de *Down em mim* do Barão Vermelho. Olhava fixamente pro Cristo Redentor quando senti a leve mão de Vânia no meu ombro: "Vem, vamos dormir." Ela me conduziu até o quarto, após reprovar a posição de Isabela no sofá.

"Ela adora mostrar a bunda para você."

Dormi as nove horas seguintes.

39

Acordei com o insistente barulho do telefone. Parecia estar tocando há horas. Pensei que estivesse sonhando com sucessivas chamadas telefônicas, mas na realidade o aparelho tocava ininterruptamente. Corri até a sala e atendi. Era Cíntia querendo saber do Gonzáles. Caio tentara o suicídio na noite anterior e estava na Clínica São Lucas, onde lhe faziam uma lavagem estomacal.

"Ele não parou de perguntar pelo Gonzáles. Gostaria de levá-lo ao hospital comigo. Você pode vir?", perguntou.

Concordei. "Aproveitaria para lavar o meu estômago também", pensei. Eu era um desses poucos seres humanos que acordava de bom humor. Caio não era o meu melhor amigo, mas era muito próximo de todos os meus melhores amigos. Eu não gostava do seu jeito afetado e não acho o David Bowie o gênio que ele proclamava. Caio falava demais de suas viagens ao exterior e, se você não conhecesse um tal café que se tomava em determinada cripta de uma tal igrejinha do norte de Londres, ele te desprezava. Não era má pessoa. Simplesmente não tínhamos assunto. O jeito macho sexuado intelectual de Gonzáles o atraiu profundamente. Quem sabe 1994 não fosse o seu ano da Lua.

Passei pela banca da esquina, vi a foto do Jaguar na primeira página de um jornal vespertino e voltei para o meu apartamento. Vomitei tudo o que pude; das *tapas* espanholas de Juanja até os comprimidos para dormir. Sentei no sofá da sala e permaneci paralisado por alguns minutos. Pensei em ligar para Cíntia e dizer que não iria ao hospital. Ela estava procurando Gonzáles. Onde estaria ele? Não tive coragem de ligar a televisão. Fui até o quarto, liguei o ar-condicionado, embora não fizesse calor, e me cobri. Pela primeira vez tive medo da realidade que havia inventado pro mundo lá fora. Não tinha poesia. Era tudo real. Eu não queria ser famoso por 15 minutos e passar o resto da vida em uma prisão.

40

O telefone tocou. Era Vânia. Havíamos combinado de ver uma performance num centro cultural alternativo ao lado de um posto de gasolina no Humaitá. Não haveria espetáculo aquela noite, e os atores da Companhia se encontrariam para ver um esquete de dois amigos paulistas e depois esticar no Baixo Gávea.

Cheguei atrasado e esbarrei com outros conhecidos da faculdade no bar ao lado do posto de gasolina. Um deles — que depois seria um renomado correspondente em Londres do principal telejornal brasileiro — me disse que Gonzáles havia passado por ali comentando que começaria um estágio no *Mundo Esportivo* na segunda-feira.

"Há muito tempo que eu não o via tão bem! Com uma cara limpa", completou.

Quem sabe meu amigo não estivesse se sentindo purificado depois de explodir um carro com um homem dentro? O botequim estava lotado. Dois lutadores de jiu-jítsu conversavam sobre futebol, um casal com a camisa do Sex Pistols discutia o preço da entrada de um show punk na praça da Bandeira enquanto um senhor de terno cinza-claro, do outro lado do balcão, gritava para um aposentado que jogava sinuca: "Deputado bom é deputado morto!" Um porteiro recém-saído do serviço respondeu: "Têm que matar um por um!" Vi que no fundo do bar havia uma televisão ligada sem som.

Entrei para ver a performance e vi Vânia conversando animadamente com um desses atores de novela das sete. O cara realmente não era feio e contava alguma história que fazia a minha namorada rir, um sinal de perigo. Vânia tinha uma franca atração pelos homens que a divertiam. Antes que pudesse me aproximar com cara de marido, Ângela apareceu por trás dele, agarrando-o pelo pescoço. Beijaram-se apaixonadamente.

Os esquetes começaram a ser apresentados e torci para encontrar Gonzáles. Costumávamos frequentar aquele lugar uma vez por semana, porque víamos nele um foco de resistência em meio ao lixo do circuito cultural da cidade; não eram os melhores poetas e músicos do planeta, mas tinham algo a dizer, inquietações bem-vindas traduzidas em arte, ou pelo menos na tentativa de ser arte.

A primeira performance, uma mistura de dança contemporânea com baile funk em que os bailarinos repetiam as frases gestuais de acordo com o scratch do DJ, foi muito divertida e o público aplaudiu. Depois um grupo de poetas semialfabetizados em música tocou dois temas próprios. Um deles fazia alusão a uma conhecida apresentadora de programas infantis que tinha pintado o cabelo de preto; não era mais loira e por isso todos os produtos comercializados e vinculados à tal mulher também tinham que mudar de tintura. Uma crítica clara ao consumo de massa e ao malefício que a televisão proporciona a essa geração que passa mais de quatro horas sentada em frente à TV. Todo mundo adorou, e no intervalo fui comprar cerveja e procurar Gonzáles. A notícia de que ele estava bem me intrigara. "De cara limpa, com uma cara boa." *Depois da bomba nos perdemos. Eu fui para um lugar e ele provavelmente voltou ao carro e me esperou. Eu não voltei.* Pouco a pouco comecei a ter flashbacks do pós-atentado, mas não conseguia ver nada com muita clareza. Comprei a cerveja e voltei para ficar ao lado de Vânia. Gonzáles não estava por ali. Não podia acreditar que ele estivesse bem.

41

Sentamos na calçada da pracinha Santos Dumont e pedimos outra cerveja. Os bares estavam cheios e o movimento de traficantes nessa noite do Baixo Gávea era intenso. Muitos deles conversavam animadamente com os policiais. Pareciam bons e velhos amigos. Ângela conhecia um renomado produtor cultural que estava de saída e nos cedeu a mesa. O bar fervia, os garçons não respiravam e a quantidade consumida de chope com genebra era abismal. Nas mesas os clientes falavam alto, cantavam, e outros gargalhavam. Do nosso lado um típico estudante de história gritou: "Político bom é político morto." Era a segunda vez que eu escutava uma frase do tipo nessa noite. O assunto veio à tona: "Mataram um deputado ontem, vocês viram?", Ângela perguntou. Vânia não se animou com o tema, e o namoradinho da sua amiga comentou: "Eu não lamento uma morte dessa. O cara falsificou não sei quantos remédios e mais de cem aposentados morreram por causa disso. É o velho aqui se faz, aqui se paga." Outros comentários surgiram: "Foi queima de arquivo. Mataram porque o cara sabia demais. Isso é uma máfia." Eu me levantei e fui ao banheiro; no trajeto ouvi vozes repetidas na minha cabeça: "Deputado bom é deputado morto"; " ... ela morreu nos nossos braços, cara; vi a cara de sofrimento da dona Angelina pedindo que não a abandonasse..."; "... enquanto ela morria ele provavelmente estava tomando uísque em um iate em Angra dos Reis..."; " a corrupção custa um bilhão e meio de reais por ano aos cofres públicos"; "a corrupção mata". Pensei que ia enlouquecer. Entrei no banheiro no exato momento em que um policial negociava com um garotão que devia ter sido pego em flagrante consumindo pó. O rapaz puxou uma nota de cinquenta reais e disse: "Atire a primeira pedra de cocaína aquele que nunca sofreu uma agressão policial no Rio de Janeiro!" Ele me olhou e me puxou pelo braço antes de continuar: "Aquele que nunca deu o cu para um PM, que atire a primeira pedra de cocaína!" Riu nervosamente e saiu do banheiro, "a igreja de todos os bêbados."

42

Retornei à mesa ainda com as vozes me perseguindo. Pensei em comentar o caso ocorrido no banheiro, mas achei que não valeria a pena. Eu me vi bêbado de novo. Vânia se mostrava irritada com o adjetivo que a imprensa havia atribuído a uma série de peças de teatro em cartaz no Rio, inclusive a da Companhia. Chamavam-na de teatro jovem, e esse era o tema debatido entre goles de cerveja e genebra:

"Por que teatro jovem? Porque o público é adolescente ou porque os atores não são velhos?", perguntava.

"É jovem porque discute os temas essenciais da gente e da nossa geração, acho correto", replicou Ângela.

"São temas essenciais da vida, querida! Morte, sexo e busca existencial... isso é coisa de adolescente?"

"Tudo isso começou por causa de uma peça que abordava esses temas de forma adolescente, mas essa foi a única peça! E era horrível! Por acaso o teatro que fazemos necessita de bula? Daqui a pouco vai constar nos programas das peças: recomendado para jovens entre 12 e 16 anos. É ridículo!"

Não consegui prestar muita atenção nem contribuir em nada para a discussão. Estava com a cabeça longe, me lembrando do que ocorrera após a explosão do Jaguar.

Me afastei rapidamente do local, entrei na primeira rua que vi e não encontrei o nosso carro. Percebi que tinha tomado o caminho errado. Estava em estado de choque. Andei perdido por diversas ruas da Penha. Todas as casas da região eram iguais e em cada esquina havia um botequim. Estava aturdido demais para poder me situar e decidi não retornar por medo de voltar à cena do crime e para não me deparar com o que havíamos feito. Além disso, poderiam me ver como um suspeito. O que eu estava fazendo ali naquele momento? Seguia por uma avenida movimentada quando me deparei com o centro comercial do bairro. Entrei em um bar próximo e me senti protegido. Pedi

água e um copo de cachaça. Ainda estava sob o efeito dos comprimidos. Olhei para os automóveis que passavam. Nenhum se parecia com o Dodge laranja do Gonzáles. Onde estaria ele? O que havia feito? Pedi outra garrafa de água quando notei a presença de dois policiais militares tomando café da manhã no fundo do botequim.

43

Vânia me repreendeu ao comentar que eu estava ausente. "Aconteceu alguma coisa?", ela me perguntou. Eu sempre participava dos assuntos relativos à Companhia, e seus companheiros de cena ouviam minha opinião atentamente. No Baixo Gávea eu só me pronunciara para pedir a conta.

Eu disse que estava com dor de cabeça e que a genebra misturada com cerveja não me caíra bem:

"Vou dormir em casa, meu amor."

Minha namorada não se incomodou e desceu sozinha do ônibus na praça Nossa Senhora da Paz. O coletivo estava lotado de boêmios e trabalhadores noturnos. Ainda me restava um longo percurso até Botafogo e eu queria ficar sozinho para ver em silêncio as ruas do Rio de madrugada e tentar relembrar com detalhes como consegui chegar em casa após a explosão do carro do deputado. Cruzava a Voluntários da Pátria quando vi uma família inteira repartindo a sobra de comida de um restaurante dentro do caixa eletrônico do Banco do Brasil. Duzentos metros mais adiante, um casal e uma criança faziam de um pedaço gigante de papelão uma cama para dormir. Pela primeira vez senti uma ponta de orgulho do que fizemos, quando me recordei da reação de algumas pessoas sobre o atentado naquela noite. Os comentários do senhor de terno e gravata no botequim e dos frequentadores do Baixo Gávea; "Tem que matar um por um!", disse o porteiro no boteco do Humaitá. Eram pessoas comuns, trabalhadores, gente que compra o jornal e acompanha com interesse os rumos do país. Pessoas que suam para terminar o mês com dignidade.

Ao chegar no meu apartamento, senti um leve cheiro de incenso e vi a luz acesa no quarto de Isabela. Parecia estar acompanhada. Achei estranho, uma vez que seu namorado não tinha o hábito de passar a noite com ela. Fechei a porta do meu quarto e olhei pelo buraco da fechadura por alguns minutos. Quando eu estava a ponto de desistir, vi Isabela nua saindo pela porta. Olhou para os dois lados, se certificou de que não tinha ninguém e acenou para dentro do quarto. Logo depois vi Juanja, ainda com a camisa desabotoada, saindo silenciosamente rumo ao corredor.

Naquela semana comeríamos muito bem.

44

A tentativa de suicídio do Caio não passava de uma infantil demonstração de falta de afeto. Ele queria chamar atenção e se Gonzáles foi vê-lo no hospital já atingira seus objetivos. Negava a ideia de que pretendera se matar. "Foi um acidente", dizia deitado em um estiloso sofá rosa, réplica cafona de uma obra de Dalí, que ficava ao lado da janela da sala.

Seu apartamento tinha uma vista parcial para a praia do Leme. Era um espaço amplo de sala e três quartos e eu imaginava Gonzáles debruçado na estante da biblioteca estudando a arte de detonar explosivos.

"Qual é, Caio? Você passou a tarde em casa sozinho, bebendo vodca e escutando Lou Reed em um dia maravilhoso de sol? O que foi, cara?", perguntava Cíntia.

Beber vodca ao som do Velvet Underground era um ótimo programa. O problema foi uma dose pouco indicada de calmantes. Caio era excessivamente vaidoso para assumir que sofria por Gonzáles. Acreditaríamos em suas palavras não fosse o conteúdo das vinte mensagens deixadas na secretária eletrônica do meu amigo na tarde em que foi parar na UTI. Ele não se lembrava.

"Ele veio me ver ontem no hospital. Estava muito bonito... com a barba feita pela primeira vez. Será que fez isso por mim?"

Estava definitivamente pirado.

"Ele vai começar a trabalhar. Quem sabe já não começou e por isso fez a barba...", sugeriu Cíntia.

Não fui ver o Caio no hospital, mas soube que Gonzáles tinha aparecido. E de cara limpa.

Cíntia pediu o almoço por telefone e abriu as janelas da sala para que o sol iluminasse o recinto. O apartamento estava mergulhado numa escuridão não condizente com o lindo início de tarde que se anunciava. Era primavera.

Caio pediu que ligássemos a TV justamente na hora do jornal. Outro escândalo de corrupção na prefeitura de Belo

Horizonte ganhava os noticiários. Antes que pudesse aparecer qualquer nova informação sobre o atentado de Ricardo Jofre de Castro, desci para comprar cigarros. Sentei-me num banco em frente à praia e pensei no que poderia ter acontecido com o menino no momento da explosão. Não tinha coragem de ver os noticiários por medo e culpa. Decidi caminhar devagar até a pedra do Leme e invejei a serenidade de um casal de idosos que passeava de mãos dadas; em determinado momento ele ensaiou pegar um cigarro do bolso da calça e ela desfez seu movimento e tirou o tabaco da mão dele. O velho ainda respondeu com humor e então se abraçaram. Pensei no quanto já tinham vivido e quanta história teriam para contar e senti um enorme peso ao constatar que minha vida estava apenas começando, ou terminando. Prometi que ficaria uma semana sem beber, até recuperar com precisão os últimos acontecimentos e organizar meu pensamento para abrir a janela que fechei dentro de mim mesmo.

Subi ao apartamento do Caio e me despedi dos dois. Cíntia passaria a tarde com ele e tentaria localizar Gonzáles para resolver questões burocráticas do aparelho:

"Minha passagem para Madri já está comprada e temos que colocar uma outra pessoa na casa. Tenho uma amiga que está desesperada procurando apartamento e queria apresentar o Gonzáles a ela."

"Tudo bem. Vou procurá-lo hoje e te aviso."

Omiti o resto da frase:

"Eu também tenho que falar com ele para saber quem será o nosso próximo alvo."

45

Esvaziei a garrafa de água num único gole. Os policiais estavam distraídos demais conversando e tomando café. Tive um princípio de incontinência urinária e senti os primeiros respingos frios na cueca. "Tenho que manter o controle sobre o meu corpo", pensei. O banheiro ficava ao lado da mesa dos dois PMs e era impossível me aproximar. Eu estava com um aspecto bizarro; seguramente me considerariam um viciado, me revistariam e pediriam minha identidade. Baixei a cabeça e desviei o olhar pro lado de fora do botequim. Desconfiava que o dono do local começava a suspeitar do meu estado mental. Com muito esforço, consegui trocar de posição e sentar em um lugar fora do alcance da visão dos policiais. Senti a urina deslizar até as minhas meias. Dois senhores, um deles com a camisa do Vasco, entraram no bar e pediram um café completo. Um deles me encarou de forma inusitada e comentou algo com seu companheiro. Pedi a conta no exato momento em que o rádio da polícia emitiu um som confuso e grave. Os PMs saíram esbaforidos e se despediram do dono do boteco com duas palavras: "Uma bomba." Peguei o troco e caminhei normalmente pela zona comercial do bairro. No meio da multidão, ninguém percebeu que eu ainda urinava entre as calças.

46

Deu no jornal das sete. Chamava-se Gilberto Assis dos Anjos e na hora do atentado deveria estar na escola. Naquela manhã, segundo a avó, o menino acordou com uma leve sonolência, se queixando de dores de cabeça. Ficaria profundamente arrependido de não ter ido à aula. Aos 10 anos de idade estava mais interessado em jogar futebol do que assistir às tediosas aulas de gramática. Dona Esmeralda criava o garoto sozinha. Sua filha morrera aos 18 anos, depois do segundo parto, e o pai de Gilberto não suportou a tamanha tragédia. Fez as malas, voltou pro Acre e nunca mais deu notícias. Cursava a segunda série primária do Colégio Estadual Leitão da Cunha, mas não gostava de estudar. Ao acordar sempre inventava uma desculpa: dor de cabeça, dor de barriga ou dor de dente. No dia do atentado, a avó se cansou:

"Quer saber? Vamos pro parque. Você fica brincando por ali enquanto eu vou comprar umas frutas."

O moleque nem disfarçou a melhora de ânimo; em dois minutos saiu da cama, colocou a chuteira e virou uma vitamina de leite com banana.

Não tiveram tempo de ir muito longe. Às 8h15 daquela terça-feira, ao abrir o portão de casa, o menino viu a bola de futebol debaixo do Jaguar do deputado. Dona Esmeralda, ocupada em fechar bem a porta, viu o neto atravessar a rua em direção ao carro. A explosão aconteceu segundos depois. Gilberto Assis dos Anjos sofreu uma lesão irreversível no olho direito com os estilhaços do vidro do automóvel. Eram as únicas testemunhas do caso e não puderam contribuir em nada para o avanço das investigações. Nos depoimentos oficiais que prestaram ao detetive encarregado do caso, o menino disse que "só viu a bola", e ela, que sofre de catarata, não enxerga muito bem. Há mais de seis meses espera uma consulta para ser operada no hospital municipal.

47

Eu havia perdido a inocência. Não fazia mais de dois anos que Gonzáles e eu tínhamos nos conhecido na faculdade de jornalismo, mas a sensação era de muito mais tempo. Foi no dia do trote e éramos calouros da turma de comunicação social. Mais de sessenta alunos tiveram que pedir dinheiro pelas ruas de Botafogo com a cara pintada de palhaço; os veteranos tinham nossos tênis como reféns, e se não pagássemos cinquenta reais voltaríamos descalços para casa. As gatinhas conseguiram a quantia em meia hora — um ou outro motorista generoso com a esperança de conseguir o número do telefone da recém-universitária dava dez reais —, enquanto nós suávamos para conseguir algum trocado. Gonzáles era o que tinha o aspecto mais bizarro. A maquiagem, aliada às sobrancelhas grossas e negras, e à calvície, o faziam um autêntico personagem de circo de horror. Não conseguiu mais do que cinco reais. Por sorte eu tinha uma certa quantia em dinheiro na carteira e não tive dificuldades em pagar o resgate aos veteranos. Com o dinheiro arrecadado, a festa começou na Farani, um complexo de bares ao lado da faculdade, e a bebedeira durou o dia inteiro. Lembro-me que vi Vânia pela primeira vez: ela acabou ficando com um calouro meio afeminado na fila do banheiro feminino. Troquei duas palavras com ela e já gostava do seu jeito naquela época, mas a militância no movimento estudantil ensinava a não perder tempo e energias com frivolidades do coração. Gonzáles foi o grande personagem do trote. Como não contribuiu com dinheiro suficiente teve que virar várias doses de cachaça. Falava palavras desencontradas e perguntava quem tinha lido Guimarães Rosa e Paulo Francis; se aproximava das calouras e fazia um pequeno discurso sobre a função do jornalismo na sociedade contemporânea e a importância de reconhecer que seríamos o quarto poder. A mulherada achava um saco e prestava mais atenção no líder do grupo dos veteranos; um tipo moreno tatuado e sem camisa, que bebia refrigerante no canudinho. No começo da noite metade dos alunos já haviam ido embora e vi que Gonzáles estava dormindo, com a cabeça entre os braços em uma mesa, repleto de vômito. Comentei com o garçom e os estudantes que restavam sobre a situação dele, mas ninguém se incomodou. Peguei um táxi e o levei ao hospital mais próximo. Duas enfermeiras fizeram o diagnóstico de coma alcoólico e lhe deram uma injeção de glicose.

"Daqui a pouco ele acorda, você pode ficar com ele no quarto?", a mais bonita delas me perguntou.

Eram nove horas da noite e eu estava com um quase completo desconhecido num leito de hospital em Laranjeiras, esperando que ele recuperasse a consciência. Tinha vontade de ir ao banheiro e decidi me ausentar por cinco minutos. Ao retornar ao quarto, escuto um barulho estrondoso e vejo Gonzáles caído de bruços no chão. Era uma cena curiosa: meu futuro melhor amigo beijava o frio piso do hospital, balbuciando as palavras: "gostosa, gostosa!" Tive que chamar dois enfermeiros para ajudar a devolvê-lo à cama, e em cinco minutos ele se recuperou. Com o impacto da queda havia despertado e estava novo em folha, sem o dente da frente. Nos apresentamos formalmente naquela noite e lhe emprestei dez reais para pegar um táxi. Foi amizade à primeira vista e a partir desse dia nos tornamos inseparáveis.

Seis meses depois conhecemos Ana e Cíntia. Elas acompanhavam duas amigas literalmente pintadas de palhaço, mas não foi em nenhum trote; era a passeata dos estudantes universitários a favor do impeachment do então presidente Fernando Collor de Mello. O movimento recebeu da imprensa o nome de caras-pintadas porque toda a juventude foi às ruas das principais capitais brasileiras com o rosto adornado de verde, azul e amarelo. Eu e Gonzáles nos recusamos a pintar a cara, porque sabíamos que 80% daqueles estudantes haviam votado no Collor três anos antes. Eram os mesmos que na primeira eleição democrática do país — depois de vinte anos de ditadura — haviam preterido líderes históricos da esquerda, como Brizola e Lula, em favor de um candidato que representava a mesma elite dirigente nordestina que há mais de quinhentos anos condenava o povo à miséria social e econômica; legítimos representantes da classe que impunha a pior distribuição de renda do mundo. Lembro-me do medo que Leonel Brizola exercia nessas pessoas que queriam que a situação de desigualdade no Brasil se perpetuasse. Para mim, era o único candidato que poderia fazer frente ao fenômeno midiático Fernando Collor, que com o discurso de varrer a corrupção do país, e com apoio do principal grupo privado de comunicação do Brasil, tinha como certa a presença no segundo turno das eleições. Aconteceu o que Gonzáles e eu temíamos; Brizola ficou de fora e Lula seria o candidato que enfrentaria Collor nas eleições que decidiriam quem seria o nosso presidente. Em um debate televisivo transmitido em rede nacional entre os dois, poucos dias antes da eleição — e que foi vergonhosamente editado em favor de Collor e retransmitido um dia depois em horário nobre no mesmo canal —, aconteceu novamente o que prevíamos; o candidato midiático estava completamente à vontade, seguro de si e com o discurso ensaiado enquanto Lula — que não tinha 10% da experiência e da habilidade política de Brizola —, visivelmente tenso, fazia vibrar com as duas mãos as folhas de anotações que segurava com o conteúdo do seu plano de governo, que nunca chegou a ser concretizado.

Três anos depois, a juventude estava nas ruas, pedindo a cabeça de Collor devido aos escândalos de corrupção.

No dia da passeata saímos da universidade mais cedo e fumamos um baseado no Jardim Botânico. Dali pegaríamos um ônibus que cortaria caminho pelo túnel Rebouças e chegaríamos ao centro da cidade mais rápido. Era um típico dia de sol no Rio de Janeiro e, apesar da nossa incredulidade e desconfiança em relação aos caras-pintadas da nossa geração, o gosto de participar de uma manifestação nos enchia de orgulho e motivação; era uma das formas de sentir que estávamos vivos. A luta e a fé política havia justificado, ao longo da história, a existência de inúmeros personagens que habitavam nosso inconsciente cotidianamente; sem eles não haveria história e, portanto, não haveria vida. "Triste época em que o discurso político dará lugar somente ao discurso econômico", pensávamos. Já estávamos nessa época e não sabíamos.

Chegamos ao centro da cidade e pedimos uma cerveja num botequim repleto de estudantes. O dono do local parecia satisfeito, nunca tinha visto tantas adolescentes por metro quadrado. Os bêbados e frequentadores de plantão deram lugar a uma massa de belas donzelas de jeans apertados e camisetas sem sutiã. Parecia Búzios ou a barraca do Pepê, mas aquilo era esquina da avenida Rio Branco com a rua do Ouvidor. Reconheci alguns veteranos da faculdade — um deles estava tomando Coca-Cola com dois canudinhos vermelhos — e outros do movimento estudantil.

A passeata estava marcada para as dez da manhã, e decidimos rumar para a concentração na avenida Presidente Vargas com dois chopes no copo de plástico. Meu sentido de orientação era pouco favorável e o de Gonzáles, o pior possível. Logo constatamos que nos encontrávamos justamente no lado oposto ao da passeata; mais de cinco mil estudantes estavam no começo da avenida Presidente Vargas e nós no final dessa mesma avenida, local em que a manifestação terminaria com uma série de atos reivindicativos contra o presidente. Resolvemos nos apressar e caminhar em passos largos até a concentração. Essa imagem serviria de metáfora para nossas posições políticas daquele momento. De um lado, mais de cinco mil estudantes de cara pintada e do outro, eu e Gonzáles, de cara limpa. Paramos no meio da avenida e, ao ver aquela massa humana se aproximando, percebi como estávamos distantes daquela geração — a nossa geração. Muitos daqueles pós-adolescentes recém-saídos do pátio do colégio Andrews estavam acompanhando uma série de televisão de muito êxito na época, em que uma história de amor tinha como pano de fundo os conflitos políticos do Brasil nos anos 1960; sabia que os caras-pintadas não passavam de uns alienados influenciados por mais um melodrama televisivo e que estavam pedindo o impeachment de um presidente que eles próprios haviam eleito. Quando vimos a multidão de manifestantes se aproximando, decidimos sair do cordão de isolamento da avenida e simplesmente ver aquele desfile com o qual não nos identificávamos em nada.

Foi então que optamos por tomar outra cerveja perto da Cinelândia. Em pé diante de um botequim, nos deparamos com duas meninas lindas: uma delas era magra, alta, loira, com os seios enormes. Vestia uma camisa dos Rolling Stones com uma foto da primeira formação da banda com Brian Jones. A outra era morena e um pouco mais baixa. Tinha o nariz perfeito e os cabelos negros na altura dos ombros. Vestia uma saia hippie verde-clara e uma blusa semitransparente creme através da qual se insinuava a forma dos seus peitos. E o mais importante, não tinham as caras pintadas. Chamavam-se Ana e Cíntia.

Pedimos uma cerveja e olhamos ao redor para o movimento atípico no centro da cidade. Várias ruas haviam sido fechadas e muitos trabalhadores — office boys, bancários e gente de repartição — estavam nas janelas dos edifícios comerciais vendo a multidão se manifestar. Outros beliscavam um aperitivo e tomavam uma cervejinha, aproveitando as horas involuntárias de descanso. Quando eu servia um copo a Gonzáles, Cíntia se aproximou. Ela estava sem dinheiro e pediu um chorinho no copo dela; irresistível. Apresentou-se e acenou para Ana. Logo estávamos brindando à queda do presidente.

Conversamos sobre política boa parte do tempo. Ana nos explicou que nascera no Rio mas que aos 3 anos fora morar no México, onde seus pais conseguiram asilo político depois do golpe militar de 1964. Pertenciam a um grupo revolucionário de linha maoista e foram torturados por uma milícia do Estado que caçava comunistas no final dos anos 1960. Tinha boas lembranças da infância apesar das intermináveis crises de depressão da mãe, que resultariam em um infarto fulminante numa clínica para recuperação de viciados em San Diego. Seu pai lhe explicaria que a equação "tortura + ácido lisérgico" fora a causa das suas constantes perturbações psíquicas. Ana nunca se aproximou das drogas por causa disso e no máximo puxava um fuminho de vez em quando. Queria ser socióloga e havia começado a faculdade naquele semestre.

Cíntia era carioca de classe média. Tinha um enorme sorriso quando queria e havia passado os três últimos meses em Mauá, morando em uma comuna com estudantes de agronomia. Foi parar lá para refletir sobre o futuro; seus pais queriam que estudasse direito, mas ela sempre gostou de arte. Matriculou-se em uma escola de pintura e percebeu que definitivamente não tinha talento para ser artista. Buscava algum curso sobre gestão cultural ou de patrimônio. Havia terminado uma relação de dois anos com um músico e queria desfrutar das liberdades de mulher solteira. O que mais ansiavam naquele momento era sair da casa dos pais, e Gonzáles tinha exatamente o que elas queriam: um apartamento.

Fomos para o aparelho após a passeata: um simpático sala e dois quartos na esquina da Rodrigo Otávio com a praça Santos Dumont, Gávea. Não tinha decoração, exceto um pôster de Charlie Parker ao lado da mesa da sala que servia de escrivaninha e mesa de janta; uma biografia de Luz del Fuego repousava ao lado de um prato de macarrão não terminado. Vários potes de iogurte devidamente devorados estavam largados em cima da caixa de som junto com um livro sobre a história do cinema brasileiro. Um pufe verde-escuro de enormes proporções ficava ao lado de cem vinis de MPB que serviam para apoiar a xícara de café e um cinzeiro. Gonzáles dividia o apartamento com uma geladeira vermelha muito em voga na época de JK. À noite seu sistema de refrigeração acelerava muito e pensávamos que levantaria voo a qualquer momento. Ana e Cíntia se apaixonaram pela casa. Não tinha absolutamente nada além de livros e discos, mas não faltava liberdade, justamente o que procuravam. Passamos a noite no apartamento escutando antigos vinis dos Stones e Jimi Hendrix. Gonzáles leu uma passagem de *Grande sertão: Veredas* e depois Ana escolheu um trecho de *Howl* de Allen Ginsberg para ler em voz alta. Reparei como os olhos de Cíntia brilhavam ao vê-la recitar os poemas. Nessa noite elas deram o primeiro beijo na nossa frente. Cíntia se mudaria para o aparelho duas semanas depois; Ana levaria três meses para deixar a casa do pai. Fernando Collor de Mello permaneceria mais 51 dias na presidência da República Federativa do Brasil.

48

Saí do centro comercial e consegui entrar num ônibus em direção a Copacabana. Vi inúmeros carros da polícia com a sirene ligada durante o trajeto. Percebi que tinha o jeans manchado de urina, e o cheiro começou a incomodar a passageira que estava ao meu lado. Ela me encarou com cara de asco. Três adolescentes ouviam funk a todo volume no último assento. A música era insuportável e um deles olhava fixamente para mim; riram alto e se aproximaram do banco em que eu estava. O mais baixo, com uma camisa do New York Yankees e um cordão de prata, me encarou: "Tá doidão, tá doidão, mané?" Não esbocei nenhuma reação. Outro que estava sem camisa e com o boné do Vasco disse: "Tá doidão e tá mijado, o playboy tá todo mijado!" Começaram a rir e tive o ímpeto de me desvencilhar deles e pedir que o ônibus parasse. O motorista freou bruscamente e perdi o equilíbrio. Apoiei-me em uma senhora que comia um biscoito amanteigado e o saco caiu inteiro no chão: "Vai me pagar! Agora vai ter que pagar!", protestou. Saltei aturdido e, quando pisei no asfalto e vi o veículo se distanciar, percebi que o ônibus estava completamente vazio. Onde estaria Gonzáles? Com certeza não mais perdido do que eu.

49

Cheguei em casa e havia duas mensagens de Vânia na secretária eletrônica. No primeiro recado ela perguntava sobre o estado de saúde do Caio e no segundo me sondava sobre a possibilidade de convidar o diretor da Companhia de teatro para a sessão de gastronomia programada para aquela noite. Liguei de volta e respondi que não teria nenhum problema se o convidado viesse com uma boa garrafa de vinho. Antes de desligar o aparelho, Vânia me perguntou se estava tudo bem. Tinha a voz vacilante.

Respondi que sim, que a minha suposta falta de atenção e as minhas ausências momentâneas quando estava a seu lado eram apenas preocupação sobre o meu futuro profissional. Menti outra vez e disse que havia feito outra entrevista — a terceira em menos de duas semanas — e que me saíra muito mal. Com um tom amável e compreensivo, minha namorada respondeu que eu não deveria me preocupar.

Eu tinha que saber algo sobre o Gonzáles e como havia chegado em casa após o atentado, e por que não nos comunicávamos desde então, fazia quase 48 horas.

Resolvi quebrar o gelo e disquei o número dele. Ninguém atendeu. Acendi um cigarro e coloquei no vídeo *Lili Marlene*, de Fassbinder. Peguei no sono rápido e acordei três horas depois com o barulho da campainha. Era Juanja com dois quilos de camarão.

50

A promessa de passar um tempo sem álcool era inverossímil. Afinal não há nada que um porre diário não cure, exceto a cirrose. Outra sessão gastronômico-etílica se anunciava numa mesa pouco recomendável. O namorado de Isabela apareceu no meio do jantar e foi curioso ver Juanja ao lado dele. Desconfiava das intenções do meu amigo basco? Veio para marcar terreno? Se o motivo fosse esse era tarde, porque Isabela já havia cedido aos encantos de Juanja, que comentou que sua esposa estava em São Paulo acompanhando o tal músico baiano.

Arroz com mariscos e vinho branco. Logo duas garrafas de conhaque e histórias dos bastidores de teatro do Rio de Janeiro. Senti um ligeiro desconforto ao ver como Vânia se fixava em cada movimento do seu diretor — um cinquentão que insistia em usar camisetas grudadas no corpo —, ao narrar como um renomado crítico de teatro dormira por longos 15 minutos durante o espetáculo da Companhia; e o melhor de tudo, a crítica foi favorável. Não gostava dos hiperbólicos gestos dele, era outro que era mais ator na vida do que no palco; ou eu estaria com ciúmes? O fato era que ele queria protagonizar o jantar e desfilou outra série de casos curiosos sobre o cotidiano de um grupo teatral. Uma atriz que simplesmente se esquecera de entrar em cena ou os ataques de machismo de um namorado que não queria a namorada nua no palco. Sabíamos que o diretor era casado com uma socióloga e mantinha um caso com uma das atrizes da Companhia. Prosseguiu contando sobre uma viagem de mochila que fizera pela Europa aos 18 anos e me pareceu pretensioso ao dizer que não perdera tempo nos *coffee shops* de Amsterdã e que preferira conhecer a casa de Rembrandt e o Rijksmuseum a perambular pelos bares da zona da luz vermelha. Argumentei que uma coisa não excluía a outra; que depois de digerir um *space cake* ou fumar uma erva de Marrocos se poderia muito bem — ou talvez melhor

— contemplar as obras do barroco holandês. Mostrou-se indiferente ao meu comentário e continuou seu monólogo sobre a transcendente experiência de contemplar sozinho o quadro *Guernica*, no museu Reina Sofía de Madri:

"Em um momento vi que estava sozinho naquela imensa sala diante de uma obra que até hoje me deixa perplexo e me preenche. Não consigo definir o que eu senti vendo como Picasso traduziu em arte o primeiro bombardeio estrangeiro sobre uma população civil, a pedido do próprio governo!"

Ganhou a atenção de todos e desfrutava.

"Foi como se eu tivesse tomado uma droga, uma plenitude interna invadiu o meu corpo e chorei..."

Era a milésima pessoa que chorava diante de *Guernica*. E o centésimo nono diretor de teatro. Juanja perguntou, desconfiado:

"Isso faz muito tempo?"

"Eu tinha 18 anos... início dos anos 70", respondeu.

"Então você deve ter se confundido de museu, porque o *Guernica* só foi levado de volta para a Espanha depois da ditadura de Franco, com a abertura política em 1977. Esse foi um pedido do próprio Picasso; que o quadro não retornasse ao território espanhol enquanto Franco estivesse no poder. E acho muito difícil que você contemplasse sozinho esse quadro no Museu de Arte Moderna de Nova York. É mais ou menos como ver a *Mona Lisa* sozinho no Louvre, ou ver o *Davi* na Academia de Florença sem a presença de nenhum japonês com uma Nikon pendurada no pescoço.

"Você é um cara de muita sorte", comentei.

O diretor ficou desconcertado e Vânia fez uma cara de desapontada. Juanja buscou outra garrafa de conhaque e trocou o vinil. Ouvíamos Louis Armstrong com seu primeiro grupo, The Hot Five. Ao escutar os primeiros solos de corneta da música, o diretor, que parecia engasgado com o meu último comentário, alfinetou:

"Isso é jazz para branco se entreter. Esse cara é um palhaço. Miles era o melhor; nunca se curvou diante de uma plateia de brancos."

Ele definitivamente não sabia em que terreno pisava. Juanja, enfurecido, porém demonstrando uma sábia paciência, respondeu:

"Se não fosse Louis Armstrong, o jazz estaria em Nova Orleans até hoje. O que de todo não seria mal. Foi o primeiro músico a valorizar a improvisação de um solo em um determinado tema. Foi a ponte entre o que se chama o estilo Dixieland e as Big Bands. O primeiro a registrar um selo próprio em meio a uma arte em que reinava o espírito coletivo. E mais, seu estilo vocal foi a matriz de onde saíram Billie Holiday e Frank Sinatra. Então, por favor, não confunda a imagem pública criada em torno do seu mito com o que ele realmente contribuiu ao jazz."

Foi o chamado Boa-Noite Cinderela. Vânia ficou sem graça, o namorado da minha companheira de apartamento dormia com a boca aberta no sofá. O diretor nunca mais voltaria para nossas sessões de degustação e Juanja e Isabela trepariam a noite toda. Em alto e bom jazz.

51

Gonzáles me ligou no dia seguinte pela manhã. Ao escutar sua voz, senti uma mistura de alívio e tensão; por que havíamos demorado tanto a nos falar depois do atentado?

"Eu estava puto com você. Como você some depois da bomba, porra? O que você acha que eu senti?", me explicou do outro da linha.

Marcamos um café numa padaria na esquina da rua Voluntários da Pátria com a Real Grandeza.

Saltei do ônibus vazio. Estava na praça da Bandeira acometido de paranoias e alucinações. Parei um taxista e o convenci a me levar até Botafogo. Disse que tinha sofrido um assalto e por isso estava naquelas condições, sem dinheiro e com as calças molhadas de urina. O motorista, penalizado, me levou até em casa; subi, peguei o dinheiro para pagar a corrida e lhe agradeci. Liguei insistentemente para Gonzáles e a secretária eletrônica estava cheia. As mensagens suicidas de Caio haviam lotado a sua caixa postal.

Refiz esses últimos acontecimentos pós-atentado sentado na última mesa da padaria onde combinamos nosso encontro. Estava menos atormentado. Enfim consegui recordar todos os passos depois que a bomba explodiu debaixo do Jaguar de Ricardo Jofre de Castro. Agora poderia explicar a Gonzáles toda a confusão ocorrida em consequência do atentado.

Gonzáles chegou para o nosso encontro de barba feita e com uma blusa social branca para dentro da calça. Foi a primeira vez que o vi com esse aspecto. Parecia um respeitável estudante de economia a caminho do estágio no centro da cidade. Senti um leve cheiro de perfume emanando da sua pele. Ele pediu educadamente um café e me abraçou por um longo minuto, e juntamos nossas testas numa clara manifestação de cumplicidade. Aos desavisados poderia parecer uma cena homossexual. Acendeu um cigarro, confirmou as horas em seu novo e discreto relógio de pulso e narrou minuciosamente o que havia acontecido nos últimos dois dias. O atentado fora um fracasso. A quantidade de dinamite era insuficiente para matar um homem no ato; o azar do deputado foi que a bomba explodiu debaixo da sua perna esquerda, o que dilacerou algumas veias que provocou hemorragia externa. Se o serviço de emergência fosse rápido ao local, talvez Ricardo Jofre de Castro sobrevivesse com uma perna amputada. Ele gritou por socorro e morreu dentro do Jaguar banhado de sangue. Gonzáles comprou todos os jornais e vinha acompanhando o caso pela televisão. As investigações concluíram que fora um crime cometido por um amador, ou amadores que queriam calar o político. A suspeita de queima de arquivo e a quebra de sigilo telefônico da vítima apontavam para dois suspeitos que estavam sendo investigados pela polícia. As duas únicas testemunhas não contribuíram em nada para o esclarecimento do caso. Após a explosão, Gonzáles me esperou por mais de dez minutos dentro do Dodge laranja. Disse que estava tenso e socava o volante de tanta raiva por eu não aparecer logo.

"Tínhamos combinado, após a bomba você tinha que ter voltado pro carro, porra!", gritou.

Disse que deixou o local quando viu as primeiras pessoas saindo de suas casas em direção ao deputado. Alguns deixavam o batizado naquele momento, entre eles o jornalista que nos havia facilitado o endereço da Penha. Escutavam-se os gritos de dor de Ricardo Jofre de Castro do outro lado da rua. Garantiu que ninguém o reconheceu, mas que tudo poderia ter ido por água abaixo por minha causa. Deu duas voltas ao quarteirão para ver se me encontrava e desistiu; em menos de meia hora já estava na Gávea ao lado do telefone, esperando minha chamada. Tomou um banho de meia hora e nada de notícias minhas. Foi então que percebeu que a secretária eletrônica estava cheia de mensagens do Caio. Sua preocupação por mim foi se estendendo ao longo do dia, mas foi até o hospital para ver o estado do nosso amigo. Tranquilizou-se quando soube que Cíntia conseguira entrar em contato comigo e que Caio sobreviveria à suposta tentativa de suicídio. Depois de dormir por algumas horas, Gonzáles fez exatamente o movimento oposto ao meu. Enquanto eu não queria me defrontar com o ocorrido nem ter nenhuma notícia do nosso feito, meu amigo circulou por diversos botequins da cidade, comprou todos os jornais e viu os noticiários pela TV. Queria saber se estávamos seguros e, mais importante, a opinião do brasileiro comum — jornaleiro, garçom, ambulante ou taxista. Segundo ele, o atentado tivera uma repercussão positiva nas ruas do Rio de Janeiro. Não houve uma pessoa sequer que se mostrasse penalizada pelo destino do deputado Ricardo Jofre de Castro: "Ele teve o que merecia"; "aqui se faz, aqui se paga"; "menos um para roubar os cofres públicos"; "foi direto pro inferno".

Narrei todo o meu périplo até chegar em Botafogo; que após a explosão senti uma espécie de letargia cerebral. Não conseguia raciocinar e perdi o senso de direção. Estava fora de controle com o coquetel de pílulas e álcool consumido durante as horas anteriores ao atentado e somente dois dias depois consegui reconstituir todos os meus passos até em casa. Não tive coragem de olhar os jornais e saber os detalhes do crime, sim, um crime, havíamos cometido um assassinato. Matamos um deputado, um pai de família, matamos um homem.

"Que matou mais de cem!", exclamou Gonzáles.

"Foda-se!", respondi.

"Você pode falar mais baixo?".

"Ok. Todo o Rio de Janeiro está a favor do atentado, não é certo? Todo mundo aprovou que esse filho da puta fosse pro buraco, mas quem sujou as mãos fomos eu e você e isso nos converte em assassinos. É muito diferente! Somos da mesma classe de indivíduos que violam ou estupram ou matam ou cometem outros delitos! Somos assassinos!"

"Fala baixo, cri-a-a-tu-tu-ra!"

E completou:

"Eu não me arrependo."

Dei um gole no café, olhei pros dois lados e respondi:

"Nem eu."

52

Fomos juntos ao cemitério do Caju para depositar algumas flores no túmulo de dona Angelina. Ao chegar, Gonzáles insistiu em procurar os restos mortais do músico Júlio Barroso, que ele tanto adorava. Percorremos todas as ruas do cemitério por mais de meia hora e nada. Diante da minha falta de informação necrológico-musical, perguntei:

"Esse cara morreu mesmo?"

Gonzáles me respondeu paciente e terno:

"Morrer não morreu, não; como Bob Marley, Elis Regina, Glauber Rocha... não vão morrer nunca, entende?"

Me calei e seguimos por mais 15 minutos até desistirmos. Nos aproximamos do túmulo de dona Angelina Ferreira dos Santos. Meu amigo se ajoelhou e deixou as rosas ao lado da lápide. Era como se tivesse cumprido uma missão. Jurou que vingaria a morte dela e o fez.

"Sei que não posso trazer a senhora de volta. Mas lhe prometi que o responsável por sua morte teria o que merecia. Jurei, ao ver a senhora morrer nos meus braços, que a minha vida não teria sentido sem que as coisas mudassem neste país. E elas vão mudar."

Permanecemos em silêncio e contemplamos o sutil deslocamento das nuvens ao entardecer. Percorremos devagar as ruas do cemitério e deixamos um maço de cigarro e metade de uma garrafa de conhaque no túmulo de Noel Rosa. Era o nosso compositor favorito, o gênio dos gênios. Saímos do Caju cantando: "Essa gente hoje em dia / que tem a mania / da exibição / não se lembra que o samba / não tem tradução / no idioma francês."

Fomos para Vila Isabel e tomamos o melhor porre dos últimos meses. Nos sentíamos aliviados e purificados, sem remorsos e com o objetivo cumprido. Gonzáles começaria seu estágio na semana seguinte e eu tentaria algum trabalho em assessorias de imprensa. Amava a Vânia e moraríamos juntos. Senti que eu despertava de um longo pesadelo.

53

Ana e Cíntia já não tinham nenhuma relação afetiva. A data de partida de Cíntia confirmada para Madri provocou uma voluntária mudez em nossa amiga. Não dividiam a mesma cama, e quando uma chegava em casa, a outra se apressava em sair. A comunicação se limitava a um "bom dia" ou "tchau". Ana não gostava de Ângela Rô Rô, porém mais de uma vez foi flagrada escutando seus discos: "Você navegando os mares da Espanha / tecendo para outro seu corpo com manha / loucura, loucura não me compreenda / loucura, loucura o pior é a emenda / eu amei demais..."

Seria mais lógico se Ana estivesse abandonando a Cíntia porque ela era mais libertária, avessa a compromissos. Tinha um histórico sentimental de duas dúzias de curtas relações. Era mais bonita, atraente e a última a sair das festas. Cíntia era mais exigente com o relacionamento e se nunca foi ciumenta era pelo menos mais atenta à lista interminável de admiradores de Ana. Os homens não importavam, eram café com leite; dormir com um cara uma noite não contava como infidelidade e isso tinha acontecido raríssimas vezes, justamente porque o pacto sobre a liberdade unia mais as duas. Cíntia era mais sóbria e com um passado menos atribulado, e Ana sentia segurança ao seu lado. Cíntia tinha a sensação de que a sólida estrutura em que Ana se apoiava desmoronava a cada dia, e as consequências seriam catastróficas. Estava sendo abandonada com aviso prévio. As justificativas de Cíntia soavam como um discurso protocolar de um funcionário da Casa Civil; se ama e se deixa de amar, é só isso. Um ser humano vive, faz planos, até que descobre uma doença em fase terminal e morre — se vive e se deixa de viver, fim de ato.

Ana havia se penalizado enormemente com o menino ferido no atentado; era um garoto bonito, com os olhos grandes e os lábios carnudos, um mulato com a cara arredondada, cheia de vida. Sua foto saiu em diversos jornais, e Ana a contemplava com interesse, como se a tragédia alheia cotidiana atenuasse seu desespero, como se o seu drama fosse um drama menor em face dos infortúnios que a vida pode oferecer.

"Que menino bonito... cego para toda vida. Acho que eu fiquei cega por dois anos. Cega, cega, cega! Nunca pensei que a Cíntia pudesse simplesmente sair da minha vida assim. Pelo menos a minha cegueira é reversível, não vou sofrer mais por ela. Não posso."

Fiz um café forte enquanto esperava Gonzáles comodamente sentado no sofá da sala. Ana lia os jornais, relatando outras notícias no mundo: uma ponte que desabara no Líbano com 18 vítimas mortais ou um acidente de carro fatal com vítimas adolescentes. Tudo para provar a si mesma que sua dor era irrelevante. Ela acendeu outro cigarro e me perguntou se Gonzáles estava saindo com alguma mulher.

"Por quê?", quis saber.

"Ele parece outra pessoa. E isso é amor. Viu o quarto dele? Os livros em ordem, o armário impecável, e sinto que ele está mais seguro. Tem gaguejado menos. No telefone fala normalmente. Deve estar apaixonado."

Realmente Gonzáles havia mudado, para melhor. Mas ao telefone sua gagueira ainda se fazia presente. Muitas vezes ao falar com ele pensava que subitamente, no meio de uma conversa, não havia ninguém do outro lado da linha. Mas ele estava lá, tentando terminar uma frase. Era constrangedor, ele definitivamente era bem mais gago que eu.

"Deve ser por causa do trabalho. Ele está mais seguro de si", sugeri.

Ana continuou lendo os jornais e esperei por Gonzáles até o final da tarde. Tínhamos um assunto pendente e tenho certeza de que ele sabia disso. Mas ele não chegou. Passou a tarde em um shopping center com a mãe, comprando calças e camisa social.

54

Botafogo e Flamengo jogariam numa quarta-feira chuvosa pelo campeonato carioca. Era o nosso clássico favorito. Se não fosse pela chamada "Era Zico", o time rubro-negro seria freguês do alvinegro até hoje. Ser botafoguense nos anos 1980 era quase uma provação, um rito de passagem, um teste de caráter. Ninguém optava por torcer pelo Botafogo, o Botafogo escolhia você. Se Moisés escolheu o povo judeu, os deuses do futebol escolheram uma torcida; a da estrela solitária. Eu e Gonzáles éramos da mesma estirpe, a estirpe de General Severiano.

Tínhamos um assunto pendente e tomaríamos uma cerveja em um botequim da Tijuca. Depois seguiríamos para o Maracanã. Juanja queria nos acompanhar, mas desistiu porque preferia ficar na torcida do Flamengo.

Entramos no bar em frente ao estádio, que era o nosso ponto de encontro antes de comprar o ingresso; os torcedores dos dois times confraternizavam e provocavam o dono do boteco, um típico vascaíno filho de português. Desde pequeno a bandeira preta e branca me atraía mais do que qualquer outra, e o escudo com uma estrela solitária tinha um caráter simbólico que nenhum outro clube possuía. Gonzáles me confessou que na adolescência pensou em tatuar o Garrincha no braço direito e teve o apoio do seu falecido pai, mas nunca concretizou o plano. Eu achava um exagero, mas são coisas de botafoguense.

O tema da nossa conversa era Gilberto Assis dos Anjos. O menino ficou cego de um olho, e a responsabilidade era nossa. Ele não estava no lugar errado na hora errada, simplesmente saía de sua casa como fazia todos os dias. Uma grande parte do desejo de não ler os jornais ou obter qualquer informação sobre o atentado residia no medo do que poderia haver acontecido com aquela pobre alma, que não tinha nada a ver com os esquemas de corrupção do deputado Ricardo Jofre de Castro e com a morte da dona Angelina. Toquei no assunto e pela primeira vez depois de muito tempo vi Gonzáles com o olhar perdido, sem saber o que dizer; desde o atentado todos haviam percebido uma mudança radical no seu comportamento; mais seguro, mais limpo e menos gago. Agora vi o Gonzáles que conhecia; mergulhado em seus pensamentos, terno e desorientado.

"Foi a pior coisa que aconteceu", respondeu.

Deu outro trago no cigarro. O bar começou a encher. Dois jovens entraram gritando "MENGO!". Gonzáles prosseguiu:

"Nunca imaginei que o moleque fosse se meter debaixo do Jaguar para pegar a bola. Foi uma tragédia. Ele saiu do nada, cara.

Não tinha ninguém na rua, eu averiguei antes. Ele apareceu e veio correndo... não quero mais pensar nisso. Vou carregar esse peso o resto da minha vida."

Permanecemos em silêncio e pagamos a conta. Nada podia ser feito quanto ao garoto. Subimos a rampa do Maracanã e decidimos não tocar mais nesse assunto. Mas a vida — sempre ela — apresenta certas sutilezas e crueldades. Ouvimos pelo rádio que a equipe do Flamengo realizaria o sonho de um jovem torcedor que queria entrar em campo junto com o time. Qual não foi a nossa surpresa ao ver Gilberto Assis dos Anjos pisando no gramado do Maracanã com o time rubro-negro. Um tapa-olho cobria-lhe a vista direita. O estádio inteiro aplaudiu o garoto. Eu e Gonzáles olhamos um pro outro desconcertados; a nossa vítima acidental estava ali, do outro lado do campo. Levantei-me e aplaudi, enquanto meu amigo permaneceu sentado. Logo depois também se levantou e repetiu meu gesto, e vi uma lágrima escorrendo pelo seu rosto. Foi o nosso momento de redenção. Senti como se os quarenta mil torcedores do Maracanã estivessem pedindo desculpas por nós dois. A partida iria começar e já não me importava o resultado.

O jogo foi lento e desinteressante; as duas equipes plantadas no meio de campo esperavam que a outra viesse ao ataque. De repente, Gonzáles tirou do bolso um pedaço de papel e leu em voz baixa:

"Segundo a Constituição brasileira e de acordo com a redação do Artigo 53, um deputado e um senador somente podem ser processados pela prática de crime comum se a Câmara dos Deputados ou o Senado Federal concedem uma licença ao Supremo Tribunal Federal. Está me acompanhando?"

"Sim," respondi.

Gonzáles fez uma pausa, acendeu um cigarro e comprou duas cervejas antes de prosseguir.

"Caso contrário, o processo fica paralisado até o parlamentar perder essa condição."

"Muito bem."

"Assim, políticos acusados de práticas de crimes comuns não são julgados pelo Judiciário, porque a Câmara dos Deputados não concede a licença. Ou seja: muitos filhos da puta se beneficiam do corporativismo de seus colegas parlamentares, que dificultam a aprovação da licença requerida para que o Supremo Tribunal Federal possa julgar o acusado."

"Entendi. O político acusado pode muito bem comprar os votos necessários dos outros deputados para escapar do julgamento."

"Bingo!! Uuuuuuuuuuh quase gol do Flamengo..."

A bola bateu na trave. Após tomar dois longos goles de cerveja, meu amigo concluiu:

"Sabe quando o deputado Ricardo Jofre de Castro seria julgado?"

Ele mesmo respondeu:

"Nunca!"

"Sabe quando ele iria parar na cadeia por matar 113 pessoas? Me responda você."

"Nunca!", gritei.

"A imunidade parlamentar é uma prerrogativa que assegura aos membros do Parlamento ampla liberdade e independência no exercício de suas funções, protegendo os mesmos contra os abusos e violações por parte de outros poderes constituídos, como o poder Executivo ou o Judiciário. Bonito, não?"

"Correto."

"Correto. Mas deputado que pratica um crime comum tem que ser julgado como qualquer civil!"

"Concordo plenamente."

"Você tem lido os jornais?"

"Não."

Gonzáles tirou do bolso outro papel com dois nomes escritos. Parecia que eu já havia vivido essa cena antes.

"Jefferson Calado e José Ramos Georgette. São dois deputados que estavam ameaçando o Ricardo Jofre de Castro. Tinham medo de que ele abrisse a boca e revelasse detalhes do esquema da máfia dos remédios. Estão envolvidos até a medula nesse escândalo. O Ricardo não agia sozinho. Você acha que eles vão para cadeia?"

"Não", respondi.

"Mas podem ir para outro lugar. E é além do horizonte. Pro mesmo lugar que o Ricardo Jofre de Castro."

Eu sabia o que o meu amigo queria dizer.

"A morte de dona Angelina ainda não foi vingada. O que eu te proponho é criarmos, eu e você, um Comando Terrorista Anti-Corrupção. E vamos exigir a mudança da Constituição. Enquanto um deputado não for julgado como um cidadão qualquer, os políticos corruptos vão seguir atuando com a certeza de estar impunes. Se é assim, vão ter o que merecem. Já te falei que a corrupção mata. Um corrupto mata mas não sente a culpa de um assassino, porque fisicamente ou visualmente não há um ato concreto. Me entende? Mas atingem seu objetivo igualmente. Um crime contra a economia popular gera consequências catastróficas. Gera desemprego, falta de verbas para saúde ou educação, e isso mata a realidade de qualquer um. Fomos amadores para caralho, mas somos inteligentes! A polícia nem imagina a nossa existência. Eu tenho acompanhado tudo pelos jornais. Pensam que é queima de arquivo, e a merda tá fedendo. É o momento exato de agir e confundir ainda mais a investigação. Eles estão perdidos!"

Não entendi por que Gonzáles escolheu justamente o Maracanã para me propor a ideia de criar um grupo terrorista, mas tudo era muito forte. Senti que estávamos fazendo história; a entrada em campo do menino deu um caráter épico a toda aquela proposição. E se mudássemos a lei da imunidade? E se a corrupção de fato fosse erradicada do país? Gonzáles tinha a exata dimensão do que poderia acontecer, e eu continuava com medo.

"Estou fazendo algo por mim; na segunda vou começar o estágio. Nunca pensei em terrorismo, mas estamos fazendo justiça, coisa que as instituições deste país desconhecem. Faça alguma coisa por você, faça alguma coisa pelo Brasil."

Gol do Botafogo. Gonzáles comemorou como um louco e nos abraçamos. Glauber Rocha disse que "a violência é a mais nobre manifestação cultural da fome". Naquele dia, 14 de novembro de 1994, fundamos — com a barriga cheia — o primeiro e único Comando Terrorista Anti-Corrupção de que se tinha notícia na história do Brasil.

LIVRO II d.C. (depois do Comando)

"Muito sentimental. Agora pouco sentimental."

Ana Cristina Cesar

1

Vocês viram, minha gente,
O que aconteceu de novo?
Enviaram pro buraco
Outro que enganou o povo...

A multidão aplaudiu. E o outro repentista seguiu:

Explodiu a dinamite
No carro do deputado
Eu já tenho meu palpite
Foi conversar com o Diabo

A massa foi ao delírio, e o primeiro retomou a rima:

Eu não sei o autor do feito
Mas estou agradecido
Sei que ninguém é perfeito
Mas alguns nascem fedidos.

A dupla foi ovacionada por três dezenas de pessoas. E nunca saberão que os autores do feito que inspiraram os versos dos repentistas se encontravam entre o público que os aplaudia. Troquei um olhar cúmplice com o Gonzáles e brindamos com outra rodada de cachaça. A repercussão foi mais rápida do que esperávamos. Era um sábado e Cíntia havia escolhido a feira de São Cristóvão para celebrar sua despedida. Estávamos todos presentes, com a sentida ausência de Ana. O voo para Madri estava marcado para a manhã seguinte, e a feira de São Cristóvão era a carga necessária de brasilidade que Cíntia queria. Desejávamos profundamente o melhor para a nossa amiga em sua empreitada à Europa. E que o sonho de ser uma futura gestora de patrimônio cultural não terminasse como mais uma sul-americana trabalhando de garçonete em alguma cafeteria da Puerta del Sol. Seguindo o protocolo alcoólico e à medida que a noite avançava, nos beijávamos e abraçávamos com tanta euforia que parecia que Cíntia iria como voluntária para alguma missão espacial soviética. Caio chorava copiosamente — ainda não sabíamos se por ela ou por Gonzáles —, enquanto Juanja e Isabela ensaiavam desastrosos passes de forró. Vânia e a turma do teatro chegaram um pouco depois e foi uma grande festa. Um dos atores do grupo comentou que estava impressionado com o exotismo do lugar. Exotismo? Claro, para quem nunca saiu da avenida Ataulfo de Paiva, a feira de São Cristóvão era o Sítio do Picapau Amarelo; mas não chegaram ao descalabro de me perguntar pelo Saci Pererê. O que ninguém sabia era que eu e Gonzáles tínhamos um motivo a mais para celebrar. O dia da despedida de Cíntia coincidiu com o dia da "despedida" do deputado federal Jefferson Calado.

2

Naquele sábado de dezembro estávamos de cara limpa. Acordei na hora combinada e ao atravessar a portaria do meu prédio vi o Dodge laranja 1973 estacionado. Gonzáles — vestindo uma camisa para dentro da calça e sapato social — fumava um cigarro encostado no carro. A dinamite devidamente embrulhada com papel celofane estava dentro de uma bola de futebol no banco de trás. Não abandonamos o simbolismo da pátria com chuteiras. Entramos no veículo e Gonzáles colocou uma fita de uma banda que me marcaria para sempre: Pixies. Caio havia importado o CD recentemente, e quando ouvi os primeiros acordes de *Wave of Mutilation* senti que era a trilha sonora indicada para aquela manhã. Seguimos com pressa até a Barra da Tijuca, onde nossa futura vítima iria almoçar com a família em um conhecido, porém discreto, restaurante do bairro. Era o único momento em que o deputado dispensava a segurança dos três armários de terno e gravata que o acompanhavam 24 horas por dia. Gonzáles havia sacado toda a informação sobre o cotidiano do político ao fazer amizade com outro estagiário de um jornal que pertencia ao mesmo grupo do *Mundo Esportivo*. Saíam para almoçar juntos e tomar uma cerveja depois do trabalho. Assim conseguiu o endereço do deputado federal Jefferson Calado, além de outros endereços importantes, como o do seu escritório político e o do apartamento da sua namorada. O novo amigo de Gonzáles tinha a incumbência de ficar na cola de um experiente repórter que acompanhava o cotidiano de Jefferson para tentar alguma exclusiva, já que o deputado só se pronunciava à imprensa através de coletivas. O próprio estagiário achava que o jornal não sabia muito bem o que fazer com ele. Como Gonzáles, havia entrado pela janela e conseguido o estágio porque sua família era amiga do vice-presidente do Grupo de Comunicação que incluía, além de dois jornais, três rádios e uma emissora de TV. Gonzáles ganhou sua confiança e ele facilitou uma breve biografia da nossa vítima. O deputado passava por um mau momento: recentemente obtivera a separação depois de um longo e árduo processo; sua ex-mulher fora decisiva para a impulsão de sua carreira política — era filha de um ilustre ex-senador do antigo PDS — e uma grande dama da sociedade. Estavam casados há mais de 15 anos, e a família da moça havia financiado boa parte da faculdade de direito do marido. Com o apoio financeiro do sogro, ele conseguiu abrir um escritório em sociedade com um colega da universidade e logo se destacou como um grande advogado de causas trabalhistas. Um dia da semana prestava atendimento gratuito para clientes mais humildes e causas perdidas. Cinco anos depois começou sua carreira política e hoje era um respeitado deputado federal. Sua vida seguiria como um conto de fadas, não fosse a arrebatadora paixão por uma candidata a apresentadora de programas infantis que teve um ensaio fotográfico publicado em uma revista masculina de gosto duvidoso. Iniciaram o romance e pouco depois o escândalo ganhou todos os jornais. Na mesma época seu nome apareceu envolvido no "Escândalo da Amarelinha" como um dos responsáveis pela aproximação do finado Ricardo Jofre de Castro com o importante grupo farmacêutico norueguês. O Supremo Tribunal Federal enfrentava dificuldades para conseguir a licença para julgá-lo, pois o deputado tem amigos influentes em diversos setores do governo.

Sua namorada morava na avenida Sernambetiba, e Gonzáles havia assistido à incursão do deputado naquele apartamento diversas vezes. Meu amigo saía direto do estágio para fazer plantão em frente ao edifício: o deputado chegava no início da noite e saía pela portaria principal nas primeiras horas da madrugada, onde dois homens o aguardavam e abriam a porta da sua Mercedes. O que Jefferson não suspeitava era que sua amada também deixava o local logo depois dele. Para onde iria? Bom, isso era assunto para um detetive particular ou para a imprensa marrom. Toda a investigação serviu para constatar que Jefferson não dispensava o serviço dos seguranças em nenhum momento. Revezei com meu amigo no trabalho de seguir os passos da futura vítima e em inúmeras ocasiões estive no seu escritório político. Acordava cedo com a velha desculpa de fazer uma entrevista, me despedia de Vânia e pegava o ônibus em direção ao centro da cidade. Caminhava até uma rua estreita atrás do Theatro Municipal e entrava em um edifício moderno de 15 andares. O escritório era rodeado de fotos do deputado atuando em campanha; noutras ele figurava ao lado de alguma personalidade do mundo artístico ou esportivo. A fila de espera era enorme e cheguei a permanecer mais de duas horas com uma senha na mão aguardando para ser recebido. Os assessores do deputado atendiam um por um; anotavam demandas, pedidos e o contato do contribuinte. As solicitações variavam desde o auxílio de tratamento dentário até a poda de árvores em bairros distantes. Os trâmites eram organizados de forma profissional e sua equipe política era formada por gente jovem e educada. Se resolvesse a situação de um determinado caso, o cidadão era convidado a ser cabo eleitoral. Às quartas-feiras Jefferson atendia pessoalmente os solicitantes, e nunca o vi sem pelo menos uma escolta ao lado. Depois de três semanas de investigação, constatamos que o deputado só dispensava a segurança privada para almoçar com os filhos. Em três sábados seguidos, por volta das 13h30, ele se deslocava de sua luxuosa residência em Vargem Grande para um restaurante em um discreto centro comercial na Barra da Tijuca. O almoço era rápido; antes das 15h seus filhos entravam em um Vectra blindado com motorista, e o deputado seguia com sua Mercedes prata para o aeroporto Santos Dumont.

Era um sábado ensolarado — 2 de dezembro — quando seguimos pela avenida das Américas com Pixies a todo volume. Gonzáles acendeu um baseado e fechamos os vidros. O riff de guitarras de *Wave of Mutilation* invadia a paisagem do Rio de Janeiro e me provocava uma sensação de excitação e relaxamento ao mesmo tempo. Talvez fossem os primeiros sintomas de uma provável esquizofrenia, talvez os primeiros sinais de que a única realidade é a da nossa alma secreta, talvez a confirmação da ruptura definitiva com os códigos morais que regem a vida lá fora, dessa vida que não era para mim.

Entramos no shopping com uma hora de antecedência. Circulamos pelas vitrines e paramos em uma loja de CDs. Nessa época algumas lojas começavam a dedicar uma seção inteira de estantes para duplas sertanejas, e sugeri a Gonzáles que poderíamos diversificar um pouco mais a nossa lista de vítimas; ou melhor, quando fizéssemos uma lista de futuros políticos contra os quais atentar e dois deles estivessem empatados no item maior corrupção ativa, o critério de desempate seria o grau de comprometimento dos mesmos com a nova música sertaneja.

Se fosse apenas um ouvinte e consumidor ocasional, consideraríamos isso um delito grave e ele receberia mais um quilo de dinamite; se fosse um entusiasta, divulgador e aparecesse publicamente em shows de alguma dupla, receberia um tiro na nuca — a execução imediata.

Uma vendedora gordinha, metida num *top* dourado minúsculo com as letras "L.A.", se aproximou. Eu sabia que Gonzáles odiava ser incomodado quando procurava algum disco. Ele foi insolitamente simpático com ela e se despediu com um sorriso amável. Era muito feia para se fazer de antipático. Subimos a escada rolante e reparamos que todos os letreiros das lojas eram em inglês: Habit, Dream House, Sugar, Moonlight... Íamos dizendo em voz alta o nome de cada uma e não percebemos o final da escada e acabamos caindo em cima de uma mulher fantasiada de algum bicho da Disney. A pobre alma estava vestida de joaninha e fazia a promoção do novo filme do estúdio americano. Foi horrível, porque ela caiu de bruços com as duas mãos pro alto, de cara no chão, e não conseguia se levantar. Envergonhados, ajudamos a moça a se reerguer enquanto ela nos dirigia uma quantidade razoável de palavrões. Eu conhecia aquela voz.

"Ângela?", perguntei.

"Oi, tudo bem", ela disse em um tom bem sem graça.

"Desculpa. Mil desculpas, estávamos distraídos."

Ela imediatamente tirou as duas antenas da cabeça e a bisonha máscara do inseto. Fora flagrada.

"Sabe como é? Vida de atriz de teatro. Quero ir a Roma ano que vem..."

"Claro, claro."

"Você não foi ver a peça ontem. A Vânia tava ótima. O teatro cheio."

"Que bom!" Eu não sabia o que dizer. "Estou com um amigo que procura uma roupa social. Vocês se conhecem, não?"

Ângela e Gonzáles se cumprimentaram enquanto eu pensava em uma boa desculpa para minha namorada, pois havia mentido mais uma vez, dizendo que eu acompanharia Gonzáles em uma reportagem em Niterói. Antes de conseguir imaginar outra mentira para Vânia, Ângela me pediu um favor:

"Você não conta para ninguém que me viu aqui? É que eu prefiro... preservar minha imagem como atriz... você sabe."

"Não se preocupe", assegurei-lhe.

Era tudo o que ela queria ouvir.

A vida de ator de teatro era dura. Eu contava nos dedos os amigos que conseguiam sobreviver do teatro. Não era nenhuma vergonha se vestir de Patolino ou de Mamãe Ganso para conseguir pagar as contas no final do mês. Eu estava cansado de esbarrar com amigos atores que de noite eram Hamlet e de dia vestiam-se de Picapau ou de outros personagens bizarros. Eu topava com eles em lugares públicos de intensa atividade comercial e geralmente eram eles que vinham falar comigo. O inusitado era que Ângela era justamente a mais glamourosa e besta de todas; a única que certamente faria um comentário depreciativo se visse algum colega nessa situação.

Descemos a escada rolante e Gonzáles segurou o que teria sido uma estrondosa gargalhada. Saímos do shopping e esperamos o deputado do lado de fora. Havíamos estacionado o carro em uma pequena rua em frente, atrás de um matagal. Dali podíamos ver todo o movimento de entrada e saída de veículos. Notei uma estranha calma em Gonzáles, que contrastava com o seu estado de espírito no nosso primeiro atentado. Lembro que no dia em que explodimos o Jaguar do Ricardo Jofre de Castro havíamos consumido um coquetel de álcool e anfetaminas. Para a segunda bomba, nos prometemos fazer tudo de cara limpa, e eu pressentia que no momento anterior ao feito estaríamos naturalmente mais tensos com a expectativa.

"Você não tá nervoso?"

"Não", ele me respondeu. "E sabe por quê?", continuou. "Esse cara não vai aparecer aqui hoje. Acordei com a sensação de que não cometeríamos esse atentado neste lugar."

Relaxei um pouco.

"No atentado da Penha passei uma semana com a certeza de que aquela semana seria a da morte do Ricardo. Hoje acordei com outra certeza."

"Qual?"

"Que vamos botar a bomba na garagem do prédio da namorada dele."

O meu fugaz momento de tranquilidade durou até o exato instante em que um Vectra negro blindado ligou a seta para entrar no estacionamento do shopping: era o carro em que os filhos do deputado estavam com o motorista da família.

"Acho que me equivoquei", disse Gonzáles.

Exatamente cinco minutos depois — às 13h30 em ponto — o Mercedes de Jefferson Calado entrava no mesmo local. Vimos como abaixou o vidro do carro, pegou o tíquete do estacionamento e se dirigiu ao lado direito do mesmo. Gonzáles me olhou firme e foi pegar o explosivo no banco de trás do Dodge. O riff de guitarras da canção do Pixies invadia novamente minha cabeça.

Ocorreu-me que os políticos eram alvos fáceis; a necessidade de ostentar uma irretocável imagem pública — em prol de um melhor rendimento das urnas — fazia com que organizassem sua vida de forma pragmática. Por mais que a agenda de um deputado fosse atribulada, ele manteria sua vida privada dentro de um esquema cíclico. Era inacreditável que Jefferson Calado não tivesse nenhum assessor que lhe sugerisse mudar o roteiro de sua rotina familiar de vez em quando; era uma pessoa envolvida em um escândalo que poderia chegar às altas esferas do poder e estava sendo investigado pela Polícia Federal.

Ele estava ali. O estacionamento era aberto na parte externa do shopping e vimos com facilidade o lugar onde ele deixou seu carro. Seguiu a pé em direção ao restaurante, que ficava no segundo andar do centro comercial. Era um tipo alto e elegante com uma aparência física semelhante à do deputado Ricardo Jofre de Castro. Gonzáles pegou a bola e beijou sua superfície. Caminhou com segurança e em passos firmes até a Mercedes. Já havíamos estudado o local anteriormente e as câmaras de vigilância ficavam a mais de trinta metros dali. Duas mulheres — típicas emergentes da Barra da Tijuca — em microvestidos rosa e com cabelo loiro falsificado se dirigem ao estacionamento. Percebo que reparam em Gonzáles, que já se encontra ao lado do veículo do deputado. As mulheres tinham estacionado sua BMW a poucos metros do carro da vítima. Elas abrem o porta-malas e guardam suas compras.

Minha missão seria acompanhar o almoço de Jefferson Calado e indicar a Gonzáles o momento de sua saída do restaurante. O tempo do trajeto entre o restaurante e o estacionamento era de exatos seis minutos. Esperávamos que o deputado não parasse em nenhuma loja, para que a bomba explodisse exatamente nos trinta segundos depois de ativada — era o tempo que Gonzáles tinha para plantar o artefato e sair do local. De acordo com as nossas contas, o político sairia às 14h55 — como já havia feito três vezes —, mas não podíamos ter tanta certeza. O BMW deixou o estacionamento, e Gonzáles me fez o sinal para entrar no shopping e averiguar se Jefferson e os filhos já haviam feito os pedidos e iniciado a refeição. Não contávamos que o político tivesse esquecido o maço de cigarros dentro do porta-luvas.

Antes de atravessar a porta principal do centro comercial, vi Jefferson Calado retornando por ela; não soube o que fazer e acenei para Gonzáles, voltando para o nosso Dodge. Foram momentos de indecisão. Meu amigo hesitou mas acionou o artefato, deixou a bola de futebol debaixo da Mercedes e seguiu com passos rápidos para a saída. Jefferson Calado era outro que tinha pressa em morrer. Como Ricardo Jofre de Castro, ensaiou uma corrida até o carro e, quando se encontrava a menos de dois metros da Mercedes, a bomba explodiu. Meu amigo não viu nada. Estava de costas voltando para o Dodge quando ocorreu a explosão. Eu presenciei tudo. O veículo voou pro lado direito e os estilhaços se espalharam por todo o estacionamento. O deputado pareceu um boneco de marionete ao perder a massa corpórea em uma fração de segundos. O carro virou de lado e se chocou com um Santana que estava estacionado. Seu corpo jazia em frente à Mercedes. Havia várias pessoas circulando pela entrada principal do shopping naquele momento. Havíamos sido precipitados, porque poderia haver testemunhas.

Dei a partida e Gonzáles entrou no Dodge. Ordenou-me que ficasse calmo três vezes em menos de vinte segundos e disse que o artefato detonara mais rápido do que ele imaginava. Seguimos pela avenida das Américas no sentido contrário ao que havíamos planejado. Deveria retornar para a Zona Sul, mas não consegui controlar o movimento dos meus braços. Eu tremia ostensivamente. Segui com as duas mãos no volante em direção à Zona Oeste e vi pelo retrovisor a cena do crime. A fumaça subindo da Mercedes prata destroçada, com os primeiros curiosos se aproximando do local da explosão. Não olhei mais para trás. Gonzáles acendeu um cigarro. "Está tudo bem", disse. "Não podemos ir muito rápido nem muito devagar, saia da pista de alta velocidade e respire fundo, sem medo." Estávamos atentos para o caso de aparecer alguma viatura policial, mas por sorte não cruzamos com nenhuma. Pouco a pouco minha respiração voltou ao normal e retomei a direção do Dodge com propriedade. Gonzáles me acendeu um cigarro, que deixei cair no banco: "Calma, calma, eu pego! Olha para frente!", gritou. Seguimos pela avenida das Américas por mais dez minutos e nos deparamos com um carro da polícia que fazia uma blitz no sentido oposto àquele em que estávamos. Minha perna direita não obedecia a meu cérebro e pensei nos meus pais, que deviam estar comodamente em casa preparando o almoço de sábado à espera do meu irmão e dos netos. Fechei e abri os olhos para me concentrar e consegui pôr a seta para a esquerda; em dois minutos estacionamos o Dodge em um trailer em frente à praia do Recreio dos Bandeirantes. Não conseguíamos sair do carro.

Pela primeira vez depois de anos hesitei em rogar a Jesus Cristo. As mesas do quiosque estavam todas ocupadas e a praia, repleta de banhistas. Sentamos entre a multidão. Pedimos duas cervejas e concluímos que o nosso *modus operandi* era muito amador. Se no primeiro atentado houvera dinamite de menos, nesse houvera explosivo demais. Se na Penha averiguamos bem o local do atentado — uma rua tranquila sem muitos transeuntes —, nesse foi um verdadeiro desastre: o artefato explodiu quando um razoável número de pessoas circulava pela entrada do shopping. Por um milagre não vimos nenhum carro da polícia passando naquele momento; e se passasse? Estaríamos presos? Estaríamos mortos? A única evolução foi que dessa vez fizemos tudo de cara limpa, e assim mesmo questionaríamos se valeria a pena fazê-lo sem pelo menos tomar algumas cervejas; fazer na base da caretice não foi melhor. Pelo contrário. Nos sentimos mais expostos e vulneráveis. O álcool e as anfetaminas potencializavam nossa capacidade de decisão e nos proporcionavam uma maior agilidade. A partir daquele atentado eu queria acompanhar cada detalhe do nosso feito. Sem lugar para remorsos ou culpa. O ato estava consumado e ele teve o que merecia. Lembrei-me do que Gonzáles havia dito: "O político corrupto atinge — ainda que involuntariamente — o mesmo objetivo que um assassino profissional. A única diferença é que no crime de corrupção não há o ato físico do assassinato: um corpo, uma arma, uma vítima, sangue. Mas existe a morte como consequência do ato delitivo: a fome, a miséria e a violência que propiciam a criação de um entorno que gera o futuro criminoso, o de um possível assassino." Na despedida de Cíntia naquela mesma noite, soubemos que o crime repercutira em todo o Brasil.

3

"Por que você está usando óculos escuros se você nunca usa óculos escuros?"

E eu devolvi a pergunta:

"Por que é que VOCÊ está usando óculos escuros, se você não usa nem depois de fumar um cigarrão?"

Soltamos uma gargalhada diante de uma pilha de jornais em cima da mesa do Caneco 70, o bar preferido do falecido pai do Gonzáles. A ressaca era imensa e o sol daquele domingo, arrebatador. Deixei a Vânia dormindo e comprei todos os periódicos disponíveis — incluindo o *Mundo Esportivo*, em que Gonzáles escreveu uma incrível resenha sobre a final da Liga Amadora de Handebol feminino em Niterói. Estava todo orgulhoso. Ele mostrou a matéria para o garçom que o conhecia desde menino, no tempo em que o seu pai o levava todo fim de semana para a praia no posto 11.

"Olha aqui, seu Geraldo, fui eu que escrevi!"

O sujeito olhou desconfiado.

"Não acredito, não tem o seu nome."

"E estagiário pode assinar matéria, seu Geraldo? Desce mais dois chopes!"

Não sei se tínhamos muito o que celebrar. De todo modo o atentado fora um êxito, com repercussão nacional na capa de todos os jornais. Era muita ousadia explodir o carro de um deputado federal, em plena luz do dia, no estacionamento de um shopping center. Éramos geniais ou absurdamente amadores, e a polícia já se convencera de que a segunda hipótese era a mais provável. Se se tratasse de morte por encomenda, o interessado compraria os serviços de gente profissional — havia um grande mercado de matadores no Rio de Janeiro.

Os jornais se limitavam a apresentar o fato em si, não antecipavam as primeiras conclusões das investigações. Em algumas reportagens, testemunhas davam depoimentos contraditórios: um aposentado, que saía do shopping no momento da explosão, disse que uma BMW vinho partira em alta velocidade do local depois da explosão; dois jovens surfistas de Jacarepaguá afirmaram ter visto um cidadão negro pulando o muro que separava o centro comercial de um terreno baldio no exato instante do atentado; uma dona de casa que não quis se identificar vira uma moto amarela, sem placa, com dois homens em frente ao shopping minutos antes do ocorrido.

Sabíamos que a polícia ainda seguia a trilha da queima de arquivo, mas o *modus operandi* não se encaixava nessa versão. Lemos atentamente cada linha publicada e não vimos nenhuma referência ao nosso carro ou a Gonzáles. Foi um golpe de sorte; deveríamos aguardar algumas semanas para saber os rumos da investigação. Era conveniente mudarmos de estratégia e pensarmos em um modo mais discreto de cometer um crime. Gonzáles me prometeu que pensaria no assunto e me disse que qualquer dia me levaria até o homem que lhe vendera os explosivos. Não havia feito isso até então porque o indivíduo não queria ser identificado e quanto menos gente entrasse em contato com ele, melhor. Perguntei se a compra da dinamite significava algum risco para nós dois, se através desse cara a polícia podia chegar aos nossos nomes. Gonzáles me respondeu muito seguro:

"Ele não sabe o meu nome verdadeiro e não tem ideia do meu endereço. É a regra do jogo, eu não sei nada sobre ele e ele não sabe nada sobre mim. E é óbvio que ele é da polícia."

Nos despedimos em um belo final de tarde no calçadão do Leblon. Gonzáles ia para casa, pois tinha o estágio no dia seguinte. Eu ia até o Arpoador com a Ana ver um show do Tim Maia; isto se ele resolvesse comparecer ao próprio show.

4

Ana estava desorientada e sem sutiã — o que me desorientou por alguns segundos —, olhando fixamente pro vazio do Atlântico nas pedras do Arpoador. Me aproximei devagar, sentei ao seu lado e, sem dizer palavra, esbocei um doce sorriso de cumplicidade, somente permitido ao restrito universo de amigos que sabiam pelo que estava passando. Ela me respondeu com o mesmo sorriso e voltou a contemplar o mar. Permanecemos em silêncio por alguns minutos. Ela logo me disse com a voz cansada:

"Ela agora está atravessando esse oceano... quem diria que a boa moça iria desaparecer assim. Me deixou uma carta de três páginas. Não li e queimei tudo hoje de manhã, e depois fui correndo pro lixo tentar juntar cada pedacinho queimado... que patético! Nunca havia passado por isso antes... você tem cigarro?"

Dei a ela o último que eu tinha no maço. Não havia nada a ser dito naquele momento. Ana tinha que sofrer e ponto; ainda tinha a vantagem de ser bissexual e contar com um amplo leque de possibilidades; homens e mulheres lhe agradavam igualmente. E não faltariam candidatos. Pobres dos heterossexuais, que atuavam em campos mais restritos.

A outra vantagem que tínhamos naquele instante era que a banda Vitória Régia ensaiava os primeiros acordes; ele veio e não havia nada — absolutamente nada — que um grande momento de um show de Tim Maia não curasse — exceto os excessos da vida mundana.

Foram quase duas horas de concerto; duas horas que nos libertavam da mediocridade do dia a dia, dos pensamentos involuntários que minavam nossas certezas, do permanente sentimento de ver o mundo sem ser convidado. Se a realidade em que vivíamos não era a mais edificante, Tim Maia tinha tratado de reinventá-la.

Ana chorou no meu ombro e ficamos abraçados por um longo tempo. Se algum amigo de Vânia estivesse por perto pensaria que éramos amantes. Ela segurou com força a minha mão nas baladas mais tristes e puxou o meu corpo para junto dela na hora do soul e do funk. Perguntou-me se poderia dormir no meu apartamento porque não queria voltar pro aparelho e ver a cama vazia. Teria que se acostumar, mas hoje seria a primeira noite sem a presença física de Cíntia; já haviam rompido a relação há algum tempo, porém a certeza de que ela estava na casa lhe servia de alento. Agora não havia sinal de sua presença; nenhuma foto, roupa ou cheiro. Respondi que não tinha problema.

Chegamos em Botafogo e Isabela via televisão ao lado do namorado, na sala. Eu pensara que ela havia se decidido por

Juanja, mas lembrei que meu amigo espanhol era casado e as coisas levariam seu devido tempo para serem resolvidas. Ou que então fora apenas um breve idílio, uma simples curiosidade sexual, um desejo não reprimido. Ana era belíssima e ao entrar no apartamento imediatamente cativou a atenção de Charles, que fez um *travelling* completo no corpo de 1,78 metro muito bem torneado da minha amiga. Isabela se apresentou e conversamos um pouco diante da TV. O noticiário mostrava o enterro do deputado Jefferson Calado e a briga entre a família e a namorada atual, que não pôde assistir à cerimônia a pedido da viúva; a jovem havia sido flagrada em um jantar romântico com um conhecido jogador de futebol dois dias antes do crime e fora destaque em diversas revistas de imprensa marrom. Fiz a cama do meu quarto para Ana e fiquei na sala esperando o sofá vagar. Charles se despediu e Isabela foi dormir. Fiquei zapeando por alguns canais quando minha amiga me chamou para vir pro quarto; estava acostumada desde a infância a dormir abraçada com amigos e não queria me ver encolhido em um sofá que era a metade do meu tamanho. Não discuti. Ana apagou a luz e me pediu que a abraçasse com sutileza — estava sem camisa. Não pude evitar o meu estado de excitação, tinha o pênis ereto. Ela riu, tocou nele como se fosse um objeto de estimação e me deu um beijo na testa.

"Hoje não. Quem sabe um dia. Descansa."

Olhei pro porta-retrato com a foto da Vânia ao lado da cabeceira, beijei seu rosto e o coloquei no chão. Dormi pensando na letra de *Réu confesso*...

God bless Tim Maia.

5

A temporada de entrevistas para estágios havia terminado. Era dezembro e a proximidade do Natal e Ano-Novo dispersava o mercado de trabalho. Não precisava mentir para Vânia; eu não iria a nenhum lugar e ponto. Deveria esperar o ano seguinte, 1995, para recomeçar minha incansável busca. E Vânia estava satisfeita demais com a sua vida para se meter na minha; geralmente as discussões de casais em relação aos projetos pessoais vinha justamente da insatisfação pessoal projetada na vida do outro. Comigo, Vânia conseguiu uma estabilidade afetiva jamais encontrada em outro homem, e se eu não fosse um exemplo de ambição era pelo menos um cara interessado no mundo, com sede de conhecimento e bem apresentável. Sem dúvida que ao meu lado ela evoluiu, ganhou serenidade para se concentrar na Companhia de Teatro e terminar com calma a faculdade de jornalismo. O que mais a incomodava era a falta de dinheiro. Nunca dei o devido valor ao vil metal, e minha relação com ele sempre foi uma incógnita; poderia passar um mês controlando os gastos e me manter firme diante das tentações consumistas e, em uma tarde, comprar meia dúzia de livros, três CDs importados e tomar um porre com o que sobrava. No aniversário de seis meses de namoro, convidei a Vânia a um restaurante japonês — sabia que ela adoraria — e fui exatamente com oitenta reais. Conforme passavam as horas via que ela se deleitava com os diferentes pratos de sushi — que para mim pareciam decoração — e não hesitava em pedir mais saquê. A conta deu 78 reais e repeti para mim mesmo que não passaria de novo por aquela situação. A falta de grana nos privou de diversos eventos: shows, peças de teatro e uma ou outra viagem para a qual nossos amigos do teatro nos convidavam.

O ano de 1995 prometia. Eu terminaria a faculdade, procuraria trabalho e um apartamento pequeno para nós dois. Repetia para mim mesmo todas essas projeções em frente ao espelho duas vezes por dia: acabar a universidade, ganhar dinheiro e viver com a pessoa que você ama. Tentava me convencer de tudo isso, mas era tarde. Aos 23 anos eu já havia matado duas pessoas e me havia convertido em um terrorista.

Na noite de Natal experimentei um vazio que talvez me acompanharia para o resto da vida; não pude deixar de pensar nos filhos dos deputados Ricardo Jofre de Castro e Jefferson Calado. Afinal, não tinham culpa da atrocidade cometida pelos seus pais. Como todos os anos, passei a data no apartamento da família, na rua Senador Vergueiro, em frente ao Cine Paissandu. Meus pais estavam casados há quarenta anos e era inacreditável a forma terna e carinhosa como se tratavam. Após a ceia e a troca de presentes entre os familiares — primos, primas, tios, avós —, e quando todos já tinham ido embora, cumpríamos o mesmo ritual de nos juntar em frente à televisão para ver *Cantando na chuva*. Eu, minha mãe e meu irmão mais velho íamos para a sala de estar enquanto meu pai preparava o café, que nunca estava pronto antes de o filme começar. Minha mãe carinhosamente reclamava da ausência do meu pai nos primeiros minutos da película. Dizia que ele nunca havia visto os dez primeiros minutos de *Cantando na chuva* porque estava sempre preparando o nosso café. E ele então se aproximava — com uma bandeja de prata já corroída pelo tempo e quatro xícaras — e se sentava ao lado dela. Eram verdadeiramente felizes.

6

O secretário de Segurança do estado propôs uma coletiva logo nos primeiros dias de 1995. Sofria pressões por todos os lados e estava acossado pela necessidade de avançar nas investigações. Em uma clara falta de experiência ou necessidade de mostrar serviço à Polícia Estadual, o jovem secretário se precipitou ao apresentar à imprensa o auxiliar de pedreiro João Cordeiro dos Santos, 57 anos, e seu sobrinho Washington Neves dos Santos, 18 anos, como os autores dos dois atentados que cobraram a vida de Ricardo Jofre de Castro e Jefferson Calado. O assassino, segundo a polícia, vingara a morte do pai, o aposentado Virgílio Cordeiro dos Santos, a vítima 78 da Máfia dos Laboratórios Farmacêuticos. O pedreiro trabalhara durante anos na mansão em que a família de Ricardo vivia nos primeiros anos de sua carreira política, no bairro de Jacarepaguá. Era morador de Cordovil e fora visto inúmeras vezes, por vizinhos e frequentadores do bar da região, anunciando que mataria todos os políticos responsáveis pela morte do pai, um ex-funcionário da Secretaria de Esporte que estava no programa "Saúde Não Se Compra", do estado. A prova forjada pela polícia foi a das digitais encontradas nas duas bolas de futebol que explodiram com a dinamite nos dois atentados.

Se é que se poderia constatar alguma digital em dois pedaços de borracha completamente destroçados. Metade da imprensa engoliu a encenação e a outra — mais atenta e profissional — formulou perguntas para as quais não havia respostas. Demorou algum tempo para que a farsa fosse esclarecida, e àquela altura o secretário já não exercia as suas funções. A única verdade era que o pobre pedreiro era filho de uma das 113 vítimas do "Escândalo da Amarelinha" e que de fato havia anunciado vingança contra quem falsificara os remédios. Era alcoólatra e cumprira prisão domiciliar por tentativa de homicídio oito anos atrás. Seu sobrinho estava com os dias contados pelos traficantes de Vaz Lobo por uma dívida não quitada. Era conveniente que desaparecesse da área. Por uma razoável quantia de dinheiro assumiriam os crimes cometidos e a polícia faria vista grossa para um acerto de contas que se cometeria dentro da Penitenciária de Campinho, local em que o estuprador da filha do pedreiro — que tinha então 7 anos — se encontrava detido. E era para onde seriam enviados. Crime com crime se paga. Não tinham nada a perder.

Encontrei com Gonzáles no aparelho para tomar uma decisão. Não podíamos deixar que dois inocentes ocupassem o nosso lugar. Teríamos que redigir rápido uma carta de apresentação como os autores do atentado e exigir a mudança da Lei de Imunidade Parlamentar. Havíamos previsto fazê-lo depois de cometer o terceiro crime. José Ramos Georgette era o único que faltava dos três envolvidos na morte de dona Angelina. Meu amigo concluiu que era melhor que esperássemos os próximos acontecimentos. O secretário de Segurança poderia cair a qualquer momento e a opinião pública não se manifestara contrária aos atentados.

"Você viu alguma manifestação de protesto pela morte desses filhos da puta? Vamos nos concentrar nesse último deputado, saber por onde ele circula e eliminá-lo. Depois escrevemos uma carta assumindo os atentados, apresentamos o Comando Terrorista Anti-Corrupção e exigimos a mudança da lei. Sem precipitações."

Não tivemos tempo. Outra pessoa já estava devidamente concentrada nos passos do deputado federal José Ramos Georgette.

7

Cíntia mandou notícias. Na capital espanhola fazia um frio *de puta madre* e ela estava dividindo um apartamento com duas chilenas estudantes de documentários; conhecera um argentino *guapo* apaixonado pelo Brasil e pela música de Tom Zé e estavam saindo juntos há quase um mês. A noite *madrileña* era uma *pasada* e ela gastara em uma viagem-relâmpago ao Marrocos boa parte do dinheiro que havia economizado.

Caio nos comunicou todas as novidades — poupou Ana do namoradinho portenho — em um ensolarado fim de tarde no posto 9. Gonzáles escutava com entusiasmo as primeiras aventuras da ex-namorada e Caio não perdia a mania de segurar no meu bíceps quando contava alguma história ou queria nossa atenção. Apesar dos 38 graus marcados no relógio, nosso amigo estava todo de preto: óculos escuros, camisa de malha e uma bermuda que cobria o corpo quase até o tornozelo. Era o seu estilo; não aceitava o calor do terceiro mundo e se vestia como se estivesse em um *pub* de Manchester — com calefação — ao som de Joy Division. Seu físico não ajudava, era excessivamente magro e alto, com a pele mais branca que a de Ana. Comparados com ele, eu e Gonzáles éramos dois cubanos. Vânia apareceu com sua inesquecível saia hippie e me beijou a boca como há muito não beijava; me disse que fora chamada para ser assistente de figurino do novo filme que um reconhecido diretor brasileiro começaria a rodar naqueles dias. Gonzáles não reclamava do estágio, apesar de sempre cobrir os eventos menos prestigiados da vida esportiva do Rio. Sua última matéria fora sobre um torneio de vôlei em um ginásio em São Gonçalo. Na verdade ele até agradecia por não poder assinar esses textos odiosos. Por um momento na praia queria que o tempo congelasse a vida como tal; a Vânia ao meu lado, os amigos confraternizando e a vida iluminada por um permanente pôr do sol; sem consequências, metas ou obrigações morais. Talvez dez anos seguidos de consumo de álcool e *marijuana* fizessem retroceder os estímulos para me sentir cômodo diante da realidade; o desejo de voltar pro útero era similar ao de se proteger do vento frio através dos últimos raios de sol que não agrediam o corpo. Concluí que por medo da realidade, por medo do mundo que se apresenta, interferimos de forma contundente nos fatos cotidianos e criamos a nossa realidade. A bomba dos atentados era dirigida a nós mesmos antes de a qualquer outro.

8

Inauguramos os trabalhos da nova sessão gastronômica de 1995. O convidado de honra era Gonzáles, que nunca havia participado de nossas tertúlias. Trouxe duas garrafas de vinho barato, e Juanja disse, cheio de ironia, que não cozinharia com essa bebida. Ana começava a sair da toca e ensaiava uns sorrisos de vez em quando. Isabela dispensou o "chato do namorado" — palavras dela — e saiu do banho com um vestido branco transparente. Sintomas das típicas vibrações do verão carioca. Todos falavam ao mesmo tempo e Juanja preparava um *spaghetti a la marinera*, repleto de frutos do mar. Vânia passaria a noite trabalhando em um set de filmagem na Lapa e não poderia vir. Pensei que não teríamos nossas míticas reuniões gastronômicas antes de março, já que meu amigo espanhol passaria as férias no sul da Bahia com a esposa. Mas algo aconteceu e fez com que ele mudasse de ideia. Logo comentaria comigo que não suportava a família da mulher, "gente que fala alto", e decidiu deixá-la à vontade no seio familiar. Eu sabia que a causa de seu regresso antecipado se chamava Isabela.

Matamos quatro garrafas de vinho ao som de um grupo pernambucano chamado Mundo Livre S.A. As letras me pareceram incríveis e arrisquei dizer que a banda era inclusive melhor que Chico Science e Nação Zumbi. Fui prontamente contestado por Gonzáles, mas sustentei minha opinião e a sustento até hoje; o cantor é melhor, as melodias são reconhecíveis e o discurso era tão ou mais potente que o de Chico. Isabela e Ana desceram para comprar cerveja porque o vinho de péssima qualidade já não descia mais. O termômetro digital da rua Voluntários da Pátria anunciava mais de 30 graus.

Começamos a discutir sobre as vantagens e desvantagens de se viver no terceiro mundo — no caso o Brasil — comparado com um país europeu. Juanja comentou que a Espanha por mais de quarenta anos esteve atrasada em relação aos seus países vizinhos e que somente agora — depois de entrar na Comunidade Europeia — recebera importantes investimentos do Fundo Europeu e poderia gozar dos primeiros anos do estado do bem-estar social. Somente víamos pontos positivos em viver na Península Ibérica, quando Juanja apontou uma desvantagem:

"O terrorismo. No caso da Espanha, o ETA."

Gonzáles se interessou pelo assunto e escutava atentamente cada palavra de Juanja.

"O povo basco sempre foi aguerrido e ao mesmo tempo pacífico", começou. "Não nos metíamos em nenhuma guerra além das nossas fronteiras. Até o século XII vivíamos em harmonia com o reino de Castilla y León e o País Basco nessa época formava o reino de Navarra. O que hoje equivale a uma extensão de terra entre o Sul da França e o Norte da Espanha."

Escolhi uma velha coletânea de clássicos de Tom Waits para ouvirmos, e Gonzáles deu o último gole na taça de vinho.

"Era uma nação que há séculos gozava de suas próprias instituições políticas. Enquanto o resto da Europa se afundava no feudalismo e na prática estigmatizada pelas distinções entre homens livres e escravos, nobres e plebeus, nós praticávamos uma doutrina de igualdade entre todos. Estabelecemos com vários séculos de antecedência as bases da democracia."

Juanja — em um sóbrio tom professoral — explicou que a organização político-administrativa basca sempre se caracterizara por uma grande descentralização e que nunca existira um Estado centralizador. A democracia não fora uma descoberta e nem uma conquista sangrenta, era uma prática natural. Jamais existira um monarca absoluto, e os representantes do povo sempre conservaram a soberania. O problema começou quando, no século XIII, a monarquia espanhola quis incluir o reino de Navarra em seus domínios.

Fiquei pensando como nunca havia me ocorrido apresentar Juanja ao Gonzáles. Eram feitos um pro outro. Talvez por isso adiei inconscientemente esse encontro, que era inevitável. Compartiam o mesmo interesse pelo jazz, pela política, pelo copo e pelas mulheres, com uma diferença de três décadas entre os dois.

Ana e Isabela apareceram sem as cervejas; nos propuseram acabar a noitada no botequim ao lado e assim fizemos. Juanja continuou a explicar que a língua basca — o eusquera — é a mais antiga da Europa ao lado do extinto indo-europeu e que o reino de Navarra abarcava toda a população que falava esse idioma.

Gonzáles decide interromper e vai direto ao ponto:

"Afinal, o que o ETA quer?"

"A autodeterminação. É muito simples; o Estado espanhol não é o nosso Estado. Somos uma nação e toda nação deve ser governada pelo seu próprio Estado. Desde o século XIII a Espanha vem oprimindo o povo basco, até que conseguiu incluí-lo em seu território como uma província, isso em 1522."

"Você não é espanhol?", Gonzáles perguntou.

"No meu passaporte diz que sim, mas eu sou basco. Nunca me senti espanhol."

A conversa foi bruscamente interrompida pela entrada de um dálmata gigante no minúsculo espaço onde nos encontrávamos no botequim. Ninguém reclamou, porque o dono do animal era outro animal, faixa preta de jiu-jítsu, que recentemente havia espancado o filho do porteiro do prédio vizinho somente pelo fato de ele ser homossexual. Estava claríssimo que toda a hostilidade resultava do fato de o playboy ser uma boneca que não conseguia sair do armário e se olhar no espelho. Depois da leve sensação de incômodo provocada pela aparição fugaz do indivíduo indesejado, retomamos a conversa. Juanja nos explicou que, no final do século XIX, o Partido Nacionalista Vasco representava todas as expectativas do povo, mas que suas pretensões políticas esbarravam na monarquia e no Estado espanhol. A Guerra Civil de 1936 foi um grito de esperança para as possibilidades da tão sonhada autodeterminação frustrada pela vitória de Franco, ditador que permaneceu quase quarenta anos no poder. Foi durante essa ditadura que um grupo do Partido Nacionalista resolveu optar pela luta armada como uma forma de resistência à opressão fascista do Estado.

"O ETA surgiu dentro do Partido Nacionalista Vasco?", perguntei.

"Sim, isso foi em 1961, mas até 1972 a violência não era a única pauta do grupo. Quando em 1973 o sucessor de Franco foi assassinado, a opinião pública se manifestou pouco, como se consentisse com o atentado porque a ditadura já se encaminhava para a quarta década..."

Comentou que após a abertura política e a anistia — no final dos anos 1970 — muitos bascos já não encontravam justificativas para a existência do grupo terrorista e desde essa época o ETA foi perdendo apoio e popularidade. Com a volta da democracia, o velho sonho da autodeterminação do País Basco ressurgiu, coisa que não durou muito porque a nova Constituição previa o retorno do rei Juan Carlos e a manutenção do Estado espanhol como sempre foi. O ETA continua até hoje reivindicando a autonomia e atentando contra civis, mas perdeu a aura revolucionária dos anos 1970. Conversamos até o bar fechar e Ana e Isabela foram para o Leblon.

Juanja se despediu e parti com Gonzáles para outro botequim do Humaitá. A conversa nos impactou mas não encontramos nenhum paralelo entre o ETA e o nosso Comando, ou seja lá o que éramos. Não tínhamos nenhum estatuto, nenhuma plataforma política, e nossas estratégias ficavam a cargo de Gonzáles e seus artefatos aleatórios. O ETA queria livrar a nação basca do domínio do Estado espanhol, e nós, liberar a população brasileira dos políticos corruptos que há mais de quinhentos anos habitam o nosso território. Ao criar o Comando Terrorista Anti-Corrupção, em uma noite de glória no Maracanã, tivemos uma sensação de grandeza que de fato não possuíamos. O grupo terrorista se resumia a Gonzáles e eu. E só. Como uma dupla sertaneja — o que odiávamos. Nesse momento pensamos na possibilidade de aumentar nosso grupo de forma muito cuidadosa. Expandir nossas ações de forma mais profissional com pessoas de confiança. O problema era: com quem?

9

Na adolescência li *Crime e castigo* sem muita atenção; era a fase de devorar a maior quantidade de livros possível, e a lista de clássicos necessários para uma sólida formação intelectual era interminável. Passei três tardes inteiras de janeiro trancado no quarto — com uma garrafa de café e um maço de Lucky Strike — relendo a obra de Dostoiévski e concluí que eu e Gonzáles poderíamos ser uma versão moderna de Raskólnikov. No livro, o personagem é um estudante universitário como nós; seu crime tinha justificativa porque a vítima era uma senhora rica e abominável, e Raskólnikov investiria o dinheiro roubado em uma futura carreira como advogado em que defenderia causas nobres. Ele dividia a humanidade entre os homens ordinários e extraordinários. Os ordinários nasceram para perpetuar a espécie, resignados com sua condição existencial. Os extraordinários eram os homens que viam mais além, que autorizavam a sua consciência a romper as regras morais e éticas em prol da evolução da coletividade. Deve-se entender que isso inclui cometer crimes. A vida humana de um ser pouco edificante não valeria mais que a de um inseto. As vidas de Ricardo Jofre de Castro e Jefferson Calado não mereciam o mesmo respeito que a vida de outro ser humano, visto que os dois foram responsáveis pela morte de 113 pessoas e que as práticas de corrupção levariam a população brasileira a um desastre social ainda maior. No livro, Dostoiévski anuncia que a pobreza não é nenhuma vergonha, mas a miséria e a indigência são indignas — miséria que os políticos exploram até a última gota. O estado de letargia que Raskólnikov sente depois de cometer um crime foi o mesmo que senti no primeiro atentado. O próprio personagem se questiona se seria capaz de cometê-lo e muitas vezes se recorda de um pesadelo que o aterrorizava na infância: uma horda de bêbados sai de uma taberna e espanca um cavalo até a morte; as imagens do animal morrendo e todo o sofrimento da cena o faziam despertar em prantos. Uma criança com tal sensibilidade poderia se transformar em um assassino na vida adulta? E os menores brasileiros — que também não estão desprovidos de sentimentos —, o que experimentam depois de matar? Matar porque não têm o que vestir ou o que comer? Gonzáles era o mais terno de todos os meus amigos, o mais dado às sutilezas do espírito, e foi quem teve a ideia de explodir o carro do Ricardo Jofre de Castro. Lembro do sofrimento que sentiu com a morte da dona Angelina e até hoje acredito que não se recuperou. Se a vida imita a arte, a arte — na pós-modernidade — imita o terror. O terrorista é, antes de tudo, um sentimental.

Eu me incluía na lista de homens extraordinários, e os nossos crimes tinham justificativas. E quando terminei de reler Dostoiévski decidi que no Comando não haveria ninguém além de nós dois. Todos os meus conhecidos eram ordinários ou, no máximo, pré-extraordinários.

10

Há muito tempo que Vânia me prometera trocar o pôster que eu tinha no meio da sala. Não que ela desgostasse de Truffaut, mas o cartaz do filme *O homem que amava as mulheres* já estava meio batido. Eu gostava do meu apartamento quando estava vazio, apesar de Isabela ser uma pessoa de fácil convivência. Precisava expressar minha individualidade em cômodos da casa além do meu quarto. E Vânia apareceu sem avisar, no meio da tarde, quando uma filmagem foi cancelada por problemas da produção. Veio com um lindo pôster de Dexter Gordon atuando na rua 52. Ela provavelmente não sabia quem era ele, mas conhecia meu fervor pelo saxofonista americano. Em lentos movimentos foi tirando bem devagar o antigo pôster da parede; e me disse "Aqui acaba o homem que amava as mulheres", para depois concluir; "e começa o homem que ama todas em uma mulher só". Foi gracinha. Veio em minha direção — eu estava sentado com uma pilha de livros de Dostoiévski no colo e uma jarra de café na mão direita —, se desfez da pouca roupa que tinha e trepamos em cima da mesa da sala. Pela primeira vez ela permitiu que eu gozasse na sua boca. Foi mágico, e permanecemos em silêncio por um longo tempo só com o ruído do ar-condicionado. Era uma tarde esplendorosa, típica do verão carioca, em que a luz do sol repousava na cortina da sala, iluminando timidamente o ambiente. Um momento transcendente e de extrema serenidade que foi interrompido por um telefonema de Gonzáles.

Ele me comunicou um fato que mudou por completo as nossas estratégias e os rumos da investigação policial. O deputado José Ramos Georgette fora assassinado com um tiro na nuca no estacionamento de sua casa, na Barra da Tijuca. Estávamos na última semana de janeiro e 1995 prometia ser intenso. Ele seria a nossa futura vítima e, para a polícia, o principal suspeito dos assassinos dos outros dois deputados. Eu e Gonzáles ficamos perplexos, confusos e alterados: teríamos influenciado esse crime? José Ramos Georgette fora morto porque os outros foram mortos? Fizéramos — sem saber — um favor para alguém? O assassinato acarretaria na demissão do secretário de Segurança do estado e a farsa sobre o pedreiro João Cordeiro dos Santos viria a público alguns meses depois.

Gonzáles me deu a notícia direto da redação do *Mundo Esportivo*. Disse que gostaria de me ver no aparelho para aclarar os fatos. Lamentei deixar a Vânia seminua na cama e em meia hora eu já estava na Gávea.

Segundo a apuração jornalística, fora um crime frio cometido por profissionais. A polícia havia concluído o envolvimento dos três políticos no escândalo dos laboratórios farmacêuticos e agora não sobrava ninguém. Havíamos decidido escrever a carta para assumir os atentados e exigir a mudança da Lei de Imunidade Parlamentar justamente depois de concretizar esse atentado. O problema era que a vítima não fora morta por nós, o que faríamos?

"Vamos deixar a poeira baixar e ver o que acontece; e enquanto isso podemos elaborar uma lista de nomes para os próximos atentados", Gonzáles concluiu.

Concordei. Dona Angelina foi vingada de todas as formas; cada um dos responsáveis pelo lote vazio de remédios que ocasionou a morte de 113 pessoas estava morto. Não era nossa responsabilidade averiguar o autor do disparo que pusera fim à curta carreira política de José Ramos Georgette. Isso era trabalho para a polícia.

Cancelei um jantar familiar programado para a noite e me sentei com Gonzáles na mesa do aparelho com uma antiga matéria de jornal de duas páginas que listava — com foto, partido e estado — os políticos envolvidos com esquemas de corrupção no último ano. Não poderíamos atentar contra nomes de outras regiões, porque não havia estrutura para locomoção e o Rio era a nossa casa. Conhecer geograficamente a cidade era fundamental nos momentos de fuga. A maioria dos citados vinha do Nordeste e do Norte do país; alguns casos apontavam o envolvimento de juízes e deputados em uma rede de prostituição infantil no Mato Grosso, outros facilitavam aviões militares para o transporte de cocaína em pistas de pouso clandestinas no coração da selva amazônica; no Espírito Santo, um escândalo de superfaturamento no Tribunal Regional do Trabalho havia gerado uma perda de 150 milhões de dólares para os cofres públicos. Com esse dinheiro, segundo a matéria publicada, seria possível construir 200 mil casas populares e abrigar 800 mil pessoas. Vivíamos em um mundo de merda.

O pior era reparar em cada foto o semblante daqueles que tentavam aparentar "homens de bem": assassinos, pedófilos, traficantes, ladrões e... representantes do estado. Uma mãe tijucana poderia muito bem recebê-lo em casa e convidá-lo para entrar, sem disfarçar o orgulho de ver sua filha comprometida com um bom partido. Perto deles qualquer cantor de hip-hop tatuado é um bebê, um santo.

"Olha a cara desse, parece um sapo!", disse Gonzáles.

"Todo político corrupto é gordo."

"Esse outro parece meu primo, funcionário do Banco do Brasil."

Passávamos a noite entre copos de café, cigarros, Luiz Melodia e dezenas de fotos das possíveis futuras vítimas. Comentei que havia relido recentemente *Crime e castigo*.

"É a minha maior inspiração", disse Gonzáles. "Pensei em criar o Comando com base exatamente no direito que os homens extraordinários têm de mudar o rumo da história. A obediência civil é própria para personalidades menores. Para criar uma lei nova é preciso violar a anterior. Olhe para fora da janela e veja a quantidade de ordinários caminhando como se estivessem mortos, sem senso crítico, sem alma... vivem e não sabem o porquê."

"Experimentei a mesma sensação do personagem no dia do primeiro atentado", comentei.

"É o tal enfraquecimento da vontade que se sente quando se vai cometer um crime. Por isso que tomamos todo aquele coquetel de bola e cerveja... já previa que você poderia falhar."

"E você não?", perguntei.

"Eu sou um pouco mais extraordinário que você. Tinha a certeza de que o que faríamos tinha uma justificativa. Autorizei minha consciência a levar o ato até o final porque o benefício do assassinato era claro. Ricardo Jofre de Castro era um assassino. E era um obstáculo... ele e todos os outros são um obstáculo para as conquistas sociais de que o Brasil necessita."

Gonzáles descobriu uma garrafa de conhaque na estante de vinis e brindamos com café; não sabia a influência que Dostoiévski exercia sobre ele e pensamos em rebatizar o nosso grupo com o nome "Comando Raskólnikov". Troquei o disco que estava tocando por um do Jards Macalé e meu amigo perguntou sobre Juanja:

"O que é que ele faz aqui no Brasil?"

"É casado com uma baiana", respondi.

"Mas trabalha?", continuou enquanto folheava o jornal.

"Nunca falamos muito sobre isso... me disse que era importador de vinhos."

"Tem um conhecimento sobre o ETA fora do comum", insistiu.

"No País Basco todos conhecem a história e ele me disse que todo mundo conhece ou teve algum conhecido envolvido com o ETA."

"Eu acho estranho... cinquentão, duas filhas que não moram na Espanha... você mesmo não sabe com o que ele trabalha."

"Tá insinuando que ele é terrorista?", perguntei. "Juanja é um cara culto, educado, vivido...", eu disse, esboçando um leve sorriso no canto da boca.

"E você é o quê?", ele me interrompeu.

Me calei. Eu era um terrorista.

11

Estávamos exaustos, estirados no sofá após beber meia garrafa de conhaque e dois litros de café, quando vimos a foto de um secretário de governo. A imagem estava na página de trás da matéria sobre os políticos envolvidos em corrupção no ano de 1994.

"É ele!", gritei.

Gonzáles pegou o jornal e leu atentamente o texto. Não havíamos prestado atenção naquela página porque nos parecera uma reportagem qualquer. Robério Peixoto de Mello era o secretário de Obras e vereador por um partido com tendência liberal recém-criado, além de sócio-fantasma de uma empreiteira que ganhara a concessão do estado para construir 10 postos de saúde na Zona Oeste no prazo de dois anos. O dinheiro para edificar as obras desapareceu, e menos da metade dos centros de saúde foram concluídos. Um acidente no futuro posto de saúde de Campo Grande provocou a morte de dois operários quando o teto de uma das salas de consulta desabou. O material usado na obra era de péssima qualidade e Robério foi chamado pela polícia para dar declarações. O texto parava aí; nos olhamos e balançamos afirmativamente a cabeça; era o nosso futuro alvo. O que fora feito da verba desviada? Quantos cidadãos ficarão sem atendimento? E os dois operários mortos? Na foto Robério aparecia com a cara assustada e suada e era mais gordo que todos os outros.

Gonzáles se encarregaria de colher mais informação através dos colegas de redação e começaríamos a seguir os passos da vítima o mais rápido possível. Um novo leque de atentados teria começo logo em fevereiro e a polícia estava completamente estagnada com os crimes do "Escândalo da Amarelinha". A farsa do pedreiro assassino não duraria mais do que alguns meses e, quando a investigação retomasse o rumo da queima de arquivo, outro político explodiria dentro do seu veículo. Ou não:

"A única coisa que devemos alterar é o *modus operandi*", disse Gonzáles. "Não sei até que ponto posso confiar no cara que me vendeu os explosivos. Tive a sensação de que ele gostaria que eu tivesse explodido também."

Fazia tempo que meu amigo prometera me levar à casa do ex-sargento da PM Paulo Sérgio — vulgo Paulo Rato —, mas agora ele havia voltado atrás na decisão. Gonzáles serviu café e me explicou que travara o primeiro contato com ele através do Caio com a desculpa de querer conhecer melhor algumas técnicas de detonação a distância — coisa que nunca aprendeu. Naquela tarde de setembro de 1994, Paulo Rato foi excessivamente cortês com Caio e relembraram os tempos do esquadrão antibombas em que trabalhava com seu pai. Morava em um cortiço no bairro de Fátima com uma menina que parecia ter menos de 18 anos. Era extremamente sexy para tão pouca idade e apareceu rapidamente para cumprimentar os visitantes antes de sofrer uma reprimenda por parte do Paulo: "vai pro quarto, maluquinha", disse com a voz grave. Gonzáles tomou coragem e uma semana depois voltou à casa do ex-sargento; percebeu que sua visita não era benquista. Paulo Sérgio se mostrou irritadiço com sua presença e perguntou secamente o que queria. Meu amigo sentiu o forte cheiro de cachaça emanando de sua pele e pediu dez minutos para tratar de um assunto privado. Primeiro ele resistiu: "Você é amigo do viadinho? Sabia que o pai dele era o primo rico do esquadrão e eu, o primo pobre?" Gonzáles consentiu sem esboçar palavra e o sujeito continuou: "Ele reclamava da vida e morava na avenida Atlântica com uma loura cheia do dinheiro." Meu amigo permaneceu em silêncio. "Acho que o pai era meio maricas também." Gonzáles baixou a cabeça e já dava meia-volta quando o ex-sargento mandou que passasse — sem antes pedir que ele levantasse a camisa para saber se carregava algum ferro.

"Se veio por causa da menina nem adianta porque ela é maior."

"O quê? Que menina?", respondeu Gonzáles.

Paulo Rato se tranquilizou. Pensou que o motivo da visita fosse a garota que obviamente não havia cumprido nem os 16 anos. Gonzáles iniciou a conversa explicando que pertencia a uma organização não governamental que se opunha à construção de um mega-hotel no Recreio dos Bandeirantes. Listou os malefícios que a edificação traria para a região e inventou algumas estatísticas sobre o impacto ambiental que o lugar sofreria. Despejou mais dados sobre o índice de poluição e a falta de estrutura de saneamento básico que afetava os primeiros residentes da região. O ex-PM escutou com atenção e ofereceu um copo de cerveja ao visitante. A casa era realmente deprimente: um pôster do Vasco com Roberto Dinamite em moldura marrom-glacê parecia prestes a cair da parede a qualquer momento. Uma poltrona verde-clara com um buraco de cigarro figurava no canto da sala em frente à televisão. Não havia outros móveis.

Gonzáles deu o primeiro gole na cerveja e a casa mergulhou em um estranho silêncio. Sem saber o que dizer, meu amigo apontou para o pôster do Vasco:

"Grande time! Campeão Carioca de 1977, Guina, Roberto, Orlando..."

"Você veio por ele?", interrompeu o sargento ao mesmo tempo que apontava pro pôster.

Gonzáles não entendeu.

"Não pelo Roberto. Pela dinamite."

Meu amigo fez que compreendeu.

"Tenho que saber o motivo", Paulo Rato foi direto ao ponto.

O visitante comentou que a ideia era somente dar um susto nos empreendedores do projeto; uma quantidade de explosivo que fizesse destruir o alojamento onde os operários da obra guardavam seus pertences na hora do trabalho. A dinamite seria colocada de noite com o único motivo de chamar atenção da opinião pública e ganhar espaço na mídia. O sargento olhou de viés para Gonzáles e perguntou a quantidade que ele queria. Meu amigo não soube responder. Paulo Rato pediu que voltasse dentro de dois dias e comentou:

"Sabe o mais engraçado? Eu vou conseguir a dinamite com a mesma empreiteira que constrói o edifício. É tudo um bando de filho da puta."

Acendi outro cigarro e Gonzáles fez uma pausa para mergulhar um pouco de conhaque no café. Recortou com extremo cuidado a página com a foto da nossa futura vítima. Era quase meia-noite. O disco da banda Black Rio tinha acabado. Ele seguiu com a história.

"Voltei dois dias depois e Paulo Rato me entregou a dinamite. Paguei com o dinheiro que minha mãe tinha depositado no banco para pagar a faculdade. Perguntei se poderia acionar à distância e ele riu. Me perguntou quem eu era para me meter naquele assunto. Falou que a única coisa a fazer era girar um minúsculo ferro que aquecia o artefato até explodir. Uma vez acionado explodiria em trinta segundos."

Nessa visita Gonzáles presenciou a namoradinha do PM vendo sessão da tarde na poltrona da sala. E descobriu que tinha uma outra menina — mais nova — comendo um lanche de *fast-food* no quarto. O cheiro de cachaça oriundo de Paulo Rato invadia todo o recinto. Mostrou-se mais simpático quando Gonzáles disse que era botafoguense: "Então você vai voltar, é freguês."

De fato meu amigo retornou duas semanas depois para comprar outro artefato. Dessa vez pediu com um pouco mais de explosivo. Disse que os danos feitos na obra não foram o suficiente para chamar a atenção da mídia e necessitavam de uma ação mais contundente. O PM respondeu que não lera sobre nenhuma explosão em hotéis em edificação:

"Só vi sobre uma bomba no carro do tal deputado. E o cara morreu mal para caralho, sem a perna esquerda."

Paulo Rato falava com olhar fixo no meu amigo e um jocoso sorriso no canto da boca. Sabia que a bomba que havia vendido tivera outro destino e que por esse motivo ele também poderia estar em maus lençóis.

"Tenho uma coisinha aqui porque sabia que você iria voltar. Essa é um pouco mais forte. Mesmo modo de operar, trinta segundos."

Meu amigo pegou o artefato, pagou e sumiu. Nunca mais voltou. E tem a mais absoluta certeza de que o explosivo estava programado para 15 segundos. O objetivo? Que ele também fosse pelos ares.

Gonzáles terminou a narrativa e permaneci emudecido; me levantei em direção à janela do aparelho e contemplei da sacada a horda de homens ordinários que caminhavam de um lado para outro sem destino; pareciam bonecos uniformizados. Lembrei-me de Pasolini, que dizia que o homem estava cada vez mais próximo da condição de latas de leite em pó nas estantes de supermercado. Dei outro trago no conhaque e encarei Gonzáles; me recordei que depois do segundo atentado a primeira coisa que me disse foi que a bomba havia explodido mais rápido do que planejado. Atentávamos contra Jefferson Calado enquanto Paulo Rato atentava contra Gonzáles.

"Não podemos mais contatar esse cara e temos que mudar a forma dos atentados", me disse.

"Vamos atentar com o quê?"

Foi quando uma voz vinda do quarto nos propôs:

"Que tal com veneno?"

Olhamos petrificados para trás.

Era Ana.

12

Ela escutara toda a nossa conversa, desde a ideia de batizar o Comando com o nome do personagem de Dostoiésvski até a explosão precipitada do último atentado; do processo de escolha da futura vítima até os encontros de Gonzáles com o ex-sargento que lhe vendia explosivos; da tese de que éramos homens extraordinários até as suspeitas sobre Juanja. Não faltou nada. Estávamos falando sobre o Comando Terrorista Anti-Corrupção há aproximadamente três horas e Ana no quarto ao lado, com a porta fechada. Chegamos ao aparelho tão alterados devido ao assassinato de José Ramos Georgette que não havíamos percebido sua presença.

Naquele dia de manhã, nossa amiga saiu de casa para procurar trabalho em um shopping. Era a primeira tentativa de deixar a cama antes das 11 e dar um tempo com os tranquilizantes que tomava desde a partida de Líntia. Deixou o currículo em duas lojas em São Conrado e foi visitar o pai. O encontro não se deu como o esperado. Ao chegar no apartamento, Ana soube que o pai havia reatado relações com uma mulher com a qual fora casado por 12 anos. A madrasta de Ana estava presente, os três discutiram e Ana saiu batendo a porta. Seu pai sugeriu que ela voltasse a viver com ele, que naquela casa ela não gastaria nada e poderia procurar algum emprego na área de sociologia. Seria lamentável desperdiçar os estudos começados na universidade como vendedora de butique. Ana foi embora e passou um tempo olhando as vitrines de uma livraria em Ipanema, onde curiosamente folheou uma nova edição de *Crime e castigo*. Depois tomou dois cafés americanos de um só golpe. "Me sentia só", nos disse.

Chegou no aparelho no começo da tarde e ingeriu dois comprimidos com água. Acordou com a nossa abrupta chegada, mas teve preguiça de sair do quarto, além de não querer ver alguém. Após fumar dois cigarros estirada na cama, começou a reparar na nossa conversa. Queria sair do quarto, mas não teve forças. Ouviu tudo.

Fiquei petrificado ao lado de Gonzáles enquanto Ana sentou-se de camisola no mítico sofá.

"E agora?", perguntou Gonzáles.

"Vocês querem saber o que eu acho do que eu sei?", perguntou.

"Sim", respondemos juntos.

Ana se levantou do sofá, tirou de um só golpe o vestido que usava e perguntou com um desafiante sorriso:

"Vocês não acham que eu sou uma pessoa 'ex-tra-or-di-ná-ri-a'?"

Era pura dinamite.

13

Toda organização criminosa, terrorista, mafiosa ou de qualquer outra natureza ilícita que se preze tem uma *femme fatale*. Ana não foi escolhida e tampouco convidada; ela se ofereceu como se necessitasse agarrar desesperadamente a primeira oportunidade que aparecesse. Para ela o Comando Terrorista Anti-Corrupção seria sua redenção, seu escudo e espada, o meio mais eficaz de cuspir na realidade. Estava perdida, sem bússola e tinha fome e sede de viver, de lutar por alguma causa que não fosse a dela — essa batalha já lhe parecia perdida. Era a mais extraordinária de todas as mulheres que conheci. Foi nesse preciso momento que a beleza entrou em cena. Para Ana tudo era mais fácil e acessível. Homens e mulheres não escapavam incólumes de sua beleza. Deveríamos atacar com esse trunfo. Ana aceitou todas as regras do jogo: silêncio absoluto, máxima discrição e pressa em pôr em prática o próximo atentado.

Sua primeira contribuição foi quanto ao *modus operandi*: as bombas representavam um risco para Gonzáles, que não aprendeu a lição na casa do Caio. E Paulo Rato era outro sujeito que deveria ser evitado. Existia uma forma mais glamourosa, rápida, prática e silenciosa de atentar contra a vida de um deputado; sem sangue, explosões, pernas amputadas ou vítimas inocentes: envenenamento. Asfixia e perda da consciência. Morte súbita, física, como um conto curto, cheio de poesia.

Ana havia passado por duas tentativas frustradas de suicídio; uma após a morte da mãe e a segunda quando sofreu abusos por parte da madrasta que ela tanto odiava. No caso da ex-mulher do seu pai, não foi o abuso em si que deixou Ana transtornada; inconscientemente ela gostou de ser acariciada e as duas chegaram a repetir o ato mais de uma vez. O conflito decorreu do fato de Ana "não querer gostar" da madrasta, uma mulher que, embora de admirável beleza física e indiscutível personalidade, queria transformar Ana em uma típica adolescente esnobe *high society*. Não a admirava, a temia.

Na primeira tentativa, Ana estava na Califórnia, onde sua mãe se recuperava da dependência de cocaína. Depois de acompanhá-la por 15 dias na clínica de reabilitação, Ana voltou à Cidade do México, onde morava. Teve certeza de que a mãe iria se recuperar e logo voltar para casa. Bastou sair do avião e pisar em seu apartamento, que o telefone tocou; Ana não esperava a notícia. Sua mãe sofrera um infarto fulminante no meio de uma crise nervosa. Ana ingeriu 11 comprimidos para dormir e acordou no hospital, onde realizaram uma lavagem de estômago. Na última tentativa, Ana não teve coragem de tomar estricnina porque pensava obsessivamente no pai. Aumentou a dose para 13 comprimidos de "Serenus" e foi parar na mesma clínica. Ela ainda possuía estricnina e nunca se desfez do pequeno frasco escondido atrás das roupas sujas no fundo do armário. Pensara inclusive na possibilidade de tomar o veneno quando Cíntia decidiu ir para a Espanha. Mas voltou atrás.

Outro elemento que toda organização ilícita deve ter é um fundamento teórico. O ETA tinha Sabino Arana — pai do nacionalismo basco e autor de inúmeras teses sobre a alma genuína de sua raça oprimida. A máfia mais de uma vez se defendia diante dos tribunais com a tese do cavalheirismo rústico reinante no espírito siciliano desde as mais longínquas épocas, quando inúmeras e sucessivas invasões pelos mais variados povos assolavam a ilha mediterrânea. Assim eram justificados seus métodos violentos de persuasão contra o indesejado estrangeiro. O Comando Terrorista Anti-Corrupção tinha em Fiódor Dostoiévski sua melhor tradução. Ana nos deu ainda outra contribuição: os filmes de Godard; especialmente a película *Prénom Carmen*. Nos identificávamos com os personagens que, sem dinheiro para rodar um documentário, resolvem assaltar um banco e depois sequestrar um milionário. As cenas de tiroteio durante o ataque à caixa-forte eram tão inverossímeis quanto os nossos atentados, e a *femme fatale* do bando acabava se apaixonando por um policial. Eram os anti-heróis românticos pós-existencialistas do final do século. A beleza de Ana era comparável à da protagonista que na primeira cena do filme já revelava seu epitáfio: "Não tenho medo. É que eu nunca pude... ou soube... me envolver." As palavras eram perfeitamente adequadas a Ana. Era o nosso filme de cabeceira. Se Joaquim Pedro de Andrade virou cineasta porque viu *Simão no Deserto*, de Buñuel, nos convencemos de que nos tornamos terroristas porque vimos *Prénom Carmen* de Godard. E repito, todo terrorista é um sentimental.

14

E as pedras iriam rolar. Após mais de três décadas de espera, os Rolling Stones fariam seu primeiro concerto no Brasil em pleno Maracanã — o mesmo estádio em que três meses antes aplaudimos o menino Gilberto Assis dos Anjos e onde Gonzáles me propôs a criação do Comando. Na noite anterior ao show não consegui dormir; passei toda a madrugada ao lado de Vânia escutando antigos vinis do grupo e tentando inutilmente convencê-la de que os Stones são muito melhores que os Beatles. A velha e batida discussão. Gonzáles preferia os Mutantes, porém Ana e eu éramos mais sensíveis à cítara de *Paint it Black*, ao piano de *Let's Spend the Night Together*, à flauta de *Ruby Tuesday* e à cabeleira do Brian Jones. Estava tão ansioso que não consegui trepar com a Vânia naquela noite; mesmo quando ela se desnudou e dançou pelada em cima da cama tapando a boceta com as capas dos discos *Tattoo You* e *Milestones*, enquanto no fundo rolava *Miss You*. Foi um belo número — um tesão para falar a verdade. Mas brochei.

No dia do show chegamos no estádio com seis horas de antecedência, 12 minissanduíches de atum, uma garrafa de plástico com vodca e dois baseados devidamente escondidos na calcinha de Ana. Decidimos nos aproximar do palco — para o desespero de Vânia — e sentamos no gramado ao lado de um grupo de argentinos bêbados. O tempo passava devagar e pensei que merda que era morar na periferia do mundo. Quantos shows memoráveis dos Stones não aconteceram ao longo de mais de três décadas, e agora os veríamos sem o baixista original e com Mick Jagger beirando os 50 anos. Quem sabe o Caio não tinha razão em acreditar que na América Latina tudo acontecia vinte anos depois. Meu mau humor se acentuou quando Vânia aceitou um gole da bebida que um argentino desavisado lhe ofereceu. Logo o *hermano* se aproximou e começou a falar que já tinha visto os Stones em Montreal, e também em Munique. Quando esbocei um sonoro *foda-se*, minha namorada me tapou a boca com um longo beijo. O chato desistiu e concentrou seus esforços em Ana, que não lhe deu atenção.

Praticamente ignoramos os shows das bandas de abertura — Spin Doctors e Barão Vermelho —, porque queríamos preservar nossas forças para o show principal. O mesmo servia para a vodca e os baseados; somente depois da primeira música começaríamos "os trabalhos". Minutos antes de a banda inglesa subir no palco, já havia uma quantidade razoável de fãs desmaiados pelo gramado do Maracanã.

Ana me confessou que gostaria que Cíntia estivesse ao seu lado naquele momento, e apertei forte sua mão enquanto Vânia me olhava interrogativa. Devoramos por ansiedade os 12 sanduíches de atum e a noite já se anunciava quando as luzes se apagaram. Chegara a hora. Mick Jagger surgiu em cena e com ele os primeiros acordes de *I Just Want to Make Love to You*. Foi uma loucura, uma gritaria incontrolável, uma histeria coletiva. Não pude tirar os olhos do palco por uns longos dez minutos e entre uma canção e outra não conseguia me comunicar com ninguém, imóvel.

Vânia e Ana ensaiavam um pulo coletivo com a massa. Eu e Gonzáles estávamos em estado de choque. Aqueles caras viveram a Swinging London, protagonizaram realmente as festas do personagem fotógrafo de *Blow up*, tiveram os mais célebres exemplares do gênero feminino em suas camas, brindaram com Andy Warhol no Studio 54, foram argumento de um documentário de Godard e agora estavam ali, a menos de trinta metros de nós.

Depois de tocar *Tumbling Dice*, a banda fez uma pausa e saudou o público: era o momento de fumar o baseado e começar a viagem particular de cada um dentro do show. Não acreditei quando Gonzáles pediu o baseado para Ana e ela respondeu sem entender:

"Que baseado?"

"O que você tem na calcinha, meu amor", meu amigo replicou pacientemente.

Ela simplesmente esquecera de que levava dois baseados — muito bem servidos — na boceta. Vânia fez um murinho ao redor dela e minha amiga resgatou a *marijuana* das profundezas do seu ser. Ao mostrar-nos o plástico que envolvia a maconha percebemos uma grossa camada branca em torno dele, e Vânia olhou com cara de asco. Sim, Ana havia gozado — e muito — nas primeiras músicas do show. Ela nos encarou sem graça,

Vânia se recusou a tocar no baseado e Gonzáles pegou rápido o plástico porque tinha pressa em acendê-lo. Antes dos primeiros acordes de *Start Me Up*, já fumávamos os orgasmos de Ana. O melhor baseado da minha vida.

Depois de uma avalanche de clássicos e de sensações múltiplas, o show acabou e fiquei com o gosto daquele cigarro na boca o resto da noite. Fomos parar em um botequim do Humaitá com Ana nos perguntando:

"Foi bom para vocês?"

15

Robério Peixoto de Mello levava uma vida de rei. Atual secretário de Obras do município, liderava a lista de vereadores com a menor assiduidade na Câmara — teoricamente seu lugar de trabalho — no ano de 1994. Em três anos de mandato não havia proposto nenhum projeto de lei. Era gordo mas gostava de usar trajes com tamanho M e exibia um relógio de ouro no pulso esquerdo avaliado em 25 mil reais. Seu escritório na Câmara era ponto de encontro dos amigos oriundos da sua infância no Méier, onde no final da tarde se reuniam para tomar café com biscoitos de maizena; dali seguiam a pé para os bares da Cinelândia, onde o vereador pagava as cinco primeiras rodadas de chope.

Gonzáles me proporcionou todos esses dados de dentro da redação do jornal. Pude averiguar sozinho outras informações e comprovar pessoalmente o tipo de prepotência e desleixo com que Robério falava das práticas nada ocultas do cotidiano da política municipal do Rio de Janeiro. Em uma tarde de terça-feira me sentei ao lado da mesa em que se encontravam seus amigos — ele ainda não havia chegado — e pedi uma cerveja com rissoles de camarão; abri o *Jornal do Brasil* e fingi que me entretinha enquanto escutava atentamente a conversa do grupo. Eram tipos que viviam de falcatruas, de ameaçar credores e pequenas empresas que atrasavam em 24 horas determinados empréstimos de dinheiro que deveriam recuperar de contas existentes em nome de pessoas fictícias. Não tinham escrúpulos em falar de temas absolutamente chocantes aos ouvidos de uma pessoa que possuísse um mínimo de ética, um mínimo de humanidade e que acreditasse que o princípio básico das relações sociais — seja na esfera pública ou privada — fosse o respeito e a honestidade. Ao ouvir esses indivíduos falarem de seus trambiques sem a menor cerimônia, percebi que essa situação era fruto da certeza da impunidade que reinava no Brasil naquele momento, ou ao longo de toda a sua história. A certeza de que não pagariam pelos crimes cometidos era real, não hipotética; as práticas de usar a influência de um amigo em um determinado cargo público para conseguir vantagens em licitações ou em negociações ilícitas eram absolutamente legítimas. Eles simplesmente seguiam a lógica que o poder lhes outorgava. Pedi uma outra cerveja e Robério chegou acompanhado de uma garota de programa suburbana com uma bunda que rivalizava em forma e tamanho com o Pão de Açúcar. Falaram sobre futebol e amenidades e senti em um só golpe que o mundo não precisava daquelas pessoas, que a existência delas não edificava em nada uma sociedade justa e progressista e que a necessidade de usar a violência contra aqueles indivíduos era maior do que tudo. Sabia que Robério tinha esposa, mas que não dispensava companhias femininas. Percebi que era aí que Ana atuaria.

16

Em um sábado de sol de fevereiro nos reunimos de manhã no aparelho e partimos rumo à Zona Oeste. Era um dia de praia perfeito, mas queríamos investigar a situação dos postos de saúde entregues pela prefeitura à população de Campo Grande. Ana estava francamente ansiosa em atentar de uma vez contra a vida de Robério Peixoto de Mello, e minha aversão por esse ser humano se fazia cada vez maior. Gonzáles mantinha a neutralidade; para ele era mais um atentado a um filho da puta dispensável à vida pública brasileira. Confesso que estava assustado comigo mesmo; do sentimento de culpa pela morte do deputado Ricardo Jofre de Castro ao ímpeto voluntarioso de querer exterminar Robério de Mello não haviam passado sequer quatro meses. Eu era — ou me transformara em — um homem extraordinário.

Ana conseguiu um cheque de três mil reais com o pai e não se preocuparia em trabalhar durante o verão. Sua energia estava toda voltada para o Comando. Gonzáles, dentro da redação, era o nosso centro de informação, de uma utilidade fundamental para nós. Os primeiros passos da investigação decorriam dos contatos que ele fazia e da informação que disponibilizava.

Eu assumi a missão impressionista de um detetive e pude manifestar todo o meu lado *voyeur* nesse cargo. Seguia a vítima discretamente, observando seu local de trabalho, hora e chegada em veículos oficiais ou privados. Ana estava impaciente e ansiosa, pois ao mesmo tempo que a mantínhamos informada dos nossos passos diários, ainda não havíamos solicitado sua atuação. Ela esperava porque sabia que, quando requisitássemos sua presença, seria para o ato final. Ana atuaria como uma atriz de teatro que passa as duas horas de uma peça na coxia e que nos dez minutos finais triunfa em um monólogo magistral.

Cruzamos toda a cidade ao som de Chico Science e chegamos na Zona Oeste. O posto de saúde, que deveria ter sido entregue à comunidade em pleno funcionamento há dois meses, estava fechado, envolto em uma fita de proteção negra. O prédio, de cor marrom-claro e com duas janelas grandes por andar, tinha três plantas. Visto de longe era de péssimo gosto e de perto era horroroso; talvez o aspecto externo favorecesse a funcionalidade do espaço interior e isso iríamos comprovar. Como estava a alguns quilômetros do centro comercial do bairro e não havia seguranças, entramos com facilidade pulando a fita de proteção. Nos dirigimos ao local onde provavelmente seria a recepção; três longos corredores escuros cobertos de poeira e umidade conectavam a entrada principal com as salas de atendimento médico. Decidimos seguir pelo corredor central quando subitamente Gonzáles parou e exigiu nossa atenção. Deu três socos na parede que separava as duas salas e testou sua vulnerabilidade: nada aconteceu. Bateu novamente com mais força e previsivelmente a tinta branca deu lugar ao marrom de um tijolo que se descolou. Ana fez o mesmo em outra sala. Com três pancadas fortes, outra parede cedeu. Repeti os gestos dos dois em outro recinto da construção, e mais uma vez os tijolos se deslocaram. Fizemos esses movimentos freneticamente em diversas paredes do posto de saúde, e a cada porrada que dávamos me vinha a imagem de Robério Peixoto de Mello gargalhando com seus amigos entre goles de cerveja nos bares da Cinelândia; cada pedaço de construção destruído e me vinha a sua silhueta gorda e suada; sua cara de regozijo entre gordurosos pastéis de carne e cerveja barata; sua felicidade erguida sobre a tragédia alheia, sobre a prática da corrupção seguida de morte, o infortúnio daqueles que o levaram ao poder. Caminhamos para o segundo andar e nos deparamos com o lugar em que dois operários morreram; o teto havia desabado, nos deixando entrever o lindo dia de verão. Pensei nos dois peões trabalhando com o suor estampado na cara quando aquele teto cedeu. Pensei nas numerosas famílias que deveriam sustentar e que se o estado — alguma vez — tivesse criado uma política de planejamento familiar eficaz, esses dois não teriam tido tantos filhos para chorar nos seus enterros. Era óbvio que o material usado para edificar esses centros de saúde era da pior qualidade. E o dinheiro supostamente empregado na construção certamente fora sobrevalorizado na prestação de contas. Diante daquele cenário decidi que Robério Peixoto de Mello era um homem morto.

Voltamos em silêncio em direção ao carro; em silêncio em direção a Botafogo, e não fomos à praia.

17

Eu me presentei como jornalista no gabinete do vereador em uma manhã de segunda-feira. Entrei na Câmara com o pretexto de uma entrevista marcada com o pai de um amigo da faculdade de jornalismo que era um importante assessor de um dos grandes nomes do Partido Verde do Rio de Janeiro. Não compareci ao dito encontro e fui direto à sala de Robério Peixoto de Mello. Meu propósito era averiguar sua agenda para os próximos dias. Ao entrar me deparei com uma secretária gorda, com mais de 50 anos de idade e devidamente mergulhada em revistas de fofoca e jogos de palavras cruzadas recortados de velhos jornais. Ao perceber minha presença, manteve os olhos na revista e me perguntou desinteressada:

"Veio falar com o vereador?"

Não me deixou responder:

"Ele não vem hoje, e para ter uma hora só marcando com antecedência."

Sabia que ele não estaria, ou melhor, que nunca estava. Tentei me apresentar:

"Eu sou jornalista..."

"Jornalista? Ele odeia jornalista. Posso saber do que se trata?"

"Esse ano é o centenário do Clube de Remo do Vasco da Gama e vamos publicar em nossa revista vários depoimentos de torcedores ilustres, e gostaríamos de contar com as palavras do vereador."

Saiu na lata. Não tinha nenhuma ideia sobre o ano da fundação do Clube de Remo do Vasco, mas sabia que Robério era fanático torcedor do clube de São Cristóvão.

"O vereador é Vasco...", disse em tom reflexivo e com uma melhor acolhida.

"Vou ter que falar com o assessor dele e o senhor me deixa o número da sua revista."

"A senhora poderia fazer a gentileza de me dizer se ainda pode ser essa semana?"

Foi quando o Deus Dostoiévski entrou em cena. No mesmo instante em que a secretária pegou a agenda do político — debaixo das revistas e dos jogos de palavra cruzada —, um senhor com uniforme de porteiro apareceu na entrada do gabinete com uma jarra de café e dois pães de queijo recém-saídos do forno. Ela não escondeu a alegria de ver aquele homem, e supus que entre os dois haveria algo mais do que simples amizade. Ela se levantou rapidamente da cadeira e o clima terno entre eles ficou mais evidente; nos apresentamos de forma amistosa enquanto a secretária se dirigiu para outra sala com a desculpa de buscar um guardanapo. A agenda de Robério Peixoto de Mello estava ao meu lado, aberta em uma página que eu não conseguia ler. O simpático porteiro — alto, mulato, de boa constituição física e cabelos grisalhos — puxou conversa e comentamos sobre o calor infernal do verão. Enquanto falávamos de outros assuntos banais — futebol, o enredo da Portela pro Carnaval daquele ano —, eu folheava discretamente as páginas da agenda do vereador. Em um dado momento a secretária solicitou a presença do porteiro na sala em que se encontrava e me vi sozinho diante da agenda do político. Abri na página do dia 17 de fevereiro, ou seja, quarta- feira próxima, e li: "14h — Inauguração do Happy Food — Shopping Barra Dream".

Foi o que eu pude ver. Um segundo depois, a secretária e o porteiro surgiram do corredor com uma imensa bandeja com três xícaras, a jarra de café, dois pães de queijo e biscoitos amanteigados variados. A senhora, que se apresentou como Jucilda e mudou por completo seu tratamento comigo, apoiou a bandeja em sua mesa e simplesmente trancou a porta do gabinete em pleno horário de funcionamento. Passamos quase uma hora tomando café, comendo biscoitos, conversando sobre seus netos e a vida após a viuvez. E falamos sobre a importância de constituir família, de ter sempre um dinheirinho guardado no banco e a fé constante em Jesus Cristo. Perguntei-me se depois da morte de Robério aquela senhora perderia o emprego. Provavelmente sim.

18

A estricnina é uma das substâncias mais amargas de que se tem notícia. Oriunda das sementes das árvores de espécie *Nux vomica*, é encontrada em abundância em regiões da Índia, Sri Lanka e Austrália. Em tempos remotos, pequenas doses desse alcaloide foram utilizadas como laxante ou para o tratamento de complicações estomacais. Com o surgimento de métodos mais seguros, essa prática foi abandonada pelos médicos.

Devido ao seu alto poder tóxico, a estricnina foi banida no mercado japonês. Em Bangladesh seu uso é somente permitido como raticida. No Brasil, uma portaria de 1980 proibiu qualquer medicamento com essa substância. O México é um dos 264 países que condenam o seu uso, porém a conhecida impaciência dos habitantes da capital mexicana para com os "melhores amigos do homem" fez com que o mercado negro de estricnina fosse tolerado. Ana passou 15 anos de sua vida vendo como vizinhos respeitáveis se desfaziam dos cães indesejados de outros vizinhos respeitáveis com pequenas quantidades desse pó branco. Ana possuía um vidro pequeno, com menos de oito centímetros de diâmetro, repleto de estricnina.

Usaríamos o veneno de acordo com a lei vigente em diversos países: para matar ratos. Ratos como Robério Peixoto de Mello.

O primeiro sintoma após a ingestão do veneno é a ansiedade. Logo o político se veria abatido por um leve tremor, seguido de movimentos bruscos e reflexos exagerados. Alguns segundos depois, viria a rigidez dos músculos da perna e da cara, os vômitos e os espasmos que começam pela cabeça e pelo pescoço; os mesmos se alastrariam por todo o seu corpo em convulsões contínuas que piorariam com o menor dos estímulos. A morte ocorreria por asfixia causada pela paralisia do sistema de controle respiratório do sistema nervoso central ou por exaustão devido às convulsões. Quanto menor a dose do veneno, mais rápida é a morte.

Se Robério não teve pressa em apresentar os 10 postos de saúde à população de Campo Grande, por que a teria em morrer? Sua morte seria lenta.

19

Curioso que os dois primeiros atentados começassem ou terminassem na Barra da Tijuca, um bairro que no início da década começou a receber gente cansada da explosão demográfica da Zona Sul e a população dos subúrbios distantes que buscavam o sonho de morar perto do mar. Dois anos atrás, a praia da Barra tinha *trailers* com cadeirinhas de plástico improvisadas num calçadão de terra batida marrom. Agora a orla estava asfaltada, com quiosques padronizados, devidamente legalizados pela prefeitura. O problema era o gosto musical de quem havia ganhado as licenças para explorar os quiosques: axé ou pagode. Isso acabou prejudicando a paisagem, criando um ambiente cafona numa praia tão bonita. Quem passa de carro pelo bairro vê mais de uma centena de construções em andamento: shoppings e mais shoppings, centro comerciais e condomínios. Um bairro sem teatro, sem esquina, sem uma sala de concertos à altura da sua vocação consumista, um bairro sem alma. E por isso, "atentável".

Happy Food era o nome do restaurante que seria inaugurado na quarta-feira, 17 de fevereiro, no shopping Barra Dream. Gonzáles faria turno duplo no estágio no dia anterior e assim estaríamos os três disponíveis naquela tarde.

Ana trabalhou durante algum tempo como relações públicas; era uma forma de ganhar dinheiro rápido sem vínculos empregatícios rigorosos; ganhava por hora de acordo com o horário que a faculdade permitia. Trabalhava tanto em recepções protocolares de comissões estrangeiras como em promoções de bebidas energéticas em boates da moda. Em muitos casos era paga somente para sorrir e receber gente importante. Um trabalho fácil. Dessa época guardava um uniforme vermelho — saia e *tailleur* — usado no lançamento de um bombom em restaurantes do centro da cidade; um chocolate suíço com pedaços de frutas tropicais coberto de creme de amêndoas. Sem dúvida um artigo caro para um público exigente. Ainda tinha uma caixa com mais de duzentos chocolates intocados pela promessa de uma dieta cumprida. A ideia era simples. Robério Peixoto de Mello morreria pelos seus pecados capitais: a gula e a luxúria.

Devidamente uniformizada como *promoter*, Ana deveria se aproximar do político após a refeição e entregar-lhe o chocolate com estricnina. Havia riscos no plano: Robério poderia guardá-lo, ou dar para uma pessoa inocente, que acabaria pagando pelos seus crimes. Ou ao contrário, devoraria o doce no mesmo instante e morreria no ato, sem dar o tempo necessário para Ana escapar. Tentamos discutir algumas táticas de aproximação da vítima, mas Ana não quis conversa: essa era a sua missão e ela sabia exatamente como proceder. Gonzáles respeitou contrariado. Achava que era responsabilidade demais nas mãos dela e que sozinha Ana não seria capaz de executar o que propunha. Havia uma grande distância entre os atos de planejamento e a ação, e não conhecíamos Ana suficientemente para assegurar-nos de que sua convicção em realizar o atentado estivesse plenamente solidificada em sua consciência. Gonzáles comentou que, no dia dos atentados e nos momentos que antecederam a colocação das bombas nos veículos de Ricardo Jofre de Castro e Jefferson Calado, pensara obsessivamente no sofrimento de dona Angelina e das 113 vítimas mortais da máfia dos remédios; a certeza de vingar sua morte, além de purificar o espírito, o abastecia com a coragem necessária para concretizar o que havia almejado. Em que pensaria Ana na hora precisa de entregar a estricnina a Robério Peixoto de Mello? Estaria segura dos seus atos?

Nesse mar de incerteza, seguimos na quarta-feira, dia 17 de fevereiro, em direção ao mais "atentável" bairro carioca, a Barra da Tijuca. Gonzáles conduzia o Dodge ao lado de Ana enquanto eu segurava a bolsa de bombons no banco de trás — dois deles recheados de estricnina. Confesso que me senti menor sem a missão de copiloto. Agora Ana estava ao lado de Gonzáles e éramos três; três indivíduos extraordinários com o objetivo de eliminar um homem ordinário; tão ordinário que nunca soube da existência de Dostoiévski, de Gogol, de Maiakóvski; tão ordinário que nunca escutou um solo de John Coltrane, de Sonny Rollins ou a voz de Bessie Smith; tão ordinário que não saberia diferenciar Pixies de Sonic Youth.

Acendemos um baseado na entrada do túnel Dois Irmãos e levantamos o vidro do carro. Mergulhado num profundo silêncio, mais uma vez me senti como um mero espectador do mundo lá fora; como se eu estivesse sozinho sentado, comodamente numa escura sala de projeção. Tudo o que via naquele momento — a paisagem urbana do Rio, os carros, o semblante extenuado das pessoas em pé na fila do ponto de ônibus — era um documentário em preto e branco, desgastado pelo tempo. O longo silêncio foi interrompido por um espirro de Ana e em seguida por uma blitz policial.

20

O cheiro de maconha que emanava do veículo era constrangedor. Certamente o PM não nos facilitaria a vida e não poderíamos fazer nada além de mentalizar um súbito golpe de vento que deslocasse o olor da erva para outros horizontes. Gonzáles estacionou bem devagar no lugar que o guarda havia indicado. Permanecemos sentados dentro do Dodge enquanto o policial se aproximava em passos lentos e despreocupados. Tinha o rosto cansado e a farda amarfanhada. Fazia seu trabalho rotineiro e não tínhamos cara de marginais, além de Ana ser belíssima — mesmo com os dois olhos vermelhos.

Ao se aproximar da janela de Gonzáles para pedir os documentos do carro, o PM — que não contava com o aroma de boas-vindas oriundo do Dodge — gritou:

"Desce todo mundo, puta que o pariu! Que cheiro de brenfa fudido! Salta todo mundo!"

Saímos do carro em silêncio e de forma respeitosa, sem esboçar sinais de contrariedade, enquanto outro PM — um pouco mais jovem — se aproximou, desafiante. Apartamos as pernas e levantamos os braços; nos revistaram sem terror psicológico — o que era raro numa blitz em que se detectava filhinhos de papai com droga. Nos perguntaram onde estava a droga. Gonzáles não respondeu com o clássico "Tá na mente" — era um cara sensato —, simplesmente disse que não havia nada mais porque fumamos o pouco que tinha dentro do túnel Dois Irmãos. O policial mais jovem sorriu com o canto da boca como quem diz "isso não é um problema". Claro que poderiam forjar a quantidade que quisessem. Entraram no veículo, reviraram os bancos, o porta-luvas e encontraram as caixas repletas de bombons.

"Para que tanto chocolate? Essa é boa!", disse um deles.

Abriram as caixas e escolheram cinco unidades aleatoriamente; cheiraram e provaram:

"Tá bom esse, para que tanto chocolate, porra?"

"Vamos visitar a Casa da Acolhida de Jacarepaguá. Ela é atriz e todo ano deixamos chocolate para as crianças carentes de lá. O meu pai quando era vivo me levava e foi um dos pedidos dele antes de morrer", respondeu Gonzáles.

"Eu poderia abrir um por um esses bombons e aposto que tá tudo cheio de erva", disse o PM.

"Não somos traficantes!", relutou Gonzáles. "O fato de queimar um fumo de vez em quando não quer dizer que eu trafique, sou contra."

"Você só queima o teu fuminho, o outro também só queima um fuminho e assim os traficantes agradecem. Vai dizer que é contra o tráfico? Ele só existe porque você existe, porra!"

O clima ficou tenso. Fiquei olhando pro chão durante todo o tempo, e Ana praticamente engolindo um cigarro calada encostada no carro. Gonzáles era o único que encarava os policiais.

"O que a gente faz com eles?", perguntou o mais alto.

"Leva para delegacia."

"Poderia pedir uma única coisa aos senhores?", interveio Ana inesperadamente.

"Diga, senhorita."

"Que os senhores nos acompanhassem até Jacarepaguá; deixamos os bombons com os meninos e depois seguimos todos para a delegacia. Por favor..."

Os PMs se entreolharam, riram baixo, olharam pro céu — como se procurassem outra paisagem mais interessante — e deram uma longa volta em torno do carro. Devem ter pensado: "Que Dodge horroroso, laranja com um escudo do América desbotado pelo tempo." Não conseguiriam tirar dinheiro de nenhum de seus ocupantes, que provavelmente haviam fumado um baseado para passar o tempo numa missão que tinha uma certa nobreza. Quantos jovens não estariam na praia, em pleno verão, naquele momento?

"Deixa mais uma dúzia de bombons e vai nessa. E não me passe por aqui de novo. Entendeu?"

"Ou então, figura", o outro PM completou, "vê se passa com um carrinho mais bonito, esse tá foda."

Entramos no Dodge rapidamente e pensamos que estava cada vez mais desagradável nos deslocar até a Barra da Tijuca.

21

A especulação imobiliária e o crescimento demográfico da Barra nos favorecia. O aspecto rural e pré-urbano do bairro com suas ruas sem asfalto e urbanização convivia com os megacentros comerciais e os condomínios em construção. Isso facilitava a tarefa de esconder o Dodge e entrar a pé sem suspeitas no local do crime. O shopping Barra Dream era mais um templo do consumo imbecilizado que tanto refletia o perfil do morador da área. O restaurante em que Robério faria sua última ceia seria inaugurado em uma hora. Éramos terroristas e outro homem perderia a vida no bairro mais "atentável" da costa brasileira.

Eu estava começando a gostar dos momentos pré-atentado, que me despertavam uma inusitada sensação de estar vivo. Nina Simone dizia que cantando era quando mais podia contemplar sua existência. Naquela altura, a forma mais coerente de estar condicionado à realidade brasileira era atentar contra um político corrupto. Matar outra pessoa e se sentir vivo? Não, não há nenhuma dicotomia nisso; como dizia Campos de Carvalho, havia "mais mortos fora do cemitério do que dentro de um cemitério; mais loucos fora do sanatório do que dentro de um sanatório". Robério Peixoto de Mello era um cadáver mal informado enquanto Júlio Barroso — o finado vocalista da Gang 90 de que Gonzáles tanto gostava — estava muito mais vivo que ele.

Entramos separados no shopping. Ana vestia uma peruca negra que desfazia sua loura cabeleira e lhe dava um ar de apresentadora de telejornal. Levava um saco com dezenas de bombons e mais os dois com estricnina dentro do bolso do *tailleur.* Queria fazer sozinha o reconhecimento do lugar e dar uma volta para tomar um café. Gonzáles e eu nos mantivemos perto da entrada sem disfarçar a tensão. O letreiro Happy Food em verde neon ofuscava a visão de quem entrava no shopping. Vinte minutos depois o lugar estava cheio. A gerente se mostrava irritada com um dos jovens garçons, e o clima estava pesado. Ana apareceu e veio em nossa direção. Estava realmente exuberante: uma *promoter* no melhor estilo; a saia vermelha — bem curta — realçava o tamanho e a forma de suas pernas. O *tailleur* não escondia o volume dos seios enormes, e sua altura e elegância eram inomináveis. Não havia mulher mais sedutora e bela num raio de duzentos quilômetros. Sua ideia era começar a distribuir os bombons na porta do restaurante e depois entrar no local com a desculpa de usar o banheiro. Logo veria a mesa onde se encontrava o vereador e lhe entregaria o chocolate. Ana se aproximou, saímos por um momento do shopping e paramos ao lado do estacionamento para acertar os últimos detalhes longe da vista dos transeuntes. Nos demos as mãos como se estivéssemos em oração e repetimos em voz alta as palavras de Raskólnikov antes de cometer o assassinato contra a velha usurária de *Crime e castigo*:

"O que precisamos é conservar nosso ânimo e força de vontade, para, quando chegar o momento de atuar, triunfarmos sobre todos os obstáculos!"

Ana nos olhou uma última vez e entrou sozinha no centro comercial.

22

Não sabíamos que na mesma semana do terceiro atentado dois homens saíram de um cortiço no bairro do Fonseca, em Niterói, e roubaram um Passat 1982 vinho, estacionado em frente a um ferro-velho. Atravessaram a ponte tentando inutilmente sintonizar uma rádio evangélica e seguiram até o centro do

Rio. Perderam-se pelas ruas da Glória até chegar ao endereço desejado, no bairro de Fátima. Não gostavam de atuar do outro lado da baía de Guanabara — longe de seus domínios —, mas o serviço era irrecusável, até muito bem pago para a cabeça de um joão-ninguém, um reconhecido alcoólatra. Deixaram o Passat em uma ladeira repleta de vilas e casas típicas de subúrbio, repararam nas crianças que jogavam futebol no meio da calçada e nas duas senhoras conversando em frente à padaria com as bisnagas debaixo do braço. Seguiram até o final da rua e dobraram à esquerda, onde uma subida cercada de matagal apontava para um caminho de terra. Colocaram o capuz e fizeram a trilha até se depararem com um portão vermelho recém-pintado com menos de um metro de altura. Entraram na propriedade e permaneceram estáticos na varanda tentando ouvir o movimento no interior da casa. Um homem falava alto, parecia nervoso, excitado. Os dois encapuzados abriram a porta devagar, já com as armas em punho, e viram a sala desabitada. O barulho só poderia vir do quarto, que ficava no fim do corredor. Paulo Rato não teve tempo de gozar. Antes de esboçar a mínima reação foi alvejado na perna direita. As duas meninas — menores de idade —, que momentos antes ensaiavam um número lésbico seminuas, não conseguiram gritar; permaneceram mudas em estado de choque. A ordem seria torturar Paulo Rato sem pressa, cortando pequenas partes de seu corpo de cada vez, até castrá-lo com uma faca de cozinha e deixá-lo sangrar até a morte. O pênis do pedófilo deveria ser apresentado a Rogério Quinzinho, vulgo Bigodinho Branco, recém-nomeado chefe do tráfico de São Gonçalo e irmão de uma das meninas.

Do outro lado da cidade, nessa mesma semana, desembarcava em um voo Frankfurt-Rio de Janeiro um nobre ex-catedrático de filosofia da Universidade de Bilbao e exímio jogador de xadrez, Gorka Arrosko Queresazu; neto de militantes históricos do Partido Comunista Basco e órfão de pai e mãe pela ditadura de Franco. Ao contrário dos seus companheiros de viagem, ele chegaria na Cidade Maravilhosa com uma missão muito mais interessante do que o turismo. Gorka — especialista em elaborar artefatos explosivos — vinha com o objetivo de convencer um ex-companheiro de guerrilha terrorista a se reincorporar à organização. Seus trabalhos eram solicitados desde Viscaya. Para isso tinha um passaporte falso e 25 mil dólares.

23

"O secretário de Obras do município, Robério Peixoto de Mello, morreu nesta tarde, de causas ainda desconhecidas, na saída de um restaurante no bairro da Barra da Tijuca. O político estava dando uma entrevista ao vivo para uma rede de televisão quando se sentiu mal e foi levado às pressas ao hospital Lourenço Jorge, onde faleceu antes de ser atendido. Robério estava sendo investigado por suspeitas de má gestão do dinheiro público na construção de postos de saúde em Campo Grande. As imagens da morte do secretário os senhores poderão ver no Jornal das Oito."

"Em outras palavras, M-E-N-O-S U-M R-A-T-O!", gritou Gonzáles.

"Ca-ra-lho! Abrimos um vinho?", perguntei.

"Um vinho? Todos os vinhos!", respondeu Ana.

Cinco horas depois de abandonar o shopping recebemos a notícia pelo Jornal das Sete. Ana fora perfeita, ou quase perfeita, porque seguramente uma foto sua circularia em todos os meios de comunicação no dia seguinte. Nela, nossa *femme fatale* figurava ao lado do envenenado e de outros amigos confraternizando na inauguração do novo restaurante da família Andrade Neves, o Happy Food. Se não fosse pela rapidez de seu movimento em tapar o rosto como se estivesse retocando o cabelo, Ana estaria sendo procurada por todo o país. Jogamos muito alto, arriscamos tudo e ganhamos.

Ainda nos restava uma hora até o Jornal das Oito, quando teríamos todos os detalhes da morte do político. Saímos da Barra direto para o aparelho sem a certeza de que a missão estivesse devidamente cumprida. Foram longas e árduas horas de silêncio, sentados na sala com duas garrafas de vinho barato, à espera de alguma informação. Agora estávamos convencidos de que o atentado fora um sucesso, mas necessitávamos dos detalhes.

Gonzáles desceu para comprar mais vinho. Ana mudava de canal em busca de outras informações.

A maior diferença entre os outros dois atentados foi a forma soberba e tranquila como chegamos até em casa, sem explosões, fugas ou paranoias de perseguição. Ana simplesmente saiu do restaurante, entrou no Dodge e seguimos até a Gávea — por uma avenida das Américas livre do tráfego — em menos de

15 minutos. Enquanto Gonzáles sacava o primeiro CD do Mundo Livre S.A. do porta-luvas, Ana nos relatou seus passos até chegar na mesa de Robério e o pressentimento de que seria registrada pelo fotógrafo da festa.

Primeiro ficou na porta do restaurante distribuindo o bombom para quem entrasse, logo a dona do lugar e o segurança do shopping lhe disseram que não podia ficar ali, pois a comercialização ou a distribuição de brindes ou produtos tinha que ter a autorização prévia do gerente do centro comercial. Ela não discutiu e deu uma volta para deixar as tensões baixarem; circulando pelas vitrines viu quando Robério Peixoto de Mello e um assessor — muito feio por sinal e que quase mereceu o outro bombom de estricnina, palavras de Ana — se aproximavam do restaurante. Nossa amiga esperou um pouco mais, retornou para a entrada do Happy Food e percebeu que nem o segurança e a gerente do lugar estavam naquele momento. Continuou abordando as pessoas com seu inominável sorriso e servindo os chocolates até que pediu para usar o banheiro do local. O lavabo ficava no segundo andar e, ao subir em uma escada tipo caracol cor de ferro fundido e semilabiríntica, viu a mesa em que se encontrava o secretário. Percebeu que ele ainda estava fazendo os pedidos ao garçom e decidiu ficar no banheiro por mais vinte minutos. Ana admitiu que estava tensa e cada vez que saía do banheiro para ver a mesa de Robério reparava que o político comia de forma animalesca; não hesitava em dar garfadas no macarrão mesmo com a boca cheia e com restos de carne moída concentrados no canto esquerdo da boca. Sentiu raiva e desejo de matá-lo. Ficou em frente ao espelho do banheiro retocando a maquiagem, recebendo cantadas e olhares indiscretos dos garçons. Repetiu para si mesma a frase de Raskólnikov: "O que necessito é conservar minha presença de ânimo e minha força de vontade, para que, quando chegue o momento de atuar, eu triunfe sobre todos os obstáculos." Ana foi de mesa em mesa repetindo mentalmente o mantra e distribuindo os chocolates. No exato momento em que receberia a segunda reprimenda da gerente do lugar, conseguiu chegar até a mesa de Robério. Ele a convidou para sentar, ela aceitou; ele pediu que a gerente não se incomodasse com ela, a gerente acatou. Sedutora, envolvente e linda, Ana fez o jogo dos ratos e desfilou insinuações para todos da mesa, especialmente para o gordo e glutão vereador, que estava paralisado diante de tanta beleza e perfeição. Aceitou um copo de água com gás e conversaram sobre as vantagens de se relacionar com homens mais velhos. Logo o anfitrião narrou o quão atribulada era a vida de um político, tentando impressionar Ana ao falar sobre as horas de voo que acumulava a cada semana e o eterno vaivém no gabinete da Secretaria de Obras. Depois, revelou que fecharia um importante negócio no setor imobiliário nos próximos dias. Ana o escutava apoiando discretamente sua coxa direita na perna suada e gordurosa do político. Conversaram ao pé do ouvido entre risos francamente comprometedores. Ela lhe entregou um bilhete com o número de telefone. Os outros três ocupantes da mesa acompanharam todo o movimento incrédulos e estupefatos. Ana desfilou sorrisos e olhares permissivos para logo se levantar e agradecer a companhia. Despediu-se de cada um com um beijo no rosto e um chocolate. Propositalmente excluiu a vítima desse protocolo. O fotógrafo do evento lhe pediu que posasse ao lado do vereador. Os amigos também querem sair na foto. Ela aceita e mexe no cabelo no instante do flash. O político reclama que foi o único que não recebeu o bombom; era o ato final, o texto que Ana escrevera para ele; Robério pronunciou seu próprio epitáfio. Como no final de uma cena magistralmente ensaiada, Ana vagarosamente tirou o chocolate do bolso do *tailleur*, olhou fixamente para o plástico dourado, beijou o bombom e deu o presente para Robério, segurando suavemente suas mãos. Fecha a cortina.

24

"Te chamam de ladrão / de bicha, maconheiro / transformam o país inteiro num puteiro / pois assim se ganha mais dinheiro..."

Cantávamos aos berros a letra do Cazuza pendurados na janela do aparelho, como se estivéssemos nas arquibancadas do Maracanã. Era para todo mundo ouvir e pro dia nascer feliz, feliz com menos um corrupto em território brasileiro. Estávamos bêbados, loucos, e fizemos da sala da casa de Gonzáles uma pista de dança digna de um filme de Jim Jarmusch. Não havia tristeza e sim álcool, euforia e a certeza de que, com mais outros atentados e uma carta de intenções, a Lei de Imunidade Parlamentar cairia. Ana dançava, imitava Iggy Pop empunhando a garrafa de vinho como microfone, esfregava seus peitos na nossa cara. Gonzáles acendia um baseado no outro, jogava a fumaça pela janela e imitava Fidel Castro em pose de estadista. Eu estava extasiado e sem camisa, tentando encontrar o CD do Chico Science enquanto a TV sem som emitia — pela enésima vez — as imagens que percorreram todo o Brasil. Sim, ele morreu diante das câmeras de televisão minutos depois de sair do restaurante Happy Food. Robério Peixoto de Mello ingeriu o chocolate, segundo nossos cálculos, meia hora após a partida de Ana. O infeliz vereador foi abordado na saída do shopping para uma entrevista a uma rede evangélica sem grande expressão; o político aceitou falar e repentinamente começou a se sentir mal; a repórter — morena, jovem e de cabelo curto negro — continuou com o microfone na mão, sem saber o que fazer. O câmera registrou tudo: primeiro, dois assessores limpavam o suor do seu rosto antes de começar a entrevista; segundo, ao responder uma pergunta, não conseguiu pronunciar claramente as palavras; terceiro, seu pedido de desculpas e de que parassem de gravar; quarto, um olhar desorientado para câmera e o abrupto movimento de se apoiar nos braços do assessor; quinto; sua queda de bruços aos pés do cinegrafista; sexto, os primeiros espasmos sobre o quente asfalto da Barra da Tijuca. A câmera seguiu até aí. Provavelmente a pequena emissora evangélica vendeu as imagens para a principal rede de televisão do Brasil e essas imagens invadiram o lar de mais de cem milhões de brasileiros. Uma morte diante das câmeras é sempre a maior audiência. Vimos a imagem no Jornal das Oito, das Onze e da madrugada em outra emissora.

Gonzáles chegou com mais vinho, e Ana deu outros detalhes do breve encontro com Robério:

"Ele pensou que eu era garota de programa, tenho certeza. Eu também cheguei rasgando e me lembro bem da cara dele quando dei o meu número de telefone. Um merda... E tem outra coisa! Foi ele que me pediu o chocolate, foi ele que pediu para morrer!"

"Um brinde à limpeza ética que estamos fazendo na política brasileira!", propus.

E brindamos umas duzentas vezes. Após seis garrafas de vinho, Ana não conseguia ficar de pé. O Comando Terrorista Anti-Corrupção celebrava seu terceiro atentado e estávamos orgulhosos. E embalados ao som dos Mutantes na nossa pista de dança imaginária, quando Ana subitamente trocou a música. Escolheu o segundo disco do Barão Vermelho, e ao começar os primeiros acordes de *Bicho humano*, ela já estava entre mim e Gonzáles: "Dance / eu quero ver você em transe / e se acabar / dance / eu quero que você me alcance / na hora h / Me gritar, pedindo, deixando / bicho humano uivando." Ana tirou a blusa suada e me empurrou para trás dela ao mesmo tempo que encaixou o quadril em Gonzáles, à frente. Meu amigo tirou a camisa; Ana deu um longo gole na garrafa de vinho e beijou Gonzáles com força; os dois caíram no chão. Nesse momento pensei em Vânia. Depois em Tim Maia, em Ricardo Jofre de Castro, em Dostoiévski, em Godard, e não pensei em mais nada. Deveria ter ligado para Vânia aquela noite, ela certamente esperava minha chamada. Ana me puxou pelo pescoço e a beijei com desejo, muito desejo. Joguei minha camisa em cima do sofá e Ana alternava freneticamente os beijos em nós dois; estávamos loucos, extasiados, bêbados, extraordinários.

Fomos pro quarto. Primeiro, Ana pediu delicadeza e que deixasse a luz apagada. Gonzáles deixou somente a tênue luz do abajur acesa; beijamos Ana demoradamente, como três jovens descobrindo o amor, e sentíamos nossas respirações ficando cada vez mais aceleradas. Ela começou a fazer sexo oral em Gonzáles ao mesmo tempo que acariciava meu rosto; depois pediu que meu amigo lhe tirasse a calcinha e que lhe tocasse o clitóris devagar; "bem aqui", sussurrou. Meu amigo obedeceu morosamente, com extremo cuidado, enquanto ela deslizava sua língua na minha pélvis até chegar no meu pau. Gonzáles aumentou o ritmo de suas mãos e Ana respondeu me chupando com força. Não acreditava que Ana me chupava, não podia crer que seu cérebro estivesse ordenando que me chupasse. Seguimos assim por alguns minutos e minha cabeça girava, os pensamentos desordenados. Ana pediu que Gonzáles a penetrasse por trás enquanto meu peito servia de apoio. Meu amigo a penetrou com força e ela repousou a cabeça no meu ombro, gemendo baixo enquanto eu limpava o suor de seu rosto com minha língua e a beijava na testa, na boca, no pescoço. Uma experiência comovente, pura, de amor explícito entre amigos. Continuamos com Ana em cima de mim, agora gritando mais alto enquanto masturbava Gonzáles com a mão direita. E assim ficamos até o dia nascer, jogados na cama, abraçados, reinventando a vida até onde alcançássemos, cansados de tanta hipocrisia. A orgia vence o medo.

25

Lembro que no dia seguinte acordei com Gonzáles nu ao meu lado; nos olhamos com a ressaca estampada em nossas caras e uma dose de estranhamento. A minha mente estava um pouco turva devido à memorável noite anterior.

"Você usou camisinha?", perguntei em voz baixa.

"Não."

"E onde você gozou?"

"Eu não gozei", ele me respondeu.

"Nem eu."

Ouvimos uma voz vinda da sala:

"Eu gozei pelos dois!"

Ana se levantou mais cedo acometida por um extremo bom humor — estava com o cabelo molhado recém-saída do banho e vestia um jeans largo com uma camiseta branca da Hering justíssima: linda. Já havia ido à padaria e comprado três *croissants* recheados de queijo de cabra, nossos preferidos. Como se não bastasse, devia ter procurado minuciosamente um esquecido disco do quinteto Villa-Lobos entre as estantes — a música soava límpida, purificadora —, e duvidei se essa mulher realmente existia. Gonzáles se levantou desnudo e circulou um bom tempo pela casa tentando encontrar uma toalha. Da cama eu podia ver a mesa cuidadosamente posta por ela: três xícaras ao lado dos talheres, uma rosa branca no centro e duas cestas de pães e *croissants*. Sentamos os três e, se não fosse pelo estalinho de agradecimento que cada um de nós deu na boca de Ana, eu jurava que pelo comportamento cortês e a etiqueta estávamos em um castelo inglês do século XVII.

Ou então éramos uma família. Poderíamos muito bem ser três irmãos tomando o café antes de ir à escola. Reinava um sereno ar de harmonia e respeito mútuo entre nós. Eu queria realmente que o tempo parasse ali, naquele café da manhã de uma quinta-feira ensolarada num pequeno apartamento da Gávea ao som dos diáfanos violinos de Villa-Lobos.

A morte de Robério Peixoto de Mello mereceu destaque em todos os jornais. Em nenhum deles foi escrita a palavra assassinato, pois a autópsia ainda estava em andamento. A morte de um secretário de Obras por si só era uma grande notícia, mas a forma espetacular como ocorrera gerou uma repercussão midiática grandiosa. A vida sedentária do político, aliada aos seus hábitos alimentares, fez muitos levantarem a hipótese de um infarto fulminante. Foi notável a falta de depoimentos de seus colegas no Governo. A família abdicou dos serviços fúnebres da Câmara e realizou o velório em um longínquo clube suburbano. O enterro aconteceria no dia seguinte.

Eu esperava ver a foto de Ana ao lado de Robério na capa dos principais jornais. Depois que o resultado da *causa mortis* fosse obtido, certamente a polícia se encarregaria de estudar os últimos passos do vereador e consequentemente chegariam até a foto. Era somente questão de horas.

Ao chegar em casa, vi três recados da Vânia. Ficamos de dormir juntos na noite anterior mas simplesmente desapareci. Antes de telefonar para ela, tomei um banho frio. Não conseguia parar de pensar em Ana, na forma como ela me beijava, no movimento de sua cabeça chupando o meu pau e no contato de sua saliva com a minha boca. Me masturbei debaixo do chuveiro e deitei na cama. O telefone tocou e não atendi. Fiquei deitado e outra vez me veio a imagem de Ana sendo penetrada por Gonzáles por trás. Vânia deixou outro recado na secretária eletrônica. Me masturbei pela segunda vez, me olhei no espelho e o telefone tocou novamente. Atendi e era Gonzáles direto da redação do *Mundo Esportivo*. Primeiro, pediu que aguardasse na linha e após longos cinco minutos me disse que José Ramos Georgette — o número três da nossa lista, morto antes de podermos atentá-lo — fora assassinado pelo próprio matador que contratara para apagar a esposa. Sua mulher mantinha um caso com um famoso pagodeiro paulista. O deputado descobriu e pagou dez mil reais para acabar com ela; o matador, em vez de executá-la, se ofereceu por mais dez mil para matar o marido. Ela aceitou, ou seja, homicídio por encomenda.

"E como a polícia descobriu?", perguntei.

"A mulher contou pro amante — o tal pagodeiro — e o cara não segurou a onda e contou pro padrasto, que é aposentado da Polícia Civil."

Não sabia o que pensar. Gostaria de entender sobre procedimentos policiais para saber o que se passava pela cabeça da pessoa encarregada de investigar nossos atentados. Até então a morte dos três envolvidos no "Escândalo da Amarelinha" havia sido queima de arquivo; as vítimas sabiam demais sobre um esquema que envolvera milhões de reais e que levara um esmerado funcionário norueguês a pôr fim à própria vida. Três meses se passaram, e depois da farsa apresentada pelo ex-secretário de Segurança, que comprometeu a imagem do executivo no primeiro ano pós-eleições, as investigações avançaram pouco. Agora se descobre que um dos políticos foi morto por um crime passional, sem conotação política ou envolvimento com nenhuma organização criminal. Que direção tomaria a investigação? Soube pelos jornais que, a pedido do governo, dois respeitáveis detetives oriundos de São Paulo estavam se dedicando exclusivamente ao caso de forma sigilosa. Gostaria de reproduzir aqui todos os erros e equívocos cometidos pela polícia carioca nesses dois meses; não faltavam nos meios de comunicação matérias sobre pistas falsas, suspeitos detidos sem a mínima implicação no caso, um perturbado mental que se apresentou como autor dos crimes, reuniões de emergência entre a cúpula das polícias Civil e Militar, telefonemas de Brasília exigindo maior esforço no caso. Certamente éramos responsáveis pela insônia de muita gente. Talvez isso seja outro livro, outra história.

Com o resultado da autópsia de Robério Peixoto de Mello, a polícia se veria em outra encruzilhada; era o quarto político assassinado em menos de três meses. Que relação teria essa morte com as demais? Até onde sabia, a última vítima não aparecia em nenhuma lista comprometedora sobre a máfia dos remédios e não mantinha relações — provavelmente nem se conheciam — com Ricardo Jofre de Castro e Jefferson Calado.

Desconfiava que uma vez mais a polícia centraria suas investigações nas negociatas e falcatruas em que Robério estava envolvido; no dinheiro desaparecido dos postos de saúde de Campo Grande, nos contratos superfaturados das compras em larga escala de materiais de construção inexistentes, nas contas fantasmas sobre as quais seus amigos falavam em voz alta com orgulho nos bares da Cinelândia. Era óbvio que a natureza ilícita das atividades exercidas de cada uma das vítimas, somadas à tácita e numerosa rede pessoal de contatos que mantinham, dificultava o processo de investigação policial; quanto mais sabiam, a menos conclusões chegavam. Será que não passava pela mente de nenhum detetive ou especialista criminal que uma organização terrorista estivesse por trás desses crimes? Uma organização que não dispusesse de meios materiais suficientemente adequados e que por isso atuasse de forma amadora, pouco profissional? Seria muito fantasioso imaginar que um dia a população civil revoltada resolveria atuar de forma mais eficaz diante de tanta impunidade? E que a classe média deixaria de servir só para organizar passeatas pela ética e pela paz? O que fazer se perguntávamos sobre responsabilidade e transparência na gestão das contas públicas e tudo o que recebíamos eram crimes cotidianos contra a economia popular? Conseguimos vingar dona Angelina Ferreira dos Santos, porém em termos práticos tudo continuava igual; três vezes por semana novos escândalos de corrupção assolavam os noticiários de todo o país. Era o momento de fazer uma carta, apresentar nossas intenções, assumir a responsabilidade pelos crimes cometidos e fazer com que a Lei de Imunidade Parlamentar fosse revogada. A polícia já havia mostrado sua incompetência porque nunca enxergaria que três universitários de classe média fossem capaz de matar. Ledo engano.

26

Fui ver minha namorada com três atentados e duas punhetas nas costas — confesso que as punhetas pesavam mais que os atentados. Era o ensaio aberto da nova peça da Companhia, baseada na música dos Secos e Molhados. Eu sabia que, para Vânia, a minha opinião seria importante.

Gosto do ambiente teatral: o cheiro do palco, a tensão contida nas coxias, o silêncio que antecede o início de um espetáculo e o veludo vermelho dos primeiros assentos do espaço da Casa de Cultura Laura Alvim. Vânia praticamente era filha daquele cenário.

Na primeira cena todas as atrizes do elenco cantavam com um vestido branco, semitransparente, através do qual se insinuava a silhueta das formas generosas de seus corpos. Fixei-me nos pelos pubianos de Ângela, que eram vastíssimos. Confesso que achei o número meio hippie e tentei me concentrar em Vânia. O problema era que involuntariamente só conseguia pensar em Ana; todas as atrizes tinham o rosto e o corpo de Ana; os movimentos cênicos eram os movimentos de Ana na cama, me beijando, rindo enquanto a penetrava, tocando sua intimidade. Pensei se naquele momento ela estava trepando com Gonzáles, afinal, moram juntos, dividem a mesma casa, o mesmo cinzeiro. Compartilhar um cinzeiro é um símbolo insuspeito de comunhão. Imagino o Gonzáles fumando no quarto sozinho, só com a luz da TV; Ana batendo à porta e perguntando pelo cinzeiro; Gonzáles respondendo que o está usando; ela entrando e deitando-se ao seu lado na cama. Quem compartilha o cinzeiro compartilha a cama. Era lógico. No aparelho só havia uma porra de cinzeiro roubado do Baixo Gávea. Eles estavam trepando. Eu sabia.

Na segunda cena, dois atores — um deles interpretando um cego — se beijam após uma liturgia religiosa. A cena não me desagradou, mas me veio a imagem de Ana, nua, com uma venda nos olhos e uma vela vermelha acesa na mão direita, me chamando, me conduzindo perdido por um labirinto, possivelmente as pedras do Arpoador. Uma imagem legal para qualquer película pornográfica nacional de classe C.

A peça acabou e não me lembrei de praticamente nada; Vânia não me perdoaria. Eu TINHA que dar uma opinião, e se possível, favorável. Aplaudi fingindo entendimento e admiração; no fundo estava impaciente, confuso e excitado.

Esperei a minha namorada na saída do teatro e lhe disse que não me sentia bem, que era melhor voltar para casa e tomar uma aspirina. Ela me perguntou sobre a peça. Eu disse que amanhã almoçaríamos juntos e eu falaria sobre minhas impressões. Vi seu rosto murchar e me senti péssimo; nos despedimos e segui sem olhar para trás. Tinha certeza de que ela ainda me olhava, buscando um aceno amistoso, um beijo à distância que revelasse o grau de cumplicidade e carinho que tínhamos conquistado durante todo esse tempo. Mas tudo o que desejava era saber se Ana e Gonzáles estavam trepando.

27

Cheguei no aparelho vinte minutos depois. Toquei o interfone e Ana abriu a porta imediatamente, sorridente. Deu-me um estalinho e perguntou se eu queria café. Gonzáles apareceu meia hora mais tarde com bafo de cerveja, abatido e reclamando do estágio. Certifiquei a quantidade de cinzeiros da casa: realmente só havia um. Amanhã, na primeira hora, providenciaria outro. Durante o café, Gonzáles comentou que provavelmente o resultado da *causa mortis* de Robério estaria enunciado em todos os jornais nas próximas 24 horas e que não nos surpreendêssemos se a foto de Ana com a vítima ilustrasse a matéria, pois fora o último registro fotográfico do político com vida. Acendi um cigarro e propus a elaboração de uma carta a ser entregue em todos os jornais assumindo os crimes. Meu amigo concordou e Ana tratou de nos convencer a elaborar um outro atentado antes da tal missiva de apresentação:

"Robério era peixe pequeno. Se queremos ser ouvidos devemos atuar contra nomes mais importantes."

"Dois deputados e um secretário assassinados, você acha pouco?", perguntei.

"Olha para esse político que mantém pessoas em cativeiro trabalhando por dois reais por dia em Sergipe. Um menino morreu no meio da plantação de laranja. Esse é um grandíssimo filho da puta e é presidente de alguma coisa..."

Ela tinha razão. Rogério Dellasandro era presidente da Câmara de Vereadores do Rio de Janeiro e tinha vastas propriedades no estado de Sergipe. Um garoto de 11 anos morrera desidratado enquanto trabalhava na colheita de uma produção de laranja em terras que estavam no nome de Rogério. A polícia foi no local e comprovou a existência de cinco famílias vivendo em condições subumanas; trabalhavam por dois reais diários e dormiam em colchões com cheiro de merda de bode. O político insistia em desconhecer essa situação, culpando os outros dois sócios da propriedade. Rogério Dellasandro era um tipo arrogante, de tez morena quase indígena, renegava seus antepassados nordestinos e sua infância miserável nos arredores de Aracaju. Era o típico representante da direita brasileira cuja ideologia não passava do interesse de perpetuar as riquezas e privilégios logrados através da burocracia e da corrupção da ditadura militar. Não era um defensor dos ideais liberais e das amplas possibilidades que uma sociedade regida pela liberdade econômica pode adquirir — um homem como Roberto Campos era uma exceção na nossa direita. Dellasandro era liberal por conveniência. Fora eleito pelos pobres e pretos que tanto odiava. Atentar contra ele seria um salto grandioso; um feito que exigiria uma estratégia e perícia profissionais; um caso que receberia também a cobertura da imprensa internacional; um crime político sem precedentes nos últimos quarenta anos da história do Brasil. Ana queria e desejava atuar; não tinha nada a perder, o nome de Cíntia há muito não era pronunciado naquela casa.

"Feito. Vamos respirar um pouco e semana que vem vou averiguar na redação o que se sabe sobre o Rogério", disse Gonzáles, "e vocês esperem para saber como devemos proceder."

Ana tomou outro gole de café e foi pro quarto. Gonzáles deu sinais de que também ia dormir. Eu fiquei no sofá da sala e liguei a televisão.

"Você vai dormir aqui?", perguntou meu amigo.

"Tem algum problema?", respondi.

"Claro que não! Bom, boa-noite."

Dormi encolhido no sofá, a dez metros de Ana.

28

Sentada num restaurante em Ipanema, Vânia não se mostrou tão ressentida quanto imaginei. Estava tão envolvida com o novo espetáculo e os últimos estudos sobre o conceito de seu personagem que não me pediu explicações sobre a noite em que ficamos de dormir juntos e eu desapareci. Falava sobre a Companhia o tempo todo; reclamava da falta de dedicação de um, da falta de pontualidade do outro, dos releases que não chegariam a tempo nos jornais e da figurinista que estava dando em cima do diretor. Entre pedaços insípidos de carne de soja e suco de maracujá, despejava todas as paranoias que uma atriz de teatro sofria em uma pré-estreia. "Tenho que emagrecer", "o figurino não entra", "vou ficar menstruada". Era curioso saber que a menstruação dela e de outras três atrizes coincidiam sempre com a véspera do ensaio aberto. Não tive tempo de falar de mim — o que me favorecia, porque não tinha nada para contar além das recentes releituras de Dostoiévski e dos porres com Gonzáles. Senti um certo alívio, mas sabia que após o início da temporada teatral, quando o cotidiano retornaria ao seu ritmo habitual, Vânia voltaria ao tema de morar juntos, de eu arrumar um trabalho, enfim, tudo aquilo que os seres ordinários costumam fazer.

29

Esbarrei com Juanja no elevador, eufórico. Ele irradiava alegria devido à chegada de um amigo do País Basco. Ficaria um mês no seu apartamento até o retorno de sua esposa, que continuava de férias na Bahia. Juanja me convidou para um jantar na semana seguinte e pediu que Gonzáles estivesse presente:

"Gostei dele, é muito interessado em história. Ele vai gostar de conhecer o Gorka."

Nos despedimos e prometi que falaria com Gonzáles. Eu tinha pressa para chegar em casa, tomar um banho frio e descansar. A notícia sobre a autópsia de Robério Peixoto de Mello poderia ser comunicada a qualquer momento.

Ao entrar no chuveiro, pensei novamente em Ana; era inevitável, uma imagem que não me abandonava — eu me prometera que não me masturbaria, mas não resisti. Com a mão cheia de sêmen, deitado debaixo da ducha, chorei. Chorei até soluçar bem alto, para ver se alguém me escutava e me estendia a mão; alguém que não se importasse que minha mão estivesse suja de sêmen, de sangue alheio e de desilusão. Ana não atentou contra Robério Peixoto de Mello; atentou contra Cíntia, contra seu vazio existencial, contra si mesma. Pensei em Vânia. Eu chorava porque tinha medo de perder uma mulher que já não amava mais. É o pior tipo de solidão. Não suportava as mentiras, a falta de cumplicidade, o muro invisível que eu havia criado entre nós. Chorei porque no fundo talvez eu não fosse tão extraordinário.

Não havia passado nem um ano da estreia do Brasil na Copa do Mundo e minha vida havia mudado por completo. Lembro que víamos as partidas no aparelho com Ana e Cíntia devidamente uniformizadas de verde e amarelo sentadas no sofá. Eram épocas felizes. Depois dos jogos seguíamos pro Clipper — no Leblon — para encher a cara e azarar as cocotinhas desavisadas do bairro. Enquanto a seleção dava seus passos rumo ao final do torneio, Gonzáles me alertou sobre o malefício do Brasil tornar-se pentacampeão:

"Não tem nenhum jogador do Botafogo, Cito. Se a gente ganha vai ser a primeira vez que o Brasil leva uma Copa sem jogador alvinegro. Vamos perder um argumento importantíssimo!"

Ele tinha toda razão; antes de brasileiros, cariocas; antes de cariocas, botafoguenses. Mas não fomos suficientemente espíritos de porco para levar a cabo esse desejo. Cada vitória da Canarinho era celebrada com paixão, cerveja e *marijuana*. Nossas únicas preocupações naquela época eram organizar as atividades do diretório acadêmico e passar nos exames finais da universidade. As tentativas de fomentar a vida cultural entre os estudantes de Comunicação se revelaram uma comédia de erros; em uma sexta-feira à noite — véspera de um jogo entre Brasil e Holanda — conseguimos emprestado um telão com a reitoria e anunciamos a exibição de *Barravento*, ópera-prima de Glauber Rocha, no campus da faculdade. Colocamos 150 cadeiras enfileiradas e pagamos do próprio bolso a hora extra do funcionário que se responsabilizaria pela projeção. Na hora prevista para iniciar a sessão a universidade se encontrava às moscas. Ninguém estava disposto a encarar um filme do Cinema Novo em plena sexta-feira à noite com os bares da Farani fervendo, na véspera de uma partida decisiva da Copa do Mundo. Dividi um ácido com Gonzáles. Éramos somente os três com 147 assentos vazios. Glauber falava do irracionalismo religioso e dos perigos da alienação que a fé pode provocar ao indivíduo comum, condenando-o ao conformismo. O funcionário encarregado da projeção era evangélico e não entendeu nada. Tampouco compreendeu as gargalhadas que dávamos quando contemplávamos o campus deserto, repleto de cadeiras vazias, com um telão de dez metros na nossa frente. O ácido bateu forte e era uma imagem surrealista. Depois do filme fomos direto para Farani e tomamos cerveja até o dia amanhecer. A paz e a inocência daqueles dias não se repetiriam mais. Eu chorava debaixo do chuveiro, com a mão suja de sêmen, porque o único meio encontrado de atuar na realidade fora através da violência. "Não se muda a história com lágrimas", dizia Glauber, e minhas lágrimas não serviam para nada.

30

"Foi por muito pouco: sorte que o fotógrafo era amador. E essa boca só pode ser tua, Ana, quem te conhece sabe que essa boca é tua."

Gonzáles estava nervoso. Havia conseguido uma cópia da foto que estamparia os jornais no dia seguinte e que por uma questão de milésimos de segundos não denunciou Ana. A peruca negra foi fundamental para que não a reconhecessem, porém sua boca e a pinta na covinha esquerda do rosto eram flagrantes. Quem a conhecesse não hesitaria em identificá-la. A polícia expandiria a investigação às agências de modelo, hostess e casas de prostituição de luxo assiduamente frequentadas por Robério.

Nos servimos de um mate gelado na barraca do Baiano — o posto 9 estava vazio naquele final de tarde — e Ana se levantou subitamente, caminhando em direção ao mar. Estava contrariada devido aos argumentos de Gonzáles e por ter que dividir a canga com nós dois: "Divido a cama, NÃO a canga!" Descobri que minha teoria sobre os indivíduos que compartilham a cama e o cinzeiro não se estenderia para esse tênue tecido que nos protegia da nação de coliformes fecais das areias das praias cariocas. Reparamos em Ana seguindo até o mar, o vento fazendo dançar seus longos cabelos loiros enquanto discretamente ajeitava o biquíni com a mão direita; a bunda perfeitamente pequena encaixada sobre duas pernas monumentais. Emudecidos e contemplativos, não percebemos quando o mesmo vento levou a foto para longe.

Gonzáles se levantou atônito:

"Você viu a foto?"

"Não, você colocou do seu lado para pegar o copo de mate", respondi.

"A foto, caralho, perdi a foto."

Ao voltar da água Ana não entendeu nossos movimentos; estávamos como dois loucos andando de um lado para outro olhando fixamente para a areia em busca do objeto perdido.

"Perderam o baseado?", ela nos perguntou.

"Perdemos a foto", respondi.

Ana gargalhou e, enquanto secava o cabelo, disse que éramos dois idiotas. Ela considerava o fato irrelevante, uma vez que a foto seria publicada no dia seguinte em todos os meios de comunicação do país. Sugeriu que estávamos acometidos por paranoia:

"Essa foto não revela absolutamente nada. Eu poderia ser uma modelo qualquer em um anúncio publicitário que ninguém me reconheceria. Além do mais, não aparece o meu rosto, só uma parte da boca. Achei que vocês fossem mais extraordinários."

Ela estava certa.

31

Fomos todos à estreia da Vânia no dia seguinte. A Casa de Cultura Laura Alvim estava com a lotação esgotada; amigos, gente de teatro e a classe artística em geral estavam presentes. Sentei ao lado de Ana, que se mostrava ansiosa em ver minha namorada pela primeira vez no palco. Gonzáles preferiu ficar na última fila. Na verdade era uma sessão que carecia de importância midiática, pois não havia nenhum crítico na plateia. O importante era a presença das pessoas próximas da Companhia, para dar o pontapé inicial numa longa temporada — um verdadeiro milagre para qualquer grupo teatral no Rio de Janeiro dos anos 1990.

Um pouco antes de começar a peça e com o excitante burburinho das pessoas sentadas nos primeiros assentos — gente se cumprimentando, outras ainda se acomodando —, reparei que um senhor de terno escuro — de semblante sério e óculos de grau com uma armação negra *démodé* — sentado três fileiras à nossa frente virava constantemente a cabeça para trás. Talvez estivesse esperando alguém, pensei. Percebi logo depois que voltava seu olhar em nossa direção, mais concretamente em direção à pessoa que estava ao meu lado, Ana. Não pude disfarçar o mal-estar que senti ao me ver alvo do olhar de um desconhecido e perguntei à minha amiga se ela o conhecia:

"Não, nunca vi antes", respondeu.

O senhor compreendeu que sua indiscrição nos incomodava e tentou se conter; mas sua curiosidade parecia incontrolável e ele continuou voltado para trás até a segunda campainha soar. O espetáculo ia começar. Vi o rosto do desconhecido desaparecer na escuridão.

A cortina foi levantada e na primeira cena todos os personagens ocuparam o palco. O elenco masculino, de um lado, caminhava em câmera lenta em direção ao elenco feminino, do outro, que fazia o mesmo movimento. Todos em traje de noivos buscavam desesperadamente sua outra metade em um longo e tortuoso caminho. Eram passos lentos em que figuravam o amor, o sofrimento, a felicidade, a luta e o engano. Não pude deixar de reparar no incômodo senhor de terno negro da primeira fila enquanto pensava que talvez o signo do engano me acompanhasse toda a vida; todas as minhas ações eram regidas por uma sensação de equívoco.

Percebi que o bizarro espectador tirou seus óculos para limpá-lo enquanto os personagens se encontravam no centro do palco. Alguns se beijavam, outros choravam sem concretizar sua busca e, a estes, o desencontro acompanharia por toda a peça. Tentei me concentrar em Vânia. De todas as atrizes era a mais alta e imponente, seu corpo deslizava no palco com invulgar soberba, vestida com um figurino branco, seus braços nus marcando a cadência de seus movimentos. Eu ainda amava aquela mulher.

Eu tentava observá-la com atenção, mas meu pensamento me impelia a estudar o senhor de terno negro da primeira fila. Quem era ele? Por que encarara Ana com tanto interesse? Estava certo de que minha amiga também se perguntava isso.

A peça seguia — entre risos de aprovação do público — com uma cena em que três atores procuravam a melhor maneira de se conhecer: uma mulher interessada num cara que estava interessado em outro homem o qual por fim estava interessado na mulher. Os diálogos eram rápidos, hilários e refletiam a paranoia e o desespero de encontrar no outro o amor, a cara-metade. Vânia fazia a tal personagem feminina e por alguns minutos deixei de me preocupar com o senhor da primeira fila. Olhei para Ana curioso em captar suas reações em relação à peça e percebi seu semblante sério, como se outro assunto estivesse ocupando sua mente naquele momento. Procurei o senhor de terno negro da primeira fila, e seu assento estava vazio.

32

Será que Ana pensava o mesmo que eu? Sua foto ao lado de Robério Peixoto de Mello figurara nas páginas dos principais jornais do país naquela manhã. Gonzáles sustentava a opinião de que quem a conhecesse a identificaria na foto; Ana insistia que era paranoia de perseguição, e confesso que fiquei em cima do muro. Sabia que ela lutava consigo mesma para não imaginar que o senhor de óculos negros da primeira fila a havia reconhecido. Percebi que seu esforço para se concentrar na peça era em vão. O curioso espectador voltou ao seu assento sem olhar para trás e decidi não me deter no assunto até o fim do espetáculo.

Vânia estava imponente, interpretando uma apresentadora de televisão cujo programa era feito para aproximar pessoas do sexo oposto. Sua interpretação era brilhante, de um humor perspicaz — o que incomodou Ana —, e sua voz ecoava por todo o teatro. Retomei a confiança no amor que sentia por ela, o palco é poder.

No final todo o elenco foi aplaudido de pé, com gente assoviando e gritando à exaustão; o próprio senhor de terno negro da primeira fila se encontrava eufórico e foi um dos últimos a deixar seu lugar. A estreia de Vânia foi um êxito maior que o esperado.

Fui fumar um cigarro na entrada do teatro à espera dos atores para cumprimentá-los; tinha que falar pessoalmente com cada um, caso contrário alguém poderia achar que eu não gostara de determinado personagem, e isso seria uma ofensa pessoal. Vânia não aparecia e decidi ir ao banheiro quando vi Ana e o senhor de terno negro conversando na entrada do banheiro feminino. Reconheci Ângela, que veio em minha direção com os braços abertos. Não me detive nas observações em relação a sua atuação. Disse apenas que fora tudo MARAVILHOSO; estava atento demais à conversa de Ana com o curioso espectador. Aproximei-me dos dois quando minha amiga apresentou o indivíduo: Álvaro Grumach, um ex-companheiro de guerrilha de seu pai nos anos 1960, tio de uma das atrizes da Companhia e renomado economista do Banco Central. Ana não o reconheceu, pois não se viam há mais de dez anos. Respirei aliviado e não comentei nada com Gonzáles.

33

Após a peça, fomos todos para um restaurante bem próximo ao teatro, na Farme de Amoedo, celebrar a noite de estreia. O restaurante dava 40% de desconto para os atores da peça, sem incluir bebida alcoólica. Esse tipo de desconto seria inútil para uma banda de *rock and roll*. Não imagino meus amigos músicos jantando civilizadamente depois de um show. Mas eram todos de teatro. Ângela, enfim, conquistou a empatia de Gonzáles e conversavam animadamente no canto da mesa. Ana puxou papo com um jovem ator que também protagonizava a novela das seis. Vânia irradiava beleza e senso de humor e não desgrudei do seu lado em nenhum momento. O clima festivo deu lugar à tensão quando a divulgadora da Companhia se levantou da cadeira e leu em voz alta o texto que anunciava a estreia da peça no principal caderno cultural do Rio. Ela lia, orgulhosa, erguendo o jornal com as duas mãos, e a capa virada de frente para quem estava sentado; na capa do mesmo jornal, figurava Ana ao lado de Robério Peixoto de Mello com a seguinte manchete: "Político envenenado".

Todos aplaudiram o texto e ninguém reparou na foto da primeira página, exceto Gonzáles, Ana e eu. Era o primeiro dia em que a foto de Ana aparecia na mídia e a segunda vez na mesma noite que me vi sob o risco de ver tudo a perder: Vânia, família, liberdade, o Comando. Pedimos mais chope com genebra e não me importei se Gonzáles e Ana compartilhavam o cinzeiro ao chegar no aparelho.

34

A tarefa de seguir os passos do presidente da Câmara — nossa futura vítima — revelou-se mais árdua do que imaginávamos. Ana estaria fora de circulação por algumas semanas — saía de casa bem cedo, tomava as primeiras horas de sol no Arpoador, retornava ao aparelho, almoçava e seguia para a sessão das duas no Estação Botafogo onde a sala de cinema costumava ficar vazia. Não deveria se expor, porque estava sendo procurada pela polícia federal. Gonzáles impôs essas regras e ela aceitou. Não precisava trabalhar, pois ainda dispunha dos três mil reais dados pelo pai. Ana se sentiu vulnerável depois de ver sua foto no principal jornal televisivo do país. Estava sendo buscada em Goiânia, em Florianópolis, em Manaus, no Piauí.

Gonzáles descobriu o endereço de Rogério Dellasandro através de Mila Almeida, repórter de rua do Jornal das Sete que também pertencia ao grupo do *Mundo Esportivo*. Mila gostava de futebol — era fanática pelo Fluminense — e tinha o hábito de ligar para redação em busca de alguma novidade sobre o clube das Laranjeiras. Gonzáles — entre todos os jornalistas — se mostrava o mais acessível. Depois de meses de conversas telefônicas decidiram se encontrar pessoalmente e tomar uma cerveja. Meu amigo se sentia imensamente atraído pela voz e pela simpatia de sua colega de profissão, mas não quis criar expectativas sobre o primeiro encontro. Tudo em vão. Mila era gatíssima, de pele alva, com longos cabelos negros e seios fartos, fumava um cigarro por cada copo de chope consumido e era uma grande apaixonada pelo cinema brasileiro. A noite terminou no apartamento dela — um sala e dois quartos no Jardim Botânico — repleto de pôsteres de filmes brasileiros assinados por Rogério Duarte. No café da manhã, Gonzáles pediu discretamente a informação e na mesma tarde Mila nos deu o endereço. Rogério Dellasandro morava na avenida Epitácio Pessoa, ao lado do canal do Jardim de Allah, aproximadamente vinte minutos a pé do aparelho. Ana estava fora de ação, Gonzáles passava a tarde no estágio. Cabia a mim a missão de acompanhar os passos do político.

35

Cíntia mandou boas-novas de Madri. Em uma carta longa, cheia de erros de português, e dois postais de Lisboa, nos contou sobre a fácil adaptação em terras espanholas. O namoradinho argentino fora trocado por uma fotógrafa catalã de 38 anos; as aulas da universidade conviviam com o trabalho em uma cafeteria barra-pesada no bairro de Lavapiés, "os espanhóis são uns grosseiros", dizia. Não tinha tempo para muita coisa além do trabalho e da vida acadêmica. O inverno não era tão rigoroso como imaginava e descobriu nas canções de Joaquín Sabina um alento nos momentos de tristeza e solidão. Caio a visitaria para uma viagem-relâmpago a Londres e Manchester no próximo mês e nos indagou — em tom apreensivo — sobre o estado de ânimo de Ana.

"Responde dizendo que Ana é o mais novo membro do Comando Terrorista Anti-Corrupção e é procurada pela Polícia Federal em todo o território nacional", brincou Gonzáles.

"Ana não é procurada por ninguém", respondi.

Eu estava certo. Ana nunca foi identificada e oficialmente não estava sendo procurada pela polícia. Apenas uma foto, com uma improvável e desastrosa e hipotética reconstituição do seu rosto, feita no computador, estava espalhada pelas delegacias do Brasil. Ana Maria Cotta, em termos legais, era uma jovem solteira, estudante de sociologia, sem antecedentes criminais, que vivia em um apartamento na Zona Sul carioca.

Deixei a carta de Cíntia em cima da mesa do meu quarto e subi com Gonzáles para o apartamento de Juanja. Meu vizinho espanhol queria apresentar Gorka aos seus amigos cariocas e pediu que levássemos cachaça e limão.

Ao chegar no 502, vi Isabela em frente ao fogão vestida com o típico avental de cozinha — estampado com paisagens do pelourinho — fritando uma dúzia de camarões e outros frutos do mar; me deu um longo sorriso e parecia mais feliz que nunca; por um momento cheguei a pensar que ela era a anfitriã, a dona da casa. Seu reinado duraria pouco, já que a baiana regressaria de Salvador nos próximos dias. Alguns litros de caipirinha estavam prontos e a mesa, devidamente posta com os reluzentes talheres importados de Juanja. O pôster de Duke Ellington pendurado na parede central da sala denunciava a ausência de sua esposa, que não gostava de jazz.

Isabela beijava Juanja na boca, sem esconder seu caso com

o guapo cinquentão espanhol, e ninguém ousou perguntar como ia seu relacionamento com Charles.

Estávamos sentados nas cadeiras espalhadas pela sala — como em uma roda de bar — ao som de *Tutu* de Miles Davis. Juanja comentou que não gostava do som dos sintetizadores usados no disco, mas não encontrou interlocutor; nenhum de nós o havia escutado antes. A caipirinha descia fácil, e por um desses motivos alheios à nossa compreensão senti um breve desconforto e uma ponta de ansiedade em conhecer Gorka, o tal amigo basco de visita pelo Rio. Talvez estivesse antevendo que a presença dele mudaria por completo o *modus operandi* dos nossos atentados ou que sua influência nos deixaria marcas profundas e definitivas. As *tapas* começavam a ser servidas e Juanja deu um longo berro na sala solicitando a presença do ilustre convidado, que ainda estava no banho. "Pegou muito sol na praia", ele nos disse.

36

Vi sua sombra refletida na parede do corredor se aproximando em direção à sala; era um sujeito de estatura mediana, forte, com óculos de grau estilo existencialista importado diretamente dos cafés do Quartier Latin; de pele branca sem denunciar sua origem europeia, com fartos pelos nos braços e uma camisa com as fotos de Karl e os irmãos Marx com o slogan: "Soy Marxista". Os dizeres da blusa contrastavam com seu semblante sério, o que resultava numa certa leveza cômica. Desde o princípio, Gorka me pareceu enigmático, cerebral, um cara que tem muito a dizer mas que prefere escutar, estudar as pessoas que estão ao seu redor, antes de proferir alguma palavra. Cumprimentou a todos formalmente, sem exageros nem gestos efusivos. Serviu-se de um copo de caipirinha e reclamou do calor do outono carioca; sentou-se ao lado de Juanja e falou alguma coisa em basco — ninguém entendeu, era completamente distinto de qualquer outra língua com a qual eu havia tido contato.

"Ele disse que está muito à vontade", comentou Juanja.

O cara poderia falar em castelhano, mas imaginei que com Juanja sempre se comunicaria em eusquera.

Isabela começou a servir as *tapas* — meu amigo espanhol preparava frutos do mar variados espetados num palito dourado, com pão mergulhado num azeite trazido de Tarragona, enquanto conversávamos sobre amenidades do cotidiano: a estreia de Vânia, o show dos Stones, as impressões de Cíntia sobre Madri, algumas bandas de Recife que vinham revolucionando a cena pop brasileira. Gorka mencionou a quantidade de crianças nas ruas pedindo esmola e trabalhando em sinais de trânsito. Depois disse que viu uma família inteira dormindo dentro de um caixa eletrônico em um banco no Leblon e achou graça quando um traficante adolescente lhe ofereceu cocaína em plena praia de Copacabana, mais precisamente em frente à rua Constante Ramos, no posto 4:

"Cheirar pó sob um sol de 40 graus, na praia? Ele queria me matar!", comentou.

Com certeza não sabia que muitos turistas ingleses ou alemães estavam naquela faixa de areia antes das 9 da manhã porque retornavam diretamente da *night* e dali esticariam a diversão por mais 48 horas. No Brasil, tudo é muito barato.

37

Não aconteceu o tão esperado encontro imaginado por Juanja. Apesar das afinidades idiossincráticas entre Gonzáles e Gorka, nenhum dos dois arriscou um tema mais polêmico ou aprofundou assuntos delicados — como o terrorismo do ETA e a busca incessante da autodeterminação do País Basco. A presença de Gorka certamente intimidou a todos, e nos limitamos a conversar sobre o cotidiano do Rio de Janeiro e as primeiras impressões do ilustre turista espanhol. Juanja — primeiro em eusquera e depois em castelhano — elucubrou sobre os dez meses do Plano Real e a estabilidade econômica alcançada nesse período pelo governo do presidente Fernando Henrique Cardoso, ex-ministro da Fazenda do anterior mandatário, Itamar Franco. Explicou que o brasileiro nos últimos vinte anos havia convivido com a inflação e o desespero de chegar ao final do mês com o mesmo salário enquanto os produtos básicos aumentavam de preço constantemente nas prateleiras do supermercado. Pela primeira vez em muito tempo, o governo conseguiu controlar a inflação e começaria um árduo plano de ajuste fiscal. Dizia que o êxito da política econômica de Itamar Franco levara Fernando Henrique

Cardoso ao poder. Gorka escutava com atenção, e confesso que nesse momento centrei meu interesse sobre a situação afetiva de Isabela. Ela havia rompido sua relação com Charles e sabiamente aguardava uma posição de Juanja, sem pressões ou exigências imediatas. Não me lembro exatamente quem tocou no assunto do assassinato de Robério Peixoto de Mello. Dois litros de caipirinha já haviam sido digeridos quando o tema veio à mesa. Juanja opinou que não passava de queima de arquivo e Gorka — como se estivesse acompanhando os fatos desde a Espanha — retrucou afirmando que era o quarto político assassinado em menos de cinco meses. Gonzáles replicou dizendo que um deles fora morto pelo homem que a própria vítima contratara para assassinar a mulher. Gorka deu o veredicto final num bom castelhano:

"Terrorismo. Na Itália e na Espanha chamam isso de terrorismo."

Juanja desfilou uma sonora gargalhada:

"Terrorismo? No Brasil?"

Ninguém entendeu quando Gonzáles virou um copo de caipirinha e seguiu em direção à porta. Não se despediu. Seu próximo encontro com Gorka seria de caráter privado.

38

"Amigos e familiares dos três políticos assassinados fizeram neste domingo uma passeata na praia de Copacabana em protesto contra a ineficácia da polícia do Rio de Janeiro.

Exigiam o fim da impunidade, o esclarecimento dos crimes e mais empenho em encontrar os culpados."

A imprensa cobriu a manifestação, que não chegou a ter mais de cinquenta pessoas; contando com o frio e a postura apática dos participantes, pode-se dizer que o evento foi um fracasso. A população em geral aparentava total desinteresse na resolução dos casos, ao contrário das famílias de outros dirigentes políticos, que agora andavam com segurança particular. Depois do assassinato de Robério, os meios de comunicação exibiram incontáveis matérias sobre o impacto dos assassinatos na classe política; as opiniões eram divergentes e não houve consenso sobre os fatos ocorridos. A versão de queima de arquivo era a única unanimidade entre os entrevistados, mas a morte de Robério — sem qualquer vínculo com os dois primeiros assassinados — gerava especulações. Na mesma emissora foi ao ar uma reportagem sobre o aumento dos serviços de segurança particular no Rio. Se antes um deputado tinha o motorista-guarda-costas, agora ele possuía um motorista e um segurança. Aquele que não tinha nem um nem outro tratou de contratar. Um dado curioso foi que os entrevistados eram todos políticos de direita — era como se a esquerda não precisasse de proteção. Ninguém falava em terrorismo. Um outro canal — em que um renomado jornalista mantinha uma coluna diária — exibiu a repercussão da morte de Robério nas ruas do Rio; não houve sequer um cidadão comovido com o destino do vereador. Todos eram taxativos em reconhecer a necessidade de buscar os culpados — para o bem da manutenção da ordem pública —, porém seus depoimentos careciam do clamor de se fazer justiça. O articulista insistiu nesse ponto: "O silêncio do carioca reflete o cansaço e o grau de incredulidade da população na vigente classe política do país."

Era uma chuvosa tarde de domingo e Ana estava sentada ao meu lado de frente para a televisão. Assistimos às reportagens em silêncio quando Gonzáles apareceu com uma quantidade de comida que alimentaria duas vezes o exército israelense. Domingo era dia de visitar a mãe e saquear a geladeira. Antes de nos servir o arroz de frango e abrir a Coca-Cola gigante, meu amigo me entregou uma pasta com um conteúdo que eu desconhecia:

"Consegui com a Mila. O ex-marido dela trabalha numa ONG que mapeia o trabalho escravo no Brasil. Dá uma olhada."

Preferia ter lido depois de comer.

39

Era estarrecedor. No fim do século XX, o Brasil possuía em seu território mais de 20 mil seres humanos trabalhando como escravos. Pessoas privadas de liberdade, que viviam em condições primitivas, como se ainda estivessem na Idade Média. Vítimas de coação tinham seus documentos retidos por capatazes e eram levadas para regiões geograficamente despovoadas onde permaneciam incomunicáveis, sob a ameaça de homens armados. Recrutadas com a promessa de um trabalho digno, eram tratadas como animais.

O mapeamento feito pela ONG apontava os municípios de Montes Claros, Capelinha e Boa Esperança, em Minas Gerais, como os grandes centros dessa prática secular. Só no Mato Grosso, entre as cidades de Águas Claras, Três Lagoas e Ribas do Rio Pardo, se encontravam mais de 7 mil pessoas trabalhando em condições aviltantes. A lista é interminável: desde Santana do Araguaia, Pará, até Iaras, no estado de São Paulo, passando por regiões do Acre e do Maranhão. A presença de menores nas fazendas e seringais era enorme, pois, uma vez acertada a oferta de emprego em condições normais, o trabalhador levava a família. E todos eram condenados à escravidão.

O documento incluía o texto da Constituição Federal de 1988, que condiciona a posse da propriedade rural ao cumprimento da sua função social: era de responsabilidade do seu proprietário tudo o que acontecia nos domínios da fazenda. A raiva que me dominou ao ler o documento resultava do fato de que muitos dos donos dessas terras viviam nos grandes centros urbanos, como Rio e São Paulo, e possuíam impecáveis assessorias jurídicas e contábeis para seus negócios e suas fazendas. Ou seja, eram conhecedores da lei e possuíam uma desfaçatez inominável em fingir ignorar o trabalho escravo em suas propriedades.

No último parágrafo do texto, dizia-se que menos de 10% dos envolvidos haviam sido considerados culpados. O Ministério Público do Trabalho não se movia, e a única forma de reparar esses crimes era entrar com uma ação civil por danos morais. Algum advogado que prezasse sua própria vida lutaria pelos direitos exigidos desses trabalhadores infelizes?

Era preciso fazer justiça com as próprias mãos, já que as mãos da justiça brasileira estavam sujas.

Naquela tarde de domingo, Rogério Dellasandro foi julgado pelo Comando Terrorista Anti-Corrupção.

E condenado à morte.

40

Na manhã seguinte fui em direção à lagoa Rodrigo de Freitas, mais precisamente à avenida Epitácio Pessoa, 3016, endereço da nossa vítima. Não precisei levar nenhuma foto do vereador. Lembrava claramente da sua fisionomia: média estatura, 65 anos, pele morena com traços indígenas e os cabelos penteados para trás com o auxílio de um gel que fazia brilhar sua testa.

Permaneci num quiosque em frente ao prédio. A edificação tinha quatro andares com janelas em todos os cômodos, certamente para valorizar a deslumbrante vista para a lagoa. Uma Mercedes negra saiu da garagem com um motorista e uma adolescente no banco de trás. Segundo Gonzáles, Rogério tinha duas filhas que estudavam em Londres, e morava sozinho. Esperei por duas horas e lamentei não haver trazido nenhum livro. A literatura policial nesses casos ajuda a aliviar a tensão, e me lembro que devorei boa parte das obras de Raymond Chandler à espera de uma possível entrevista no gabinete de Jefferson Calado. Pedi outra água de coco no quiosque e acendi o terceiro cigarro quando vi uma figura conhecida vindo em minha direção. Era meu irmão fazendo sua corrida diária pela lagoa. Há mais de dois meses que não o via.

"Porra, o papai e a mamãe estão te esperando para almoçar desde o ano passado! Você não liga mais?"

Era verdade. Desde o começo do Comando eu simplesmente apagara minha vida familiar. Tinha meus motivos. Não conseguia compatibilizar a atividade terrorista com o sentimento de pertencer a uma família. Não era tão extraordinário quanto Gonzáles, que todos os domingos almoçava com a mãe e ia ver os jogos do Botafogo com o irmão mais velho. O nascimento da minha sobrinha também ajudou para que meus pais desviassem toda a atenção para ela.

Nos despedimos com um longo abraço e prometi que, no próximo fim de semana, marcaria ponto na rua Senador Vergueiro, rua em que fui criado e onde meus pais moram até hoje.

Outro veículo saiu da garagem do edifício e reconheci o indivíduo; era um famoso diretor de televisão. Nada de Rogério Dellasandro. Esperei até meio-dia e resolvi fazer uma visita surpresa à Vânia. Almoçamos juntos, trepamos logo depois de comer e passei mal toda a tarde de segunda-feira.

Meu primeiro dia como detetive particular foi um desastre.

41

A semana passou e minhas incursões em frente à residência do político não surtiram efeito. Deveria saber se Rogério mantinha uma rotina, se saía de casa a uma hora determinada e se retornava ainda nas primeiras horas antes do almoço. Quem sabe se o nosso alvo estivesse viajando e eu, perdendo meu tempo. Gonzáles me garantiu que o político se encontrava no Rio. Outra passeata foi marcada por uma ONG, exigindo responsabilidade e ética na política brasileira. Os noticiários estavam acompanhando com destaque o processo de investigação policial dos assassinatos ocorridos em março de 1995. Nesse imenso continente chamado Brasil, não se falava em outra coisa.

Minha opinião pessoal era a de que tínhamos que fazer a carta de apresentação do Comando Terrorista Anti-Corrupção, assumir os crimes e exigir a mudança da Lei de Imunidade Parlamentar imediatamente; afinal, era ela que garantia aos políticos a certeza de permanecer impunes. Ana e Gonzáles sustentavam que o atentado contra Rogério Dellasandro nos daria mais visibilidade e consistência para fazermos exigências e atingir nossos objetivos. Já havíamos nos arriscado muito; por um verdadeiro milagre não estávamos atrás das grades, e talvez porque fôssemos tão amadores e imprevisíveis a polícia estivesse perdida no processo de investigação criminal.

No dia 11 de março, segui mais uma vez em direção ao edifício da Epitácio Pessoa. Levava comigo dois livros de Dashiell Hammett e uma fita com o último disco do gaúcho Nei Lisboa, um dos meus compositores favoritos. Fazia um sol insuportável e pensei que seria uma boa transportar meu corpo até Porto Alegre, pedir um café com conhaque e conversar com aquele gigante da música dos Pampas. Porque afinal — em vez de sentir todo o peso da realidade que aquele momento me outorgava — eu queria "morrer bem velhinho / assim sozinho / ali, bebendo vinho / e olhando a bunda de alguém".

Não tive tempo de sentar no quiosque. Às 7h45 — infelizmente hora de Brasília e não do Rio de Janeiro — vi aquele ser humano que em pleno século XX condenava seus semelhantes ao trabalho escravo. Reconheci o indivíduo que se recusara a reparar economicamente a família do menino de 11 anos morto de desidratação nos laranjais de uma fazenda que estava em seu nome. Dediquei toda a minha atenção aos movimentos desse futuro cadáver que votou contra a abertura política e que soprou contra os ventos da democracia a favor da continuidade de uma ditadura militar. Contemplei fundo em seus olhos, olhos que se negavam a enxergar as favelas, os menos favorecidos e a situação vergonhosa a que a corrupção e a incompetência haviam condenado milhões de brasileiros.

Repeti para mim mesmo: "Rogério Dellasandro é um homem ordinário. E os homens ordinários merecem ser mortos."

42

Ele vestia o aparato habitual de quem se presta a fazer exercícios físicos: short cinza metálico com listras verticais vermelhas e uma camiseta da mesma cor; tênis Adidas e uma meia branca que chegava quase ao joelho. Por sua estética Rogério já merecia uma bomba. Não estava sozinho; ao seu lado um homem magro, de pele também morena e óculos de grau seguia seus passos. Não poderia ser um segurança particular; era extremamente fraco e tinha os braços mais finos do que um palito de dente. Caminhavam rápido no sentido do Corte de Cantagalo e não notaram a minha presença.

Por um instante, hesitei. Seguiria-os? Voltaria no dia seguinte no mesmo horário para confirmar se as caminhadas eram diárias? Quem era seu acompanhante? Costumavam correr juntos? Se o político tivesse o hábito de se exercitar sempre com um homem ao lado, teríamos um problema. E a lagoa Rodrigo de Freitas não era um cenário fácil para um atentado: além de ser ponto turístico, nos veríamos geograficamente limitados no momento da fuga.

Decidi esperar que os dois se distanciassem e segui, contemplativo, seus passos; não poderia me aproximar muito no caso de pararem para tomar uma água de coco ou resolverem descansar. A distância de vinte metros me pareceu ideal e enquanto caminhava vi uma nuvem que cobria o Cristo Redentor. Pensei em Vânia e nos planos que tanto gostaria de realizar. Sua dedicação ao teatro, a nossa relação e a vontade de procurar um apartamento juntos. Tinha uma linda namorada, uma família que me dera o melhor, todas as possibilidades que a juventude podia oferecer e morava na mais charmosa cidade da América do Sul. E nada me bastava. Era como se a certeza de estar vivo e habitar o planeta Terra fosse de uma total falta de propósito. O que me restava era tornar essa breve existência suportável. Ter filhos, trabalhar e acordar todos os dias diante de uma mesma paisagem não eram o antídoto para isso. Atentar contra um político, sim.

A caminhada durou exatos 45 minutos, tempo levado por Rogério e seu acompanhante para chegar até a sede do Clube de Remo do Botafogo e retornar. Não pararam em nenhum momento e não tinham o hábito de conversar enquanto caminhavam. O vereador entrou rápido pela portaria principal do seu edifício e saiu sozinho num Santana azul metálico, 25 minutos depois. Deveria investigar se hoje era o dia de folga de seu motorista ou se — para a nossa sorte — Rogério dispensava tal serviço.

43

As casas de prostituição e de *peep shows* viviam literalmente seus dias de inferno. As batidas policiais nesses lugares viraram notícia quando uma jovem promessa do futebol brasileiro foi flagrada numa delas. O rapaz — recém-casado e evangélico — celebrava um contrato milionário com um clube da Alemanha justamente no mais famoso *nightclub* do gênero e a imprensa marcou presença no local. A cabeça de Ana estava a prêmio e a investigação apontava que se tratava de uma prostituta de luxo. A polícia fechava o cerco mas seguia a trilha equivocada.

Nossa amiga seguia à risca o cotidiano sugerido por Gonzáles: praia nas primeiras horas do dia, cinema na sessão das 14h e à noite reunião do Comando no aparelho. Nesta última, abordei uma questão fundamental ainda não discutida: o *modus operandi* do futuro atentado.

"Tudo depende dos relatórios que você fizer para gente", concluiu Gonzáles. "Temos que saber se o cara anda com motorista, se repete o mesmo itinerário até a Câmara e se as caminhadas são frequentes. A partir daí pensaremos no que fazer."

O assassinato de Paulo Rato ganhara destaque em *O Povo na Rua*, um jornal especializado em crimes e que publicava fotos de assassinados e corpos dilacerados por atropelamentos na primeira página. Foi através dele que soubemos que a tal menor com quem morava era irmã de um sujeito envolvido com drogas e assaltos a bancos em Niterói; que depois de um golpe espetacular conseguiu ser dono do tráfico de uma favela em São Gonçalo. Com o poder nas mãos e um exército de vapores e traficantes, encomendou a morte de Paulo Rato. O que não deixava de ser um favor para Gonzáles.

"A ideia de envenenamento está descartada. Ana já se expôs demais. O contato que eu tinha para conseguir os explosivos morreu. Vamos pensar em outra possibilidade."

Desconfiava outra vez que Gonzáles e Ana estavam trepando. Minha contribuição com três novos cinzeiros para a casa foi inútil. Reparei que ainda usavam o mesmo velho e insípido cinzeiro roubado do Baixo Gávea. Somente eu usava os novos, por sinal muito mais bonitos, repletos de detalhes nos lugares reservados para repousar os cigarros. Eles seguiam dividindo o velho: ao acender um baseado, Ana roubava o objeto da mão do Gonzáles e, no momento em que ele queria fumar, recuperava das mãos dela o mesmo cinzeiro. Resolvi perguntar por Mila.

"Ela está bem. Eu até queria conversar com seu amigo espanhol, porque a Mila queria fazer uma matéria para uma revista sobre terrorismo internacional e o Juanja é basco."

Não era a resposta que eu queria ouvir. Desejava saber se eles estavam juntos.

"Ok", respondi. "Te deixo o telefone do Juanja e você combina com ele."

Despedi-me e segui para a casa da Vânia. Prometi não especular sobre a possibilidade de dormirem juntos. Se estavam trepando o problema era deles, não meu. Deveria me concentrar nos passos de Rogério. Amanhã, às 7h45, eu teria uma entrevista para um estágio; a temporada de mentiras de 1995 estava aberta.

44

O político era pontual. Ao lado do seu assessor — assim comecei a chamar o raquítico acompanhante — saiu da portaria principal do edifício rumo ao Corte do Cantagalo. O ritmo de ambos era o mesmo; caminhavam rápido como se não pudessem perder tempo. Vestiam o mesmo uniforme, só faltava a fitinha ridícula na cabeça. Enquanto percorriam o trajeto, Rogério olhou duas vezes para o relógio, talvez tivesse uma importante reunião naquela manhã. O cheiro da lagoa me remetia ao do banheiro do Baixo Gávea nas noites de quinta-feira.

Ao dobrar a curva para os pedalinhos, compreendi a função de seu acompanhante quando um mulato forte, desequilibrado com uma montanha de milhos numa bicicleta, voou a toda velocidade em direção do político. Rogério foi obrigado a desviar e caiu num espinhoso matagal, enquanto o intrépido ciclista se chocou contra uma árvore. Acidentes desse tipo acontecem todos os dias nas ciclovias cariocas e, no primeiro movimento de se desculpar pelo ocorrido, o desastrado mulato recebeu um violento golpe nas costas proferido pelo assessor de Rogério. Não pude acreditar que ele se propunha a enfrentar um homem que tinha três vezes seu tamanho. Foi uma surra monumental e percebi que o magrinho era mestre em alguma escola de artes marciais. O político se viu forçado a intervir e pedir ao seu fiel assessor que parasse, sem esconder uma contida satisfação refletida num riso no canto da boca. Senti um arrepio em todo o corpo, e meu coração batia num ritmo fora do habitual. Acendi um cigarro e deixei os dois se distanciarem para ajudar o homem a recolher os milhos espalhados pela pista. Perdera boa parte da mercadoria que venderia na praia.

Esperei por meia hora em frente ao quiosque o regresso do vereador. Ele retornou da corrida, subiu para o seu apartamento e vinte minutos depois saiu sozinho no mesmo Santana azul-metálico; definitivamente Rogério não tinha motorista.

45

Kelly Lane era catarinense e sósia de Ana. Estudante de Comunicação numa universidade da Zona Sul do Rio, fazia programas para garantir a renovação de seu guarda-roupa e pagar as prestações de seu Vectra zero. Poderia arriscar que seus traços ainda eram mais próximos da beleza em estado puro do que os de nossa amiga. A investigação policial atirou para um lado e acertou no outro. Kelly era a responsável pelo recrutamento de novas beldades oriundas das periferias de Florianópolis para a prostituição de luxo no Rio. Nenhum inconveniente se duas delas não fossem menores de idade. E nada a temer se um dos clientes de Kelly não fosse o líder evangélico campeão de audiência no horário televisivo das manhãs brasileiras. E também presidente de um partido em ascensão desde as últimas eleições.

A vida imita a ficção. No dia de 6 de fevereiro — na mesma tarde em que Ana envenenou Robério Peixoto de Mello, no restaurante Happy Food — Kelly esteve num motel com o líder religioso a poucos metros dali, na Barra da Tijuca. A modelo demorou a confessar, pois temia o escândalo iminente que balançaria as estruturas dos templos evangélicos do país, mas não pôde resistir às truculências do interrogatório. Revelou data, hora, lugar e com quem esteve durante o assassinato do vereador. O caso iria aos tribunais. Ela por aliciamento de menores. Ele, julgado pelo tribunal divino, veria sua carreira de messias interrompida abruptamente. O Comando Terrorista Anti-Corrupção era mais útil para a moralidade da vida brasileira do que imaginávamos.

Pela primeira vez vi Ana sentir medo. Fumava um maço e meio de Lucky Strike por dia e seguia seu cotidiano no anonimato. O dinheiro dado por seu pai não duraria muito tempo, o que lhe forçaria a sair da toca e buscar trabalho. A prisão da modelo catarinense a abalou profundamente e a sensação de que era a mais extraordinária de nós se dissipava.

46

Eu não podia dormir com Vânia todos os dias. As desculpas para estar diariamente às 7h45 fora da cama para seguir os passos de Rogério Dellasandro se esgotaram. Cheguei até a dizer que frequentava as aulas de tai chi chuan para a terceira idade na praia. Ela acreditava.

Resolvi que ia buscá-la diariamente no teatro, jantar com os atores no mesmo restaurante e seguir para a minha casa de madrugada. Chegava com os pés macios para não acordar Isabela e ligava a televisão sem som à espera do sono dos justos — ou dos terroristas. Em uma dessas ocasiões escutei um choro contido vindo do seu quarto; os soluços aumentaram até que se transformaram num pranto contínuo, melódico. Fui obrigado a intervir e bater à sua porta. Isabela — em um minúsculo *baby doll* azul-bebê — veio correndo procurando meu ombro para desabar em lágrimas. A baiana havia regressado há dois dias e Juanja não dera sinais de vida. Era a primeira vez que se relacionava com um homem casado e não suportava a ideia de que Juanja dormisse com sua esposa três andares acima do nosso apartamento. Preparei um copo de água com açúcar e lhe dei dois discos da Maysa. Disse que deveria chorar tudo o que pudesse de um só golpe que a dor passaria. Se não surtisse efeito haveria o recurso do primeiro disco da Ângela Rô Rô — o preferido de Gonzáles —, seguido de um tarja-preta infalível roubado da farmácia da casa dos meus pais. A situação tinha seu grau de comicidade, parecia que Isabela nunca havia sofrido por amor. Era uma cena folhetinesca: jovem amante desesperada por não saber dividir o homem amado. Ninguém imaginaria o trágico desfecho dessa relação.

47

Seguir os passos de Dellasandro me fez retomar a vida social. Acompanhá-lo em sua corrida matinal implicava reencontrar na lagoa Rodrigo de Freitas uma série de personagens esquecidos na minha breve existência: ex-namoradas, familiares insuspeitos, amigos de bebedeira ou algum professor do primário. No caso do meu irmão mais velho, consegui vê-lo mais em uma semana do que em todo o ano de 1994 — era um sério candidato a maratonista. Muitas vezes esses encontros surrealistas eram providenciais; em um deles, distraído escutando Nei Lisboa pelo *walkman*, não percebi que Rogério parava repentinamente para comprar água de coco. Devia tomar uma rápida decisão: seguir a caminhada e esperá-lo mais adiante ou parar ao seu lado e pedir um refrigerante no mesmo quiosque. Antes de qualquer iniciativa escutei uma voz atrás de mim:

"Cito?"

Demorei a reconhecer meu interlocutor.

"Sassá!" Foi uma grata surpresa.

Era o próprio. Fernando Paes Leite, vulgo Sassá Mutema. Estudamos na mesma classe num colégio de padres no Alto da Boa Vista. Longos anos se passaram e ele manteve seu aspecto juvenil: alto, magérrimo e com a pele branca coberta de espinhas. Era o goleiro oficial da escola. Nas partidas de futebol disputadas na hora do recreio, Fernando se transformava em Aranha Negra, epíteto dado devido à grande habilidade em manter a bola longe das redes. Relembramos as aulas de química, como o professor Ibiapina odiava ser interrompido na hora de ditar a matéria. Quem não tivesse a mão rápida perdia a matéria ditada por aquela grave voz de origem nordestina. Numa ocasião, um estudante desavisado pediu: "Espera." Fernando levantou o braço e tomou a palavra.

"Homem não espera, homem aguarda."

O professor cabra-macho achou o máximo a virilidade verbal do aluno e disparou:

"Nessa turma de lerdos, você é o salvador da pátria."

Na hora do recreio, o Aranha Negra foi rebatizado de Sassá Mutema, um desses personagens de novela das oito.

Curioso que dez anos depois meu amigo viril descobriu a homossexualidade e hoje mora com um renomado cardiologista. Mais curioso foi o seu interesse pelas aulas de química, que o levou a terminar a faculdade e ser assistente do diretor do laboratório do Fundão — a Universidade Federal do Rio de Janeiro. Conversamos amistosamente por dez minutos e trocamos nossos números de telefone. Rogério Dellasandro se distanciava e eu não podia perder seus passos.

Não muito longe do maravilhoso cenário da Lagoa, a jornalista Mila Almeida — atual caso do Gonzáles — reservava uma mesa no bar Joia, na rua Jardim Botânico. Naquela mesma manhã, começaria a fazer uma série de entrevistas com Gorka — até então, um mero professor de filosofia da Universidade de Bilbao.

48

A vaidade é uma das causas da queda de um homem extraordinário. A soma dos seus atos revolucionários aliada à tenacidade exigida para o cumprimento dos mesmos não ganha de um simples arroubo de vaidade. Guerras inúteis, decisões precipitadas ou paixões suspeitas. O excesso de vaidade é o princípio do fim. No caso de Gorka, o fim de manter-se incógnito como turista espanhol e o começo da revelação do terrorista especialista em artefatos explosivos.

Uma simples entrevista concedida a Mila sobre a situação da população civil no País Basco virou uma confissão e breve aula sobre o terrorismo no Ocidente. Ela se contentaria em saber sobre o impacto das ações terroristas no cotidiano de uma família de Bilbao. Ele queria mais. Talvez se sentisse seguro a mais de 10 mil quilômetros de distância dos cenários de seus atentados. Ou porque viu em Mila uma interlocutora simpática à causa independentista pela qual ele lutava? Simples desejo sexual? Não seria a primeira vez que um entrevistado tentava impressionar a bela e interessada jornalista com o pretexto de levá-la para a cama. Vaidade. Vaidade que leva jovens terroristas do Oriente Médio a explodir bombas agarradas à cintura e a morrer como mártires.

Gonzáles e Mila viviam um momento especial; pareciam realmente apaixonados. Nessa fase da relação é difícil esconder do outro pequenos fatos cotidianos que passariam despercebidos sem maiores consequências. Quando se está apaixonado é normal revelar certas fragilidades ou assumir fraquezas não proferidas. A confiança no amor correspondido do outro é cega.

Gorka pediu sigilo absoluto sobre a entrevista. Combinaram que as declarações sobre as regras de convivência entre a população basca e o ETA e suas implicações diárias na vida dos cidadãos da região seriam publicadas. No que concerne ao aspecto jornalístico, Mila cumpriria sua palavra.

49

Sobre o primeiro pedido do terrorista, Mila não pôde resistir. À noite se encontrava na exposição World Press 95, no Centro Cultural Banco do Brasil, com Gonzáles. Ele se mostrava cansado com a rotina de jornalista esportivo. Seus interesses iam além dos gramados de futebol e quadras de basquete espalhados pelos ginásios do Rio. Possuía a inquietude de falar sobre temas que julgava mais relevantes à realidade brasileira. Mila concordou, mas enfatizava que era um degrau que ele próprio deveria galgar: "Nenhum jornalista começou a carreira escrevendo sobre o que queria. Ninguém nasce articulista... exceto o Paulo Francis."

Ambos permaneceram emudecidos diante das fotos selecionadas para a exposição. A maioria registrada nos conflitos civis entre bósnios e sérvios; imagens fortes, densas, impregnadas de dor e corpos mutilados. A dissolução da antiga Iugoslávia provocou 250 mil vítimas, 105 mil assassinatos e 40 mil violações. Tudo em nome do nacionalismo e das limpezas étnicas adiadas pela cortina de ferro da extinta União Soviética. Após o evento, seguiram de táxi até o Jardim Botânico. Pararam no boteco ao lado da casa dela, tomaram cerveja — queriam recuperar-se do violento impacto causado pela mostra — e protagonizaram as típicas cenas de um casal apaixonado. O jeito insolente da jornalista havia fascinado Gonzáles; nunca dispensava os jeans justos e surrados com a camisa lisa de cor branca que realçava seus seios perfeitos. Não falava baixo. Tinha a voz curtida em tabaco e se orgulhava de dar a impressão de que quem mandava na cama era ela. E foi na cama que Mila — ainda nua, procurando o cigarro — apertou o *play* do gravador e mostrou a Gonzáles o conteúdo de sua entrevista com Gorka. Um raio havia caído duas vezes no mesmo lugar.

50

O amadorismo do Comando Terrorista Anti-Corrupção não se limitava ao *modus operandi* dos atentados. Concluí que perdia meu precioso tempo seguindo os passos de Rogério Dellasandro. Ok, o vereador caminhava todos os dias pela lagoa Rodrigo de Freitas, depois seguia para a Câmara sozinho em um Santana azul-metálico, e daí? Não dispúnhamos de um veículo próprio nem de dinheiro pro táxi. Era impossível saber seu percurso da Lagoa até o Centro. A investigação sobre a vida privada da futura vítima se limitava a manhãs ensolaradas da Zona Sul. Eu invejava profundamente a estrutura de outras organizações terroristas. Gonzáles me ligava todas as noites pedindo novas informações — o fazia como se esperasse um relatório completo de um detetive profissional — e comecei a achar graça no tom formal das perguntas. Era patético porque dava um caráter sério a algo completamente mambembe. Eu repetia o mesmo texto — *cooper* até as 8h30, saída para a Câmara às 9h55 em ponto — e o imaginava anotando tudo nos mínimos detalhes, como se essas informações fossem iluminá-lo com uma ideia sobre como atentar contra o vereador.

Era cedo para perceber que, se não fossem as caminhadas, dificilmente eu teria encontrado uma pessoa fundamental para a execução do plano do assassinato de Rogério Dellasandro.

51

PLAY

"Quem diria que o conceito e o termo terrorismo surgiram na França, a pátria dos direitos humanos! Foi durante a Revolução Francesa, mais precisamente no dia 10 de agosto de 1792, quando o povo tomou de assalto o palácio real e executou a sangue frio todos os guardas do rei Luís XVI. Quarenta dias depois, uma assembleia foi convocada para proclamar a primeira República Francesa, durante a qual se definiu um país indivisível com a união de todos seus Estados-nações. Prússia e Áustria atacaram a República com o intuito de restaurar o Antigo Regime, mas os franceses resistiram, graças à massa de voluntários que atenderam à chamada dos revolucionários para lutar pela pátria. Em outra convenção nacional, os moderados do partido dos girondinos foram substituídos por burgueses mais radicais que se reuniam no Convento de San Jacob

— por isso eram conhecidos como jacobinos. Esse grupo julgou e condenou à guilhotina o rei Luís XVI e a rainha Maria Antonieta. Foi o período conhecido como o do Terror, que culminou na limpeza das facções moderadas, dos monarquistas e da polícia do Antigo Regime. O Terror chegava a todo aquele suspeito de não colaborar com a Revolução Francesa. Dois anos depois, os jacobinos — e seu principal líder, Robespierre — foram executados por prática de terrorismo. Ou seja, os primeiros terroristas foram os radicais defensores da Revolução Francesa."

STOP

52

Nos reunimos no aparelho pois Gonzáles tinha uma cópia VHS de um velho filme de Fassbinder, *Viagem a Niklashausen* e queria fazer uma sessão privada para o Comando. Mila era uma grande admiradora do trágico diretor alemão e lhe havia emprestado a fita, que tinham visto juntos no dia anterior. Foram noventa minutos de projeção e três baseados. Ana gostou da aura teatral do filme e da cena que antecede o final, realizada no meio de um ferro-velho com o protagonista crucificado como Jesus Cristo. Achei o discurso muito panfletário e vi alguma influência de Glauber Rocha na película, principalmente no personagem do negro que comanda a revolução. Gonzáles se colocou diante de nós dois depois da sessão e perguntou que outras impressões havíamos tido. Seus olhos brilhavam e pareciam ansiosos por uma resposta comum, por uma revelação que ele no seu íntimo tivera ao longo do filme. Estava tenso, suado, inquieto, e nos pedia uma resposta ou ideia sobre o que havíamos acabado de assistir. Seu silêncio era desafiador e o ambiente no aparelho ficou pesado.

"As primeiras palavras do filme", nos deu uma dica.

"Não me lembro", replicou Ana.

"Nem eu", respondi.

"O personagem diz: 'Quem faz a revolução?', e o outro responde: 'O povo'. 'Para quem é a revolução?', e o mesmo responde: 'Para o povo'. 'Mas se o povo não faz a revolução quem deve fazê-la?', 'O partido'. 'E se o Partido não faz?'. O último respondeu: 'Três ou quatro pessoas'. Quantos somos?"

"Três", respondi.

"Exato! O Comando Terrorista Anti-Corrupção é formado por três pessoas."

"E daí?", perguntou Ana.

"Podemos fazer uma revolução! O que estamos fazendo é uma revolução. Neste exato momento, quantos policiais e investigadores estão mobilizados para prender a gente? Não tenho ideia, mais de quinhentos! É aqui, em Porto Alegre, Acre, em todo o Brasil. Uma rede de prostituição foi descoberta graças a quem? Um falso messias midiático perdeu sua posição graças a quem, meus amigos? Ao Comando Terrorista Anti-Corrupção. E quantos somos? Somos três! Ontem saiu uma matéria no jornal dizendo que a Câmara quer aprovar um orçamento especial para que os vereadores possam contratar seguranças particulares. Com salário de novecentos reais. Estamos gerando emprego e por quê? Estão com medo. Morrendo de medo porque todo mundo está com as mãos sujas. Vocês viram algum escândalo de corrupção no país na semana passada? Eu não li sobre nenhum. E sabe há quanto tempo que isso não acontece? Há séculos! Estamos fazendo uma revolução sim, e queria que vocês vissem esse filme porque a revolução pode ser feita com três pessoas, e não com um exército ou o proletariado conscientizado."

Gonzáles parecia ensandecido. Ao falar, suas grossas sobrancelhas negras se moviam de acordo com a péssima e exaltada articulação da sua boca; subiam e baixavam lentamente num movimento contínuo. Senti um súbito mal-estar em consequência de um longo trago no baseado. Não estávamos fazendo uma revolução e sim levando às últimas consequências nossa indignação com a classe política vigente do país. Fomos bem longe, é verdade, mas o epíteto de revolucionários era fantasioso e exagerado. Pensei na vaidade e em como as pessoas que sucumbem a ela caem no fundo do poço. Recordei para mim mesmo o último jantar na casa de Juanja; a sonora gargalhada emitida por ele quando Gorka atribuiu ao terrorismo os atentados ocorridos nesses meses no Brasil. Gonzáles saiu abruptamente da roda ofendido, sem se despedir de ninguém. Naquele momento meu amigo assumiu os atentados sozinho. Ou seja, sua vaidade o denunciou. Sorte que Juanja jamais suspeitou de que nós éramos terroristas. Se tivesse alguma dúvida ela terminaria ali, numa noite despretensiosa embalada a jazz e caipirinha.

Depois do efusivo discurso revolucionário sobre o filme de Fassbinder, perguntei a Gonzáles sobre o motivo de sua saída esbaforida da casa de Juanja um tempo atrás:

"Não sei... não me senti bem", respondeu.

Ninguém é tão extraordinário quanto pensei.

53

PLAY

"No ano de 1898 foi realizada em Roma uma conferência internacional sobre terrorismo, um tema espinhoso para a sociedade não é de hoje. Só que naquela época o termo era confundido com o anarquismo, porque foram as ações perpetradas por anarquistas italianos que levaram os governos de vários países a realizar essa conferência. Alguns especialistas dizem que foi o primeiro passo para a criação da Interpol, pois contou com a alta cúpula da polícia de 21 países europeus. Uma iniciativa sem precedentes no campo da cooperação internacional no tema de segurança pública.

Quem é terrorista? É todo aquele que exerce o terror para lograr seus objetivos."

STOP

54

Pela última vez eu seguiria os passos de Rogério Dellasandro. Em exatos 12 dias de investigação não levantei nenhuma informação relevante a mais do que a obtida. Gonzáles — desde a sessão gastronômica de Juanja e a projeção do "revolucionário" filme de Fassbinder — se encontrava misterioso, com ares visionários, e eu temia que por vaidade revelasse algo a Mila. Ana disse que os dois não se desgrudavam, e compreendi que meu amigo compartilhava o cinzeiro só no Jardim Botânico. Antes de seguir rumo à Lagoa, numa manhã nublada que anunciava as típicas águas de março, hesitei e sentei por dois minutos no sofá da sala para esperar o café ferver. Ouvi um barulho que não consegui reconhecer. Era bem baixo, abafado, e percebi que vinha do quarto de Isabela, no fundo do corredor. Ela chorava outra vez. O mesmo pranto melódico e incontido. Bati na porta de leve e perguntei se necessitava de alguma coisa. Ela não respondeu e continuou com seu choro. Fui até a cozinha, servi o café em duas xícaras — uma estampada com a cara do Che Guevara —, o "ideal" do revolucionário — e me dirigi para o seu quarto; tomei a liberdade de abrir a porta com o cotovelo enquanto segurava a bandeja com as xícaras bem quentes de café. Isabela deu um pulo e cobriu o rosto com o lençol.

Tinha um enorme hematoma no lado esquerdo da face. Estava desfigurada.

55

PLAY

"É difícil comparar o terrorismo com outras formas de violência política. Pior é chegar a alguma definição concreta. O objetivo às vezes é muito claro: amedrontar os agentes do Estado, a sociedade como um todo ou uma parte dela, através de assassinatos seletivos, a fim de criar o ambiente favorável ao que os terroristas desejam. A Assembleia Geral das Nações Unidas definiu o terrorista como o indivíduo que pratica o ato destinado a causar a morte ou lesões corporais graves a um civil ou qualquer outra pessoa que não participe diretamente das hostilidades em uma situação de conflito armado, quando o propósito do dito ato, por sua natureza ou contexto, seja intimidar uma nação ou obrigar um governo ou uma organização internacional a realizar um ato ou abster-se de fazê-lo."

STOP

56

Juanja agrediu fisicamente sua amante pelo simples fato de ter aparecido sem avisar em seu apartamento. A baiana estava no banho e não percebeu nada. Segundo Isabela, o espanhol fedia a álcool e lhe endereçou um sonoro tapa antes que ela pudesse dizer bom dia. Em um rápido movimento, a segurou pelo braço e desceram até o nosso andar, onde lhe deu outra bofetada. Gritava palavras em espanhol sem sentido e chamou a atenção de boa parte da vizinhança. Isabela comentou que Juanja estivera bebendo mais do que o normal nos dias anteriores à chegada da esposa. Começava nas primeiras horas da manhã no botequim ao lado do prédio; lia página por página dois jornais diários enquanto consumia quatro doses de conhaque com café. No almoço bebia meia garrafa de vinho tinto sozinho e pela tarde seguia com o amigo basco pelos bares de Ipanema. A presença de Gorka também influenciou o comportamento dele. Isabela me disse que eles se comunicavam em eusquera e não se esforçavam para falar em espanhol na frente dela.

"Esse basco é estranho. Você nunca sabe no que ele está pensando. O Juanja mudou muito depois que ele chegou."

"O que você vai fazer?", perguntei.

"Não sei, eu amo ele."

Desde que a baiana pisou em solo carioca, Juanja deixou de procurar Isabela. Haviam prometido se comunicar uma vez por dia, porém o silêncio e a ausência do espanhol fizeram com que ela mergulhasse em obscuros pensamentos que a levaram ao princípio de uma depressão. Não resistiu por muito tempo, e uma semana depois resolveu tocar a campainha do apartamento de Juanja. Não esperava a violenta reação por parte dele.

"Alguma coisa está acontecendo e acho que não tem nada a ver com a esposa", comentei.

Peguei minha mochila, alguns livros e o *walkman* com uma fita dos Pixies. Seguiria pela última vez os passos de Rogério Dellasandro.

57

PLAY

"O terrorista antes de tudo quer atenção. Ele anseia por ser ouvido porque tem algo a dizer. Não sei quem é mais carente, o artista ou o terrorista. Os dois não existem sem o público e os meios de comunicação. Todos os estudiosos do tema têm destacado que o propósito de um atentado terrorista não é somente de fato matar algumas pessoas, mas transmitir uma mensagem a um público mais amplo com o fim de aterrorizar e incitar uma rebelião. Nesse ponto o poeta e o terrorista convergem. Arte deve ser sempre rebelião."

STOP

58

Cheguei na Lagoa a tempo de ver nossa futura vítima deixar a garagem em seu Santana azul-metálico. Olhei ao redor, levantei os braços aos céus e me perguntei que caralho eu estava fazendo ali. Nada. Procurei um orelhão, liguei para Ana e não tive resposta. Devia estar na praia lendo *Crime e castigo* ou recordando seus idílicos momentos com Cíntia. Fui direto ao aparelho para tentar encontrar alguém e comunicar minha demissão como detetive profissional. Os dias passavam e não avançávamos em nenhuma direção. Toquei o interfone e Gonzáles atendeu.

"Sobe."

Mila estava sentada no mítico sofá da sala. A primeira imagem que tive foi a de Ana e Cíntia nuas e abraçadas nesse mesmo sofá — sabe-se lá o porquê, talvez pela fluida e espontânea sensualidade emitida pela jornalista. Gonzáles chegou da cozinha com duas xícaras de café e dois *croissants* recém-saídos do forno. Reparei nas quatro fitas cassetes e no gravador em cima da mesa da sala. Nunca passou pela minha cabeça que o conteúdo das mesmas fosse a bombástica entrevista de Gorka. Tampouco imaginava que Gonzáles estivesse por tanto tempo em contato com aquelas informações, e pior, em contato com o próprio Gorka.

A presença de Mila impossibilitou nossa conversa sobre o Comando e falamos sobre outros temas. Meu amigo pensava em abandonar o estágio se não conseguisse mudar de seção, estava farto de escrever sobre esporte. Percebi que os dois me escondiam algo ao reparar no movimento da perna esquerda de Gonzáles. Conheço muito bem seus momentos de tensão — ao falar em público, ao expressar de forma efusiva uma opinião ou sentado nas arquibancadas do Maracanã em um escanteio contra o Botafogo —, ele sempre tremia a perna esquerda. Perguntei sobre as fitas que repousavam sobre a mesa da sala.

"São de um grupo mineiro de uma amiga da Mila", mentiu.

"*Rock and roll*?", perguntei.

"Não, é *reggae*, os caras são de Belo Horizonte, se chama Skank", me disse.

Já conhecia esse grupo de ouvir na rádio e Gonzáles sabia que eu achava essa banda uma merda. Se eu gostasse de pop mineiro, pediria para escutar e tomaria conhecimento das confissões de Gorka naquele momento.

"Então bota Mundo Livre!", repliquei.

A forma abrupta como ele recolheu as fitas, levando-as para o quarto, o denunciou; em trinta segundos regressou com o CD da banda pernambucana e sentou-se no sofá sem disfarçar os frêmitos da perna esquerda.

Era tarde demais para gostar de Skank.

59

PLAY

"No Código Penal Espanhol de 1995, Artigo 571, no qual os terroristas são definidos como 'os que pertencendo, atuando a serviço ou colaborando com bandos armados, organizações ou grupos cuja finalidade seja a de subverter a ordem constitucional ou alterar gravemente a paz pública, cometam estragos ou incêndios tipificados nos Artigos 346 e 351, respectivamente, serão castigados com a pena de prisão de 15 a 20 anos, sem redução da pena que lhe corresponda se ocasiona lesão a vida, integridade física ou saúde das pessoas'."

STOP

60

Por 48 horas resolvi esquecer o Comando Terrorista Anti-Corrupção. Também haveria vida fora Comando. Fui lanchar com meus pais, levei minha namorada ao cinema e jantei com meu irmão em um luxuoso restaurante na avenida Atlântica. Ele insistiu em me arrumar emprego na assessoria de imprensa de uma multinacional com sede em Santa Catarina. Recusei com o argumento de que deveria me dedicar ao último semestre da universidade. O encontro com minha mãe foi de caráter puramente nostálgico: me pediu que a levasse ao Café Palheta, na Tijuca, onde comeria waffle com geleia de morango. Foi criada nesse tradicional bairro da Zona Norte e agora lamentava o estado em que se encontrava; invadido por camelôs, violência urbana e favelas. Repliquei que os vendedores ambulantes não faziam mais do que ganhar a vida em um país de desempregados e que a mesma classe média que reclamava do comércio ilegal era a primeira a consumir em suas barraquinhas de gosto deplorável. Ela não mudou de opinião. Na volta do passeio, no metrô, contemplei seus cabelos brancos, a mesma armação de óculos que usava nos últimos vinte anos e os discretos brincos de ouro herdados da minha avó. Renegou a paixão pelo clube da infância — o Fluminense — e se dizia botafoguense para não contrariar os filhos. Fiz um breve carinho na pele do seu rosto e nos despedimos em frente ao prédio da Senador Vergueiro. Para ela, o "Flamengo é a Tijuca da Zona Sul, ainda um lugar muito familiar".

Com Vânia assisti a *Domicílio conjugal* de Truffaut, em uma sessão praticamente vazia no Estação Botafogo. Minha namorada achou o protagonista "um machista disfarçado de escritor" e comentei que o diretor também o era sem perder o tino intelectual que lhe cabia tão bem. Saímos do cinema de mãos dadas caminhando tranquilamente pela Voluntários da Pátria até o Humaitá. Fomos até a Cobal e pedimos dois chopes sentados diante de um belo entardecer.

Por 48 horas o Comando Terrorista Anti-Corrupção não existiu.

Dois dias sem Gonzáles me procurar significava que ele teria novas notícias do *front*.

Desejava que os acordes de *Wave of Mutilation* voltassem a soar com mais força.

61

PLAY

"Tenho acompanhado o que vem acontecendo no teu país. Mataram três políticos nos últimos meses e a polícia acredita que não passa de queima de arquivo. Não creio nessa hipótese porque o último assassinado — pelo que li nos jornais — não tem nenhuma relação com as outras vítimas. A polícia brasileira não sabe tratar do assunto. A inteligência militar que lidava com a guerrilha urbana dos anos 1960 está morta ou aposentada. É um tema novo para vocês. Qual a situação política atual do Brasil? Há dez anos que vocês respiram democracia, mas ainda têm a desconfiança da comunidade internacional em relação à solidez de suas instituições; na América Latina se ergue um Estado de dia e o desmoronam à noite. É arriscado falar sobre estabilidade econômica; há um ano que a inflação parece estar sob controle. Um agrupamento — político ou não — opta pela via terrorista em várias circunstâncias; aconteceu na história quando a posição ideológica de determinado grupo era demasiado radical para conseguir um amplo apoio popular; ou então quando uma organização política atuou no marco de um Estado autoritário. A última — o caso brasileiro — acontece quando a mobilização popular resulta impossível, seja por motivos ideológicos ou por simples falta de coesão. A insatisfação com a classe política brasileira é unânime, vai das camadas A a Z. E o que fazer no meio de tanta disparidade? O que a sociedade como um todo pode fazer para reverter esse jogo? Os anarquistas italianos, no final do século XIX, acreditavam que o terrorismo era o único meio para transmitir às massas a mensagem revolucionária desejada. A via terrorista era muito mais rápida que a simples propaganda verbal — além de ter um alcance muito maior.

O que não encaixa é o silêncio de quem perpetrou esses atentados. Já deveriam ter dado algum telefonema, escrito alguma carta em que os crimes fossem assumidos e as reivindicações, propostas. É a única coisa que não consigo entender."

STOP

62

Ana me acordou com uma chamada urgente; tinha pressa em comunicar a nova estratégia proposta por Gonzáles e reassumir as operações do Comando. Sentia necessidade de voltar a atuar. Rogério Dellasandro ficaria impune pelas atrocidades cometidas em suas propriedades e há três semanas vivíamos num estado de letargia terrorista. Corri para o aparelho.

Gonzáles nos informou sobre sua saída do estágio nos próximos dias — para a decepção de Mila — enquanto organizava uma série de papéis com anotações marcadas em letra ilegível. Fumava um cigarro atrás do outro e tinha a barba como a dos velhos tempos. Nos disse que colocaríamos uma bomba no veículo de Rogério Dellasandro dentro da garagem de seu edifício. Usaríamos máscaras negras — como a dos terroristas dos Jogos Olímpicos de Munique —, pois havia duas câmeras na entrada do prédio e outra interna na portaria.

"Chega de amadorismo. Agora é tudo ou nada. Cito, você tem a missão de redigir a carta que apresentaremos nos jornais 24 horas depois do atentado. Ana, você vai acionar a bomba e eu me responsabilizo em colocá-la. Somos três e com três se faz uma revolução. Os dias desse filho da puta estão contados."

Uma das imagens que mais me aterrorizaram na infância era justamente a dos palestinos mascarados que executaram dois atletas israelenses nos Jogos Olímpicos de Munique. Agora eu era um deles.

63

PLAY

"A insatisfação social diante de uma situação percebida como injusta é outra das motivações políticas de um grupo terrorista. Não foi Freud que disse que o Estado pune os atos violentos para poder monopolizá-los? Há intelectuais que propõem um diagnóstico progressista do terrorismo, segundo o qual o movimento surge como resposta às desigualdades sociais, ao imperialismo e à opressão política. Sem falar no terrorismo de Estado... Mao Tsé-Tung, Hitler ou Stalin. O terrorismo consegue compensar a assimetria de forças e enfrentar um inimigo muito mais poderoso, como o Estado, por exemplo. É o que os analistas de assuntos militares chamam de 'estratégias assimétricas', porque se logra obter, através dos meios de comunicação, uma repercussão política grandiosa a partir de recursos econômicos muito reduzidos. Quanto custa um artefato caseiro? Muito barato. Quanto cobra um homem para protagonizar um atentado terrorista? Nada. Ele o faz porque acredita no seu ato. No Oriente Médio oferecem a própria vida."

STOP

64

Da janela do aparelho, eu contemplava o límpido céu de abril e lá embaixo a horda de transeuntes que se movimentavam em direções contrárias sem destino aparente — ou todos com um inútil destino comum. Ordinários. Outros menos, alguns mais, porém todos ordinários.

Gonzáles nos alertou que tínhamos 72 horas para preparar o artefato explosivo, pois a pessoa que o faria tinha uma viagem marcada. Ele próprio se encarregaria de conseguir os elementos químicos necessários para a bomba. A dinamite foi descartada.

"Quem fará a bomba?", perguntei.

"Só posso te dizer depois que o cara for embora. Foi o prometido. Você saberá de tudo, Cito. Fica tranquilo", respondeu.

Gonzáles esteve duas vezes no edifício de Rogério Dellasandro; se identificou como jornalista — embora soubesse que o político não estava — e verificou as câmeras internas na portaria.

Poderíamos simular um assalto, deixar o porteiro trancado no banheiro e colocar a bomba debaixo do Santana azul-metálico. Para isso deveríamos certificar a que horas Rogério regressava da Câmara ou perpetrar a ação durante suas caminhadas matinais.

O telefone tocou e ao atendê-lo Gonzáles franziu a testa, sentou ao lado do sofá, levou as mãos à cabeça. Acendeu um cigarro ao contrário. Olhou-me com uma expressão estranha, meio indignado, meio surpreso, e mexeu desinteressadamente na coleção de vinis enquanto escutava a voz do outro lado da linha. Não emitiu nenhuma palavra; somente repetia "já sei... já sei...". Percebi seu olhar fixado em algum ponto no horizonte, através da janela aberta da sala. Desligou o telefone, me olhou com uma expressão de ódio e gritou: "Merda, merda, merda, merda, merda, merda." Ana apareceu assustada vindo do quarto:

"O que aconteceu?", perguntou.

"Abortaremos o atentado", nos disse.

"E por quê?", Ana quis saber.

"Não temos o contato para fazer a bomba. O cara deu para trás."

"E quem era o cara?", indagamos juntos.

"Era o Caio, ele sabia como conseguir as duas substâncias usadas para preparar o artefato."

A sala do aparelho ganhou o ar sepulcral da capela do cemitério São João Batista. Dentro do caixão jazia um artefato explosivo, morto antes mesmo de nascer. Gonzáles baixou a cabeça entre as pernas e pensei que fosse chorar. Silêncio e desolação. Ana saiu para cozinha e voltou ouvindo o *walkman* a todo volume. Olhei pro pôster de Charlie Parker no meio da sala e vi os dois cinzeiros novos intactos na estante de livros. Ninguém tinha nada a dizer. Meu amigo se levantou e foi até a janela; novamente contemplou o vazio da paisagem. Estava desconsolado. Ana aumentou o volume da música que escutava e reconheci a voz de Renato Russo vinda do *walkman*.

Pensei vagamente no que aquela canção significava para mim. Meu amigo esticou os braços para fora da janela e começou a recolher a roupa da corda; cuidadosamente, peça por peça, repetia os movimentos com suma dedicação — na realidade estava completamente ausente — e se esforçava para não pensar em nada. Ana esboçou a intenção de ajudá-lo. Não fosse o som do *walkman*, estaríamos mergulhados num silêncio profundo. Aquela música me dizia alguma coisa; a letra, a melodia, a voz de Renato Russo.

Pedi a palavra diante daquele cenário desolador. Ana e Gonzáles me olharam incrédulos:

"Sei quem pode nos ajudar a preparar o artefato explosivo."

65

PLAY

"Você é jornalista, então deixa eu te dizer uma coisa; a história do terrorismo é inseparável da história da comunicação. Essas são as palavras de um catedrático espanhol que estudou a fundo os atentados feitos pelos anarquistas italianos no final do século XIX. O movimento anarquista sempre foi desordenado, sem um núcleo de coordenação definido, e eles próprios eram contra a organização por convicção. Como explicar a série de atentados ocorridos entre três monarcas distintos, de três diferentes países, em apenas dois anos consecutivos? Certos atos terroristas foram investigados e conclusivos sobre a atuação de grupos identificados; outros estiveram fadados ao fracasso no que concerne à investigação policial; e sabe por quê? Foram ações individuais, de homens sem nenhum vínculo com qualquer organização; agiram por conta própria em sua convicção moral. Daí o papel fundamental dos meios de comunicação. Serviram para divulgar as ideias anarquistas e também para estimular a incorporação de novos terroristas à luta. A aura de mártir ou herói que alguns anarquistas receberam ao atentar contra a vida de reis e monarcas levou a uma série de ações individuais feitas por pessoas comuns, camponeses ou operários que se identificavam com a causa revolucionária."

STOP

66

Sassá Mutema, vulgo Salvador da Pátria. As caminhadas da lagoa haveriam de render frutos. Iria me sentir um completo idiota se seguisse os passos de Rogério Dellasandro sem tirar nenhum proveito dessas horas em que banquei o detetive profissional. Fernando Paes Leite era meu amigo de infância, seu namorado era o cardiologista do meu pai e, quando nos esbarramos na Lagoa, percebi que fora um encontro autenticamente feliz. Sentia por ele uma ternura comparável à que sentia pelo meu irmão; era um cara educado, correto e o goleiro oficial da escola. Foi complicado para ele assumir a homossexualidade, e me lembro de um memorável show da Legião Urbana no dia da morte do Cazuza no Jockey Clube do Rio. Era uma noite mágica e uma massa humana havia comparecido ao local naquele 7 de julho de 1990. Renato Russo proferiu um emocionado discurso em homenagem ao poeta morto. Enfatizava o que ele e Cazuza tinham em comum; a paixão por Janis Joplin, a debilidade pelo álcool, ambos nascidos no Rio de Janeiro e o fato de gostarem de meninos e de meninas. Eu tentava me apartar da multidão espremida em frente ao palco quando esbarrei com Sassá. Devíamos ter 18 ou 19 anos e logo após acender um baseado ele me pediu para dar um tapa. O cantor havia acabado seu discurso e anunciou a próxima música. Era a mesma música que Ana ouvia no *walkman*. Dividíamos o cigarro enquanto a Legião tocava a canção com o refrão: "Acho que gosto de São Paulo / Gosto de São João / Gosto de São Francisco / E São Sebastião / E eu gosto de meninos e meninas."

Sassá encheu a boca para cantar a última frase; foi espontâneo e com raiva, como se uma catarse invadisse seu espírito e ele tivesse a necessidade de gritar ao mundo aquela revelação. Foi um momento de franca cumplicidade. O fumo era potente. Como ele tossiu muito, ficou claro que ele não era um consumidor habitual. Ao se recompor da crise, nos abraçamos e rimos juntos. Gonzáles me disse que Caio saíra do armário nesse mesmo show.

O encontro na Lagoa, cinco anos depois, foi de um grandioso significado; nosso contentamento em nos ver era legítimo; sem a hipocrisia dos gestos formais regidos por mera convenção social. Sassá era assistente do chefe do laboratório de química da Universidade Federal do Rio de Janeiro. Com uma boa desculpa, poderíamos conseguir os elementos químicos necessários.

Com uma boa desculpa, insisto.

67

PLAY

"Sem os meios de comunicação não haveria terrorismo? Eu não quis dizer isso... o conceito de propaganda via terrorismo teve origem na Itália. Os anarquistas protagonizaram uma série de atentados, entre 1894 e 1901, que custaram a vida de um presidente francês, um chefe de governo espanhol, uma imperatriz austríaca e um rei da Itália.

Claro que por trás de alguns desses assassinatos havia uma conspiração internacional semiorganizada, mas também ações individuais isoladas, pessoas que se identificavam com o ideário anarquista. A propaganda pacífica das ideias revolucionárias foi abolida em um congresso internacional em Genebra alguns anos antes, e muitos cidadãos civis não comprometidos com nenhuma organização decidiram pelo terrorismo individual como meio para realizar a propaganda revolucionária. O caso mais impactante foi a primeira tentativa de assassinato do rei Humberto I, em Nápoles. O autor do atentado era um cozinheiro de 17 anos, sem nenhuma ligação com organizações clandestinas. Agiu sozinho e morreu na cadeia — foi condenado à prisão perpétua. Curioso que nesse mesmo ano, 1878, se produziram atentados com as mesmas características contra o imperador alemão, o rei da Espanha, e outros dois contra altos dirigentes da polícia russa. Os meios de comunicação foram fundamentais para o desencadeamento desses atentados. Somos muito gratos a vocês."

STOP

68

Isabela queria deixar o apartamento. Não podia viver três andares e quatro doses abaixo que Juanja. O espanhol não se desculpara pelo ocorrido e tampouco a procurara desde então. A dor que Isabela sentia era insuportável e as tentativas de reconciliação de Charles começavam a surtir efeito. Tentei dissuadi-la de se mudar, mas Isabela se mostrou irredutível. Provavelmente procuraria um apartamento com o ex-namorado e tentaria começar de novo. Pensei que eu devia botar um anúncio na faculdade rapidamente se não quisesse pagar o aluguel integral. Minha amiga me perguntou se o prazo de um mês para sair da casa me parecia justo. Disse que sim — na Companhia de Vânia sempre havia um ator em busca de independência que desejava sair da casa dos pais. A ideia de dividir o apartamento com um ator de teatro me assustou.

Estava indo comprar cigarros quando o porteiro, um senhor de baixa estatura, extremamente solícito e muito discreto — características fundamentais para exercer bem o seu ofício —, me chamou. Vestia um uniforme azul-claro impecável. Seu Adalberto trabalhava há mais de dez anos na portaria e eu nunca o vira falar da vida de nenhum morador. Me pegou pelo braço e me levou até o pequeno jardim que ficava à esquerda da entrada do prédio.

"O senhor é amigo do espanhol do 502, não é?"

"Não precisa me chamar de senhor, seu Adalberto!", respondi. "Sou amigo, sim."

"Conversa com esse moço. Os vizinhos já não conseguem dormir. Todo dia ele grita com a mulher, e o coronel do 501 já ameaçou chamar a polícia."

Definitivamente ter a polícia no meu prédio não me parecia uma boa ideia. Subi e toquei a campainha. A baiana — enrolada em uma toalha branca — abriu a porta e me reconheceu. Era uma mulher atraente, com dois olhos negros que despertavam o interesse sexual de qualquer homem. Disse para eu entrar enquanto se vestia. Vi o pôster de Duke Ellington jogado no canto da sala. Refiz a imagem de Isabela com o avental pendurado fritando camarões na cozinha na última sessão gastronômica que fizemos. A baiana era a dona do lugar. Vestida com uma longa saia de seda cor-de-rosa, sentou-se em uma almofada em frente à mesinha da sala e me mostrou o material de divulgação com o qual teria que trabalhar naquela noite: meia dúzia de CDs destruídos e três pastas com releases, fotos e recortes de jornais parcialmente queimados por um isqueiro. Olhou-me com tristeza e disse não saber por qual caminho seguiria ao lado de Juanja. Comentou que não poderia trabalhar divulgando artistas homens porque o espanhol fazia da sua vida um inferno. Eu sabia que os andaluzes eram tipos ciumentos, porém os bascos eram conhecidos por sua frieza e distância. Pediu que conversasse com Juanja, que orientasse meu amigo na procura de uma terapia. Respondi que o faria assim que o encontrasse. Ela havia pensado em pedir a separação, mas preferiu esperar Gorka voltar para a Espanha:

"Ele vai embora na sexta. São só dois dias. Esse cara mudou muito o Juanja. Essa casa está inabitável."

Me despedi com a impressão de que a pessoa responsável pela preparação do artefato explosivo para o próximo atentado era a mesma que seguiria para a Espanha nos próximos dias. Segui rapidamente para uma cobertura em Laranjeiras. Sassá Mutema me esperava para uma conversa, em nome dos velhos e novos tempos.

69

PLAY

"Assassinar um monarca ou outros dirigentes políticos não somente tem uma longa tradição histórica como frequentemente se justifica de acordo com uma doutrina que remonta à Grécia

Clássica. O tiranicídio como recurso legítimo contra a opressão! Cícero escreveu que matar um tirano não era um crime e sim a mais nobre das ações humanas. Plutarco escreveu um perfil muito favorável de Brutus, assassino de Júlio César. No século XII, John de Salisbury, um respeitado Bispo de Chartres, recorreu a exemplos bíblicos para demonstrar que estava justificado o assassinato de um tirano que violasse a lei de Deus. E qual é a lei de Deus? E a lei dos homens? As leis de um Estado corrupto necessariamente são as nossas leis? Não as minhas."

STOP

70

Sassá morava em uma pequena cobertura dúplex com tudo irritantemente no lugar. Tive medo de esbarrar em algum dos animais feitos de plastilina espalhados pela casa: girafas, rinocerontes, zebras... um verdadeiro zoológico. Seu companheiro tinha obsessão pela Pop Art; a sala tinha três obras de Keith Haring ao lado de uma samambaia que ocupava três quartos do espaço disponível. Era uma casa convidativa, porém, sua decoração dava um aviso subliminar: "Sinta-se à vontade, mas nem tanto."

Ao tentar acender um cigarro o anfitrião foi incisivo:

"Lá fora, querido!"

Fomos para a varanda com uma deslumbrante vista pro Cristo Redentor. Falamos sobre a nossa infância, as aventuras no Colégio Marista e as dificuldades de amadurecer para entrar na vida adulta. Ele nunca questionou as normas e as convenções morais de viver em uma sociedade capitalista. Eu sempre fui rebelde e colocava em xeque todos os valores estabelecidos que nos foram impostos. Entre goles de uísque, relembramos o histórico show da Legião Urbana no dia da morte de Cazuza:

"Foi o meu primeiro e último baseado", ele disse.

"Eu sei", respondi.

"E como você sabe?"

Argumentei que ele era excessivamente certinho para usar algum tipo de droga ilícita — mesmo tratando-se da maconha — e na época intuí se tratar de seu primeiro baseado pela forma amadora como havia segurado o cigarro, além de ter tragado e tossido como uma estudante de economia. Confessou que nas outras ocasiões em que tentara fumar sentiu uma terrível paranoia e correu direto pro chuveiro para tensão baixar. Rimos de outras desventuras adolescentes e das dificuldades da vida a dois — seu marido era muito ciumento e inseguro, apesar do grande êxito profissional; era um dos melhores cardiologistas do Rio.

Depois de duas horas de conversa toquei no assunto; falei da minha militância no movimento estudantil — Sassá era de direita — e das atividades exercidas no diretório acadêmico da universidade.

Optei pela carreira de jornalismo para denunciar as atrocidades do mundo contemporâneo: as injustiças sociais, a desigualdade entre gêneros, o racismo e a má vontade do homem em relação ao meio ambiente. Enfatizei o último tópico: a Amazônia é devastada a um ritmo alucinante, paisagens rurais estão sendo riscadas do mapa devido ao turismo predatório; a natureza não resistirá a tanta destruição.

Não me convenci muito do meu próprio discurso ecológico. As vacas-marinhas assassinadas no Sul do Japão não me importavam um pepino, mas eu deveria encarnar o típico militante do Greenpeace para convencer meu interlocutor a me dar o que eu desejava. No começo gaguejei bastante, o que despertava a ternura do Sassá, e logo retomei uma articulação segura, gaguejando somente na letra "s" e nos dois erres. Conquistei toda a sua atenção — ele estava com os olhos grudados na minha boca e parecia escutar cada palavra proferida.

Nos servimos de dois uísques com gelo e Fernando colocou um velho vinil de Maria Bethânia; as nuvens cobriam o Corcovado e o fim de tarde se anunciava. Comentei que era assessor voluntário de uma ONG chamada Recreio Livre; o objetivo da organização era fiscalizar a especulação imobiliária do Recreio dos Bandeirantes, além de alertar a população sobre os malefícios do *boom* de novas edificações na orla marítima. Ninguém queria que o bairro se transformasse num esgoto oceânico como Copacabana e Ipanema. Sassá concordou plenamente.

Usei a mesma estratégia de Gonzáles com Paulo Rato; necessitava de um artefato explosivo para "assustar" os novos empreendedores do bairro. A ideia era explodir um barracão onde os operários guardavam seus pertences após o trabalho. A ação seria realizada de madrugada, quando no máximo um vigia estaria no local. E nós cuidaríamos desse vigia. Não haveria probabilidade de vítimas. Tudo o que queríamos era atrasar a obra a tempo de que os moradores se organizassem e embargassem a construção na Justiça.

Fernando trocou a posição das pernas, me pediu um trago do cigarro e me encarou com seriedade:

"O que você quer?"

"Nitrato de amônio", respondi.

"Nitrato de sódio com hidróxido de amônio?"

"Sim", confirmei.

"É muito usado como fertilizante... e se você aquecer a substância com um isqueiro provoca o gás do riso."

"Não tinha pensado nisso", repliquei.

"Se você quiser desmoralizar os construtores, basta marcar uma coletiva com eles e espalhar o óxido nitroso. Garanto que a opinião pública se divertiria com a cena!"

"Na verdade tenho outros objetivos."

"Onde vocês conseguirão petróleo?"

Não respondi. Gonzáles não me comentou nada sobre a necessidade de conseguir petróleo.

"O último atentado desse grupo terrorista irlandês, como se chama?"

"O IRA", respondi.

"Sim, o último atentado deles foi com nitrato de amônio e petróleo. É um explosivo e tanto."

"Você me ajudaria?", perguntei.

"Posso conseguir, Cito. É ridículo. Quando?"

"O mais rápido possível."

"Passa no laboratório da universidade amanhã, depois das dez da noite. Sou o único que pode permanecer lá sem autorização."

"É por uma causa nobre", eu disse.

"Você não seria louco de usar esse artefato com outros fins, Cito. Estou botando em jogo toda a minha reputação."

"É por uma causa nobre", insisti.

"I believe you."

71

PLAY

"É vasta a bibliografia sobre os motivos que podem levar um indivíduo a se incorporar num grupo terrorista. Muitos estudiosos descartam os motivos psicopatológicos. Os terroristas não são psicopatas... eu não sou um psicopata. Os psicopatas costumam ser excessivamente individualistas para se converterem em um membro confiável de uma organização. Alguns falam em fanatismo e isso pode ocorrer no Oriente Médio. Eu não sou fanático... talvez apenas pelo Atlético de Bilbao. Eu acredito e tenho uma ideologia e por ela vou até as últimas consequências. Não se mata por benefícios pessoais, e sim pela revolução. O País Basco merece ter um Estado próprio, regido por gente da nossa nação. Você pode desligar essa porra?"

STOP

72

Sassá foi claro e objetivo: somente uma pessoa poderia nos acompanhar até o laboratório da universidade. Gonzáles queria ir. Chiou, bateu pé, pediu em nome da nossa amizade — eu não fraquejei. Era uma questão delicada. Fernando pediu o máximo de discrição possível; estava terminantemente proibida a entrada de pessoas que não fossem do departamento de química no laboratório.

Gonzáles queria participar de cada etapa do assassinato de Rogério e não se conformou em estar ausente na preparação da bomba. Além disso, eu ficaria sabendo quem se responsabilizaria em fazê-la. Isso não estava nos planos iniciais, e meu amigo considerou o fato um grande problema:

"Não meu", eu disse. "Consegui um cara que fornecesse o nitrato de amônio em menos de 24 horas."

"Pode ser que a pessoa não queira preparar a bomba sem a minha presença", Gonzáles replicou.

"Então abortamos o atentado", respondi.

Encarei Gonzáles. Mergulhei no fundo de seus olhos negros; olhos que já não brilhavam como há algum tempo. Eu não fazia questão de acompanhar cada etapa da elaboração do atentado. Se não fosse necessário conhecer o autor do artefato explosivo, melhor. Respeitava as regras estabelecidas pelo Comando para o bem geral do cumprimento dos nossos objetivos. Encarei seu olhar como se perguntasse o porquê da necessidade de centralizar todas as ações do Comando Terrorista Anti-Corrupção. Vaidades de um homem extraordinário.

Ele compreendeu.

"Você vai querer assinar sozinho a carta de apresentação dos atentados?", perguntei.

"Desculpa, Cito. Vou falar com o Gorka e vocês vão juntos. Desculpa."

"O Gorka?", perguntei, surpreso.

Gonzáles pediu que eu me sentasse enquanto ele preparava um café. Acomodei-me no sofá do aparelho e procurei o isqueiro para acender meu último Lucky Strike. Reparei que o pôster de Charlie Parker estava ligeiramente virado para a esquerda. Da cozinha escutei sua voz:

"Sabe se o Túlio vai jogar domingo?"

"O quê?", respondi.

"Domingo o Botafogo estreia no Carioca. Você sabe se o Túlio vai jogar?"

Ele não perdia o velho hábito de adiar os temas relevantes com assuntos secundários nos momentos em que não se sentia seguro para falar.

"Eu estou cagando pro Túlio", respondi.

"O quê?", gritou lá de dentro.

Pulei do sofá indo em sua direção. Eu já estava impaciente. Puxei-o pelas costas e, ao virá-lo de frente, agarrei-o pelo colarinho como um mafioso traído pelo próprio irmão:

"Você poderia me dizer o que é que o amigo do Juanja tem a ver com tudo isso? Porra!"

Foi um momento tenso e desnecessário. Gonzáles se desvencilhou e foi até o quarto. Voltou com as mesmas fitas cassetes que estavam na mesa da sala na semana anterior. Colocou uma delas no gravador e apertou play.

73

PLAY

"Entrei pro ETA em setembro de 1972. Meus avós se exilaram durante a Guerra Civil e meu pai morreu torturado na ditadura de Franco. Minha mãe cruzou a fronteira com a França e depois da morte dele foi morar no México. Passei toda a minha infância e juventude falando eusquera somente dentro de casa. Franco proibiu o uso do nosso idioma em todo o território basco, e o castelhano era o idioma oficial da escola. É muito forte você não poder falar sua própria língua, você não acha?

Minha mãe não pôde retornar à Espanha e no final dos anos 1960 ela morreu de câncer. Eu mesmo já tinha me esquecido dela, sabe... não podia perder tempo com dramas pessoais. Libertar o País Basco da ditadura era a minha prioridade. Estudei filosofia na Universidade de Bilbao e por necessidades operacionais fiz um curso clandestino de preparação de artefatos explosivos. As aulas eram de madrugada, na casa de um velho amigo do meu pai. Curiosamente, a casa dele ficava ao lado da delegacia. Por questão de segurança preparávamos as bombas sem saber que destino teriam. Nunca matei ninguém diretamente."

STOP

74

A primeira regra do Comando foi violada pelo seu próprio idealizador. Ao saber da existência da entrevista, Gonzáles deveria propor uma reunião, nos comunicar a descoberta e discutir quais caminhos seguir. Não o fez. Agiu sozinho ao se encontrar com Gorka e revelar os detalhes dos três atentados cometidos.

Erro número 1: revelar a outro — quem quer que seja — a existência do nosso grupo. Tive a sensação de não poder mais confiar em Gonzáles e esse foi o erro número 2. Seu pedido de desculpas não me comoveu; desde esse dia passei a tratar dos temas relacionados ao Comando com precaução. Era o começo do fim, início de sua vaidade.

Ele explicou o quão estarrecido ficara ao escutar as fitas; Mila pensou que entrevistaria Juanja, mas Gorka se apresentou no seu lugar. A pauta era simples: as consequências do terrorismo no cotidiano da população civil no País Basco. Ele começou a falar, desde as estratégias de propaganda dos atentados anarquistas até a proibição do uso do eusquera pelo ditador Franco: o que era pior, o terrorismo de Estado ou o terrorismo de organizações clandestinas? Mila assentiu em defesa da causas independentistas, e seu interlocutor talvez tenha se precipitado. Foi — paulatinamente — revelando detalhe por detalhe os temas obscuros do ETA até assumir sua participação dentro do grupo.

Gonzáles permaneceu três noites em branco. Deveria articular uma aproximação com o terrorista sem pôr Mila em risco. Ela pediu silêncio absoluto sobre o conteúdo revelado. O cara poderia ser perigoso e a jornalista não deveria suspeitar em nenhuma hipótese de que o próprio Gonzáles pertencesse ao Comando Terrorista Anti-Corrupção. Era uma rede de ligações tênues, transparente e ao mesmo tempo insuspeita.

Primeiro concluiu que denunciar a jornalista era inevitável. E a consequência desse ato seria perdê-la para sempre. Uma ideia insuportável, porém necessária para os avanços estratégicos que tinha em mente. Atentar contra Rogério Dellasandro exigiria um *modus operandi* profissional. Um atentado não começa só quando se explode a bomba. Todos os movimentos e decisões anteriores ao ato terrorista influem no seu objetivo final. Deveria ser frio em cada etapa do planejamento, para que o artefato explodisse com exatidão no Santana azul-metálico do homem que condenava ao trabalho escravo dezenas de famílias no Nordeste. Antes de tomar tal decisão, Gonzáles comentou que dormia com Mila todos os dias. Estavam apaixonados. Vinte e quatro horas depois da descoberta das fitas a jornalista já havia esquecido o assunto. Para ela foi uma matéria a mais — e por sinal estimulante —, feita para pagar as contas no final do mês. Não sabia o impacto causado em Gonzáles e tampouco que ele próprio fosse um dos responsáveis pelos atentados ocorridos nos últimos meses. Em nenhum momento pensou em revelar a existência do Comando para ela — prova de que ainda era um homem extraordinário.

Desapareceu da vida de Mila no mesmo dia em que tocou o interfone do apartamento de Juanja.

75

Gonzáles apareceu sem avisar, e europeu não gosta disso. No Rio, todo mundo toca o interfone de todo mundo, algo pouco recomendável no País Basco. Juanja estava em seus dias de alcoolismo e demorou a reconhecer a voz de Gonzáles, ou melhor, NÃO a reconheceu.

Gonzáles esperou por dez minutos até o espanhol se recompor e dizer que, assim que acordasse, Gorka desceria para ir até o botequim ali próximo. Meu amigo tomou duas doses de conhaque com café e viu Isabela saindo do prédio de óculos escuros. Pensou em chamá-la mas desistiu ao ver seu semblante taciturno. Quando Gonzáles pediu a terceira dose, meia hora depois, Gorka apareceu na entrada do bar com cara de poucos amigos. Estava todo de preto.

Tiveram uma conversa franca, delicada, em que Gonzáles expôs nossos objetivos e narrou a forma amadora como haviam sido executados os atentados. "Mila não sabe de nada e não a culpe por isso", ele pediu. O sigilo mútuo era a regra inconteste porque ele próprio se reconhecia como terrorista. Explicou o escândalo da máfia dos laboratórios e a morte de 113 aposentados do Estado. A figura de dona Angelina morta dentro de um táxi depois de enfartar carregada de sacos de biscoito na praia de Ipanema. A carta suicida do funcionário norueguês e a informação de que um lote inteiro de remédios fora comercializado sem nenhum conteúdo. A Lei de Imunidade Parlamentar que protege os políticos de serem julgados como pessoas comuns. A certeza da impunidade para os responsáveis de tamanha atrocidade e a convicção de que nenhum deles pagaria pelos crimes cometidos. A ideia inicial de vingança deu lugar à criação do Comando e à caça de políticos corruptos. Havia um amplo leque de possibilidades. Robério Peixoto de Mello era secretário de Obras do município. Os postos de saúde para atender a população de Campo Grande se esfumaram em uma brisa de materiais superfaturados e recursos desviados. Dois operários morreram soterrados durante a obra. Robério tinha amigos influentes em Brasília e seguramente escaparia de uma condenação. Gonzáles comentou sobre a dificuldade de se obter artefatos explosivos confiáveis. No segundo atentado, a bomba explodiu 15 segundos antes do esperado e por pouco ele próprio não eclodiu com a vítima. Necessitávamos de um mínimo de profissionalismo para atentar contra Rogério

Dellasandro: um peixe gordo. Sua morte nos respaldava para entrar com uma carta assumindo a autoria dos atentados nos meios de comunicação. A Lei de Imunidade Parlamentar cairia de acordo com nossos objetivos. Gonzáles apresentou dados estatísticos sobre o destino do dinheiro público recuperado: escolas, centros de saúde e estradas poderiam ser erguidos se no Brasil não houvesse tanta corrupção. Um país em que pessoas morrem na fila de espera em hospitais públicos.

Gorka encarou Gonzáles com ternura, como se dispensasse tantas justificativas, e concluiu que agimos errado desde o princípio: não se pode realizar um atentado com bomba e desconhecer a carga exata de seu potencial explosivo. Ela deve ser colocada sempre debaixo do veículo com um ímã especial e detonada automaticamente ao abrir a porta do carro — a chamada Bomba-Lapa. Não se deixa uma bomba em determinado lugar esperando que exploda em trinta segundos, se no caso há o objetivo de uma vítima específica. Em trinta segundos tudo pode acontecer. "Vocês não estão mortos ou presos por um milagre", comentou. Segundo ele, já deveríamos ter nos apresentado há muito tempo:

"A partir do segundo atentado", ele disse. "Não sei o que vocês esperam."

Passaram a tarde juntos como velhos amigos. Começaram caminhando pela enseada de Botafogo, brindados com um magnífico céu de outono. Entraram no Flamengo e seguiram pela Senador Vergueiro até o Catete. Um encontro entre mestre e pupilo. Gonzáles escutava atentamente cada palavra de Gorka; os malefícios de viver na clandestinidade, sem endereço fixo e longe dos amigos e familiares. O ETA é uma organização com estrutura e hierarquia definida. O financiamento do grupo provém do empresariado do País Basco; o chamado imposto revolucionário. Muitos militantes trabalham de forma ilegal em negócios de simpatizantes da causa independentista. Perguntou com que recursos sobreviveríamos caso nosso destino fosse a clandestinidade. "Nenhum", disse Gonzáles. Gorka pareceu desconcertado diante de tamanha coragem e ingenuidade.

O pedido para preparar o artefato foi prontamente aceito por Gorka. Era necessário nitrato de amônio e gasolina. Brindaram a parceria com uma Skol gelada num botequim repleto de gaiolas de passarinho no largo do Machado. Gorka pagou as cervejas deixando um troco dez vezes superior à conta. O dono do boteco fez questão de convidar para uma rodada de cachaça mineira — a melhor da casa. Tomaram mais de três doses e saíram abraçados como dois irmãos. O único contratempo era a viagem marcada para Frankfurt: em 96 horas Gorka deixaria o país. Em relação à Mila Almeida o terrorista foi claro:

"Se ela estivesse na Espanha já estaria morta. Eu mesmo lhe acertaria um tiro na nuca. Não falemos mais desse assunto."

76

As xícaras de café vazias contrastavam com os três cinzeiros novos e o cinzeiro velho, lotados. O gravador repousava ao lado das fitas em cima da mesa da sala. O pôster de Charlie Parker permanecia na mesma posição, sutilmente caído à esquerda.

Gonzáles preferiu ocultar de mim a participação de Gorka por questões éticas. Mila já havia falhado com o terrorista e ele não queria desapontá-lo outra vez. Escutei em silêncio toda a narrativa e acabei desculpando-o porque, afinal, todo terrorista é sentimental.

Deveria pensar rápido no argumento que daria ao espanhol para convencê-lo de que outra pessoa o levaria até o laboratório. Em menos de seis horas Sassá estaria nos esperando na entrada do departamento de química da Universidade Federal do Rio de Janeiro.

O Comando Terrorista Anti-Corrupção colocaria em marcha seu último atentado.

LIVRO III Música para atentar

"Eles só aplaudem quem chega."

Vinícius Vianna

1

Geralmente gosto de conversar com taxistas, mas dispenso os que falam sozinhos. O cidadão que nos levou da Gávea até a Ilha do Governador discursou sobre futebol, violência urbana, corrupção política, o movimento funk e os caprichos de ter uma amante com a metade de sua idade. Gorka aceitou preparar a bomba na ausência de Gonzáles sem hesitações; era um profissional e simpatizante das causas terroristas do terceiro mundo. Sua única exigência foi o mínimo de contato verbal possível com quem quer que seja — no caso eu e Sassá. O taxista se encarregou disso.

O campus da Universidade Federal do Rio de Janeiro estava deserto. Ao chegar no local tive a sensação de estar em uma cidade fantasma, abandonada pela população sob o risco de contaminação nuclear, como em algumas províncias da Ucrânia. Uma paisagem desoladora. Gorka levava uma mala no melhor estilo 007 e vestia negro dos pés à cabeça; no fundo poderia ser uma boa pessoa, porém a impressão inicial que dava era a de um homem solitário e marcado pela incomunicabilidade.

O departamento de química ficava no terceiro andar de um edifício que integrava um bloco de prédios retangulares;

subimos as escadas devagar, escutando nossos próprios passos, e cruzamos um extenso corredor parcialmente iluminado. Se fôssemos abordados por assaltantes, seria inútil pedir socorro. Sabia onde ficava o laboratório, mas não imaginava tamanho descaso com as dependências de uma universidade pública. Ao longo do trajeto, passamos por dois seguranças desarmados, mais interessados em ouvir o rádio de pilha do que em garantir a segurança de quem circulava pelo local. Nenhum deles nos perguntou para onde íamos ou o que estávamos fazendo por ali às dez e meia da noite.

Sassá estava sozinho, de jaleco branco, folheando revistas na entrada do laboratório. Fiz as apresentações, e Gorka não escondeu sua surpresa ao pisar no recinto. Talvez nunca tivesse tido à sua disposição tantos recursos químicos para preparar uma bomba. Tirou a armação negra da cara e pousou sua mala cuidadosamente no chão. Leu os nomes das etiquetas de cada frasco da primeira das duzentas estantes. Não parecia ter pressa. Com um olhar de viés, meu amigo insinuou que não se deveria perder tempo. Foi para uma saleta no fundo do laboratório onde permaneceu com Gorka — as portas fechadas — por mais de quatro horas. O telefone do departamento tocou diversas vezes e Fernando atendia as chamadas pacientemente. A cada vinte minutos, seu marido perguntava a que horas ele voltaria para casa.

Durante esse tempo fiquei esperando no lado de fora. Não havia paisagem; somente um ponto de luz no final do frio corredor que dava acesso a outro bloco de salas, também às escuras. Fumei meio maço de Marlboro cantarolando antigas melodias de Cartola e me esforçando para lembrar o nome de uma das primeiras atrizes da Factory de Andy Warhol, uma mulher linda, loira, que possuía as mesmas características físicas e psicológicas de Ana. Teve um final trágico. Depois de atuar em três filmes de Paul Morrissey, se jogou do alto do edifício onde residiam seus pais em plena Manhattan; havia completado 23 anos. Me convenci de que era inútil exercitar a memória e pensei em Vânia; estava no palco naquele momento, com o público nas mãos e esperando minha chamada depois do espetáculo. Gonzáles foi claro em optar pelo Comando e esquecer Mila. Eu deveria ser tão extraordinário quanto ele. Logo chegaria o momento de decidir entre Vânia e o terrorismo. Andrea Feldman. O nome da atriz suicida era Andrea Feldman.

Depois de um tempo de espera que pareceu infinito, ouvi vozes alteradas vindas da saleta; o que deveria ser uma mera conversação técnica entre dois especialistas em química durante a preparação de um artefato explosivo virou uma discussão. Em inglês. Fiquei no mesmo lugar e acendi outro cigarro. Ambos gritavam cada vez mais alto.

Gorka saiu abruptamente do laboratório com a mala em punho; "vamos rápido porque esse cara é um louco", disse. Não podia deixar as dependências do departamento sem falar com Sassá, estava grato a ele. Foi extremamente solícito em abrir as portas do seu local de trabalho e fornecer o material de que necessitávamos. Meu amigo apareceu em seguida e me perguntou com os olhos vermelhos de raiva qual seria o verdadeiro destino desse artefato.

"Vocês vão explodir o quê? O edifício inteiro? Não foi isso que você me pediu, Cito. Essa bomba pode fazer explodir o Theatro Municipal!"

Olhei para Gorka estupefato; no único contato verbal que travamos dentro do táxi, eu havia explicado que a pessoa que nos facilitaria o nitrato de amônio pensava que o endereço da bomba seria o de um galpão vazio numa construção no Recreio dos Bandeirantes. Essa pessoa não tinha ideia sobre a existência do Comando Terrorista Anti-Corrupção.

Prometi a Sassá que não faríamos nada sem antes consultá-lo e tive a sensação de haver perdido sua confiança. O clima tenso da despedida entre todos me fez refletir se trilhávamos o caminho certo.

Esperamos por uma hora algum táxi que se dispusesse a nos levar até a Gávea. Na volta passamos pela avenida Rio Branco e paramos num sinal fechado bem ao lado do Theatro Municipal. Foi o único momento em que Gorka me dirigiu a palavra:

"Esse que é o Theatro Municipal?"

"Sim", respondi.

"Achei que fosse maior."

Silêncio.

Meia hora depois, chegamos no aparelho, onde Gorka encerraria sua missão.

2

A última etapa da honrosa participação de Gorka consistia em explicar-nos com detalhes como ativar a bomba.

Era o grande momento esperado por Gonzáles. Enfim estaríamos diante de um instrumental profissional.

Mas certamente não contávamos com o estado eufórico dele e de Ana. Eu ainda tinha que voltar para os braços de Vânia naquela mesma noite — a responsabilidade de acionar o artefato seria de Gonzáles —, mas mudei de estratégia quando abri a porta do apartamento.

Uma extensa trilha de cartelas de remédios de variadas naturezas, cores e formatos cruzava a sala até a janela, do outro lado do recinto, onde havia três engradados de cerveja ao lado de um amontoado de papéis recém-escritos com letras ilegíveis. Ana e Gonzáles pareciam possuídos — enrolavam a língua, os olhos acesos. Nos saudaram com uma nervosa efusão. Falavam ao mesmo tempo, cuspiam saliva para todos os lados e queriam nos apresentar a estratégia definitiva para o atentado de Rogério Dellasandro. Ana havia elaborado uma trilha sonora para as ações perpetradas pelo Comando — vi espalhada pelo chão uma razoável quantidade de vinis sem capa — enquanto Gonzáles tentava convencer Gorka de que o melhor seria atentar contra Rogério longe de sua residência.

Uma cena lamentável.

Ana ignorou a possibilidade de que alguém quisesse comunicar algo e desfilava sua lista sem o menor interesse em nos escutar: *What Difference Does it Make?* — The Smiths, *Victoria* — The Kinks, *Sugar Kane* — Sonic Youth, *Podres poderes* — Caetano Veloso, *My Favorite Things* — John Coltrane. Repetia em voz alta cada nome mostrando a capa dos discos respectivos e jogando as mesmas para trás do sofá. Gonzáles espalhou uma dezena de papéis rabiscados em cima da mesa e exigia nossa atenção. Tentou argumentar sobre a possibilidade de plantar a bomba ainda nas primeiras horas da manhã.

Gorka me olhou profundamente decepcionado, como se o Comando Terrorista Anti-Corrupção fosse um passatempo de meninos desocupados viciados em barbitúricos. Vi minha certeza de estar entre pessoas extraordinárias desaparecer.

Deixamos os dois em seus monólogos anfetamínicos e fomos até Botafogo.

Ao entrar no meu apartamento e abrir a mala em que se encontrava o artefato, Gorka foi claro: a responsabilidade de colocar a bomba era minha, só minha.

Vânia dizia que sempre fui desprovido de vaidade.

Definitivamente — entre todos — eu era o mais extraordinário.

3

Um ímã de formato circular com aproximadamente três centímetros de espessura faria o artefato se manter colado ao chassi de Rogério Dellasandro; a bomba era um pouco maior que uma lata grande de leite em pó. Dentro do artefato — entre o espaço externo em que o ímã estava colocado e a carga explosiva — havia um pêndulo metálico de quatro centímetros; na sua extremidade se encontrava uma bola de ferro que possuía a mesma textura de uma bola de gude. Quando Dellasandro desse partida no Santana, o pêndulo se inclinaria para a direita e a bola de ferro se chocaria com o interceptor que detonaria a bomba. Não era difícil, porém delicado.

Eu nunca tinha visto um ímã com tal geometria e imaginei que a bomba fosse maior. Gorka revelou seu senso de humor ao afirmar que a quantidade de gasolina não permitia grandes eclosões. "Seu amigo químico é um exagerado... o carro vai explodir e quem estiver dentro vai morrer. E só."

Lamentou o estado irreconhecível de Gonzáles. Estava francamente decepcionado: "Não era o momento de misturar álcool e cocaína..." Respondi dizendo que Gonzáles não cheirava, mas de nada serviu; era um instante decisivo e deveríamos manter a cara limpa até a conclusão do atentado.

Nos despedimos com um aperto de mão protocolar. No fundo quis abraçá-lo, mas retrocedi desajeitado, sem saber o que fazer com as mãos. Gorka subiu até o apartamento de Juanja. Foi a última vez que o vi. Até hoje me pergunto se ele era real ou uma aparição, uma entidade terrorista saída dos céus de Guernica. Lembrei de um livro em que Paul Auster dizia que na vida só há uma única certeza — o azar.

4

Acordei no dia seguinte com a bomba ao meu lado. Tive a leve suspeita de que ela me olhava; me encarava como se eu fosse um completo desconhecido; como um amante que vem parar na sua cama depois de uma noitada louca, desmemoriada. Teria que recuperar sua intimidade e fiquei observando-a como se ela fosse um objeto sacro — o cetro do papa Alexandre VI, o véu de Mata Hari, a Underwood de Hemingway ou a Fender de Jimi Hendrix.

O apartamento estava vazio — Isabela passava um tempo na casa do namorado — e deixei o artefato em cima da mesa da sala. Comecei a caminhar em círculos, dando inúmeras voltas ao seu redor para contemplar detalhadamente sua forma. Deixei-me hipnotizar. Vi meu rosto espelhado em sua face metálica, brilhante, que reluzia em toda a sala. Acendi um baseado e repeti esse movimento; uma, duas, três vezes. Eu era o mais extraordinário de todos. A morte hipnotiza. Seduz. Tirei a roupa e levantei o artefato na altura da pélvis; onde vi meu sexo, ereto, espelhado.

Deveria alimentá-la todos os dias com música, assim intensificaria seu poder destrutivo e neutralizaria as energias externas que pudessem dispersar sua vocação homicida.

Repeti o ritual por 24 horas; acendia um baseado ao seu lado, tragava a fumaça e acariciava sua forma cilíndrica de metal como se fosse a pele da Vânia. Música. Muita música: Pixies, Ornette Coleman, Sonic Youth, Patti Smith, Mundo Livre S.A., Jesus and Mary Chain, Stooges... Ela adorava Chico Science; me pedia para escutar a cada hora. Eu obedecia; uma bomba se mima como uma mulher.

A secretária eletrônica tinha uma dúzia de recados.

Aprazia-me erguer a bomba até o rosto e ver minha imagem refletida nela. Eu era bonito, jovem, extraordinário. Trepava gostoso. Vânia nunca reclamara. Havia lido tudo — ou quase tudo — Sartre, Beckett, Aristóteles. Pintura? Poderia enveredar por Kirchner, Haring, Caravaggio, Duchamp, Malevich. Ana me chupou muito.

A bomba era o meu espelho, onde vislumbrava a explosão que encerraria a longa e corrupta carreira política de Rogério Dellasandro. Seu corpo arderia dentro do Santana azul-metálico envolto numa imensa bola de fogo. Repetia diante da bomba a frase de Dostoiévski: "O que necessitamos é conservar nossa presença de ânimo e nossa força de vontade, para que, quando chegue o momento de atuar, triunfemos sobre todos os obstáculos!"

Estava espiritualmente preparado para matar Rogério Dellasandro.

O telefone tocou.

5

Retornei à Terra. Queriam me vender algo como um plano de saúde. Desliguei.

Respirei fundo, entrei na ducha e fiz o café mais forte que pude.

Liguei a secretária eletrônica. Empate no placar: seis recados de Vânia contra seis de Gonzáles. Meu amigo se encontrava em péssimo estado. Não se lembrava do dia anterior e não pôde se despedir de Gorka — a essa altura o basco já estava em Frankfurt. Nas primeiras mensagens, Vânia exigia explicações; ficara à minha espera na porta do teatro por mais de uma hora. Diante do meu inesperado silêncio, seus recados ganharam um tom mais ameno, de preocupação e até de saudades. No último ela disse que me amava.

Gonzáles deixou mensagens curtas, repletas de impaciência com meu descaso em não ligar de volta. Perguntava pelo artefato, por mim e por Gorka.

Preparei outro café e disquei seu número.

6

Não era necessário se desculpar; aquele que nunca misturou álcool e anfetaminas que atire a primeira pedra de cocaína. O problema foi o dia e a hora. Era o único momento disponível que Gorka tinha para nos ensinar o funcionamento da bomba. Gonzáles não se perdoou por isso. "A ideia foi da Ana", me disse. O inferno são os outros quando muitas vezes o purgatório está dentro do próprio umbigo.

Embora tivesse trepado com Ana, a bebedeira incontida do meu amigo escondia o desejo de voltar a ver Mila, tocá-la e seguir naturalmente o encontro de almas que ambos tiveram. O remorso por não ter se despedido de Gorka também o atormentava. Gorka lhe despertara a consciência terrorista e a opção existencial que isso representava. No máximo éramos jovens idealistas que haviam decidido explodir carros de políticos corruptos. Ele, um subversivo de carne e osso.

Comentei que Gorka me incumbira de colocar o artefato no carro de Rogério. Gonzáles não discutiu. A bomba se encontrava em um lugar seguro, longe do alcance de mãos alheias. Não faltava nada para realizarmos o atentado contra o político.

Combinamos de nos encontrar no dia seguinte na lagoa Rodrigo de Freitas, ao lado do quiosque em frente ao edifício da vítima. Antes de desligar, Gonzáles me disse:

"A trepada com a Ana foi uma merda. Passou o tempo todo gemendo e gritando teu nome."

Era melhor ligar para Vânia e pedi-la em casamento.

7

O jantar estava servido: alface, carne de soja, berinjela orgânica e iogurte com leite de cabra curtido em alguma merda de fazenda especializada em alimentação natural ao norte de Campos. Tantas voltas para conseguir um artefato explosivo e Vânia conseguia fazê-lo em fração de segundos. Não me deixou pedir desculpas pela noite anterior, pois tinha pressa em me comunicar algo. Estava séria, com a testa suada e as pernas tremendo debaixo da mesa. Estaria grávida? Tomávamos todas as precauções necessárias e com a alimentação que ela seguia dificilmente seria muito fértil. Será que Vânia ia me exigir alguma atitude em relação à vida profissional? Estávamos no início do mês de março e pretendia terminar a universidade no fim do semestre. Não. Acontecera o que mais cedo ou mais tarde se passa quando alguém namora uma atriz de teatro.

"É o Luiz André..."

A paixão por um companheiro de cena. Meu mundo caiu.

"Você trepou com ele?"

"Não!", Vânia respondeu.

"Jura?"

"E que importa?"

E pior que o canalha era gente boa. Um dos únicos da Companhia que merecia meu respeito. Alto, bonito, engraçado, sabia se colocar e escutava boa música.

Vânia jurou que não tinham trepado por dois motivos: primeiro, ele namorava uma outra menina da Companhia — mais bem-sucedida, diga-se de passagem. E segundo, ele não sabia de nada. Era amor platônico. O cara não correspondia, mas ela intuía o que poderia acontecer. A sucessão de beijos cênicos nutriu nela a esperança de um beijo real. E ela desejava isso. Queria dar um tempo porque a magia havia desaparecido entre nós. Era desnecessário acrescentar que a culpa era minha. Eu concentrara todas as minhas energias no Comando e não conseguira enxergar o que estava diante dos meus olhos. Minhas ausências eram notáveis; nos jantares pós-espetáculos, nos cinemas semanais e nas festas organizadas para fazer o caixa das próximas peças. Mantive a altivez durante o jantar e lhe concedi o que me havia pedido.

"Talvez uma viagem", propus.

Nada. Ela queria "um tempo".

O tempo necessário para eu explodir o veículo de Rogério Dellasandro.

8

Segunda-feira, 17 de março de 1995, 7h15 de uma manhã nublada que anunciava a tempestade que cairia em solo carioca. Estávamos a vinte metros da entrada do prédio do político. Segundo nossas expectativas, ele ainda estava dentro do seu apartamento. Passei a noite em claro pensando no desejo de Vânia pelo ator da Companhia. Era uma mulher maravilhosa. Pediu um tempo só por ter pensado na possibilidade de ficar com outra pessoa. Nos seus sonhos, já estava com ele. A bomba estava dentro de uma mochila verde-musgo que Isabela esquecera quando se mudou. Ana nos cedeu um par de meias finas cinza-claro que usaríamos como máscaras. Gonzáles pediu uma água de coco no quiosque semiaberto em frente ao edifício de Dellasandro e veio em nossa direção. Estávamos sentados na grama de frente para Lagoa.

O primeiro problema: não somos assaltantes profissionais. Ana enfatizou que nem sequer tínhamos conhecimentos de artes marciais. Imobilizar um cidadão, amordaçá-lo e mantê-lo em silêncio trancado num banheiro requeria o mínimo de perícia profissional. Entrar na garagem de um edifício residencial no Rio de Janeiro era uma tarefa simples — o complicado era não ser identificado. Se não fosse pelas câmeras de vigilância na portaria do prédio, Ana poderia me acompanhar até a entrada com o pretexto de deixar seu *curriculum* para um renomado diretor de televisão, vizinho do político. Ao abrir a porta, o porteiro seria rapidamente rendido por nós com uma arma branca. Gonzáles ficaria na entrada do edifício em caso de algum morador chegar.

Repensamos outras estratégias e não chegamos a lugar nenhum. Era melhor não nos precipitar. A chuva começou a despencar cobrindo de nuvens o Corcovado; mau sinal. Fomos a pé pro aparelho, encharcados pelas águas de março.

9

Ao entrar no apartamento, imerso numa penumbra incomum, Gonzáles foi com passos rápidos até a janela. A apocalíptica chuva já havia alagado boa parte da sala. Tentei salvar alguns objetos. Foi triste ver duas capas de vinis raros do Jards

Macalé completamente perdidas. O cinzeiro repleto de cigarros molhados se transformara numa pasta asquerosa marrom-clara.

Ana tentou acender a luz e ficamos na escuridão. Tentou novamente e nada aconteceu. Outra tentativa e percebemos que os vizinhos em frente tinham acendido velas na varanda.

"Você está pensando no mesmo que eu?", Gonzáles me perguntou.

"Sim."

Descemos com passos largos pela escada do aparelho e aos berros conseguimos parar um táxi debaixo do temporal.

Em cinco minutos estávamos diante do edifício de Rogério Dellasandro.

10

A Gávea e a Lagoa ficam suficientemente distantes para que falte luz em um bairro e sobre no outro. Mas uma chuva torrencial como aquela seria capaz de provocar um blecaute em várias regiões da cidade ao mesmo tempo. Todas as luzes de todos os apartamentos da avenida Epitácio Pessoa 3016 estavam apagadas. A portaria do prédio estava escancarada e seu guardião ocupado, tentando retirar a água acumulada da garagem com um reles rodo.

Ana ficou ao lado da portaria enquanto eu e Gonzáles nos aproximamos do porteiro. Era o momento de atacar. As câmeras de vigilância estavam apagadas.

Era um senhor gordo, de óculos com lentes de fundo de garrafa, beirando os 60 anos. O soco desferido por Gonzáles derrubou o pobre trabalhador. O tráfego em frente ao prédio do político estava lento, e qualquer motorista mais atento poderia nos delatar. O porteiro tentou se levantar com dificuldade e tive que chutá-lo nas costas. Gonzáles gritou: "Com mais força, porra!" Dei outro chute, que atingiu involuntariamente o pescoço do homem. Ele arregalou os dois olhos e pensei que fosse morrer. Não queria atingi-lo daquela maneira. Meu amigo carregou o corpo quase inconsciente até o depósito da garagem. Pelo seu aspecto, pensei que sofrera um infarto. Contei oito veículos estacionados — o Santana azul-metálico era o primeiro da fila da direita. Abri a mochila e retirei cuidadosamente o artefato. Gonzáles abafava com a sua camisa os gemidos de dor do pobre homem. "Está vivo", pensei. Ana gritou do lado de fora que uma viatura policial se aproximava. Corri em direção ao veículo da esquerda, um Santana azul-metálico do mesmo ano que o primeiro da fila da direita. Filho da puta. O político tinha dois carros iguais.

Alguém avisara a polícia, e deixamos o local às pressas com o barulho da sirene ecoando ao longe. Corremos o mais rápido possível em direção ao Jardim de Allah. A chuva não diminuíra, e correr debaixo de uma tempestade não era totalmente suspeito. Fomos caminhando até a Gávea. A vida é cheia de som, fúria e chuva.

11

A possibilidade de voltar ao prédio do político foi descartada. A tempestade e o blecaute pareciam mais uma providencial intervenção do Deus Dostoiévski em nosso favor, interpretamos, equivocadamente. Torcer pelo Botafogo também nos ajudava a compreender tais manifestações; quando intuíamos que o time ganharia uma partida, ele perdia, e quando achávamos que perderia, ele também perdia. Mas sempre havia esperança quando uma deusa chamada Ana Cotta se dizia alvinegra. Eu dizia que se Tom Waits fosse carioca, seria botafoguense, e ela amava Tom Waits.

A placa do Santana azul-metálico de Dellasandro era XL 5652; a do outro veículo começava com XC. Eu tinha quase certeza que os dois carros pertenciam ao político, mas no caso de estar equivocado, outra pessoa explodiria em seu lugar. Não queríamos mais vítimas além do menino Gilberto Assis dos Anjos. Agredir fisicamente o porteiro fora uma vergonhosa experiência.

A tempestade não cessou. Abrimos a janela da sala e nos colocamos estrategicamente debaixo dela — sentados ao lado um do outro — para que a chuva nos purificasse os sentidos. Nos livramos de nossa roupas e permanecemos, nus, imóveis, ouvindo nossas respirações.

12

As três primeiras noites sem Vânia foram insuportáveis; eu a imaginava maquiada saindo do teatro, ansiosa em saber o que faria Luiz André; colocaria seu melhor perfume, o vestido mais insinuante, e se observaria no espelho pensando nele. O que me fodia era saber que ela desejava outro — os tais erros sensuais que a liberdade oferece, segundo Shakespeare.

O tempo pedido não foi estipulado: poderia ser uma semana, um dia, um mês.

Primeiro dia: Ângela Rô Rô, Nico, Maysa, Billie Holiday, Lupicínio Rodrigues, Marvin Gaye & Tammi Terrell, Orlando Silva, Chet Baker, Nelson Cavaquinho, Bing Crosby, Otis Redding, Bobby Womack, Janis Joplin, Leonard Cohen, Cassiano, Bessie Smith...

No segundo dia consegui me masturbar pensando em Ana: Rita Lee, Stones, Kinks, Caetano, Melodia, Gang 90, David Bowie, Sérgio Sampaio, Smiths, Secos e Molhados, Sly Stone...

No terceiro dia, música para atentar: Pixies, Stooges, Chico Science, Sonic Youth, Mundo Livre S.A., John Coltrane, Ornette Coleman, Patti Smith...

No quarto dia, reunião no aparelho.

13

"Tentativa de Assalto em Edifício da Lagoa", dizia a manchete da reportagem do principal jornal da cidade. Dellasandro declarou que a violência urbana era consequência do desemprego e da falta de policiamento nas ruas, que gera no criminoso a certeza de praticar o delito e seguir impune. O famoso diretor de televisão disse que a situação é insustentável, "não se pode estar seguro nem na própria casa". De acordo com as minhas suspeitas, o porteiro sofrera um infarto e estava internado fora de perigo.

Havia duas semanas que o processo de investigação sobre nossos atentados estava estancado. Os dois detetives vindos de

São Paulo retornaram para casa. O novo secretário de Segurança estava ocupado demais com a guerra de gangues rivais pelo controle do tráfico nas favelas cariocas. As batidas policiais nas casas de prostituição haviam diminuído ostensivamente. Tínhamos o terreno limpo, era o melhor momento para realizar o atentado contra Rogério Dellasandro.

Ana tinha um cotidiano normal; ia ao cinema quando queria, tomava chope no Jobi duas vezes por semana e batia ponto no posto 9 no final de tarde.

A corrupção era a única notícia recorrente em todos os noticiários do Brasil: no interior de São Paulo, assessores de uma prefeitura cobravam propina para licenciar obras; um chefe da polícia municipal de Cuiabá exigia dinheiro para proteger comerciantes; um vereador empregava a nora, o genro e três netos menores de idade em seu gabinete.

O sangue que corria em minhas veias já não tolerava tanta corrupção. O cidadão comum no máximo balançava a cabeça em sinal de reprovação diante da televisão. No máximo fazia um comentário com a esposa: "Um bando de filhos da puta", e acabaria o seu jantar, impotente. E logo retomaria outros assuntos: contas, filhos e o cotidiano da casa.

Eu não era um cidadão comum e assistia muito pouca televisão.

Gonzáles nos comunicou o retorno do Dodge laranja 1973. Seu amigo tentara vendê-lo e não encontrou comprador. Seguiríamos os passos de Rogério Dellasandro 24 horas por dia.

Eu estava há 96 horas sem notícias de Vânia.

14

Primeira incursão noturna em frente ao prédio do político. As luzes de seu apartamento estavam acesas e vimos sua silhueta ao lado da janela. Um homem jovem, de pele morena, cabelos encaracolados, impecavelmente uniformizado substituíra aquele que havíamos covardemente agredido. De dentro do Dodge, do outro lado da calçada, percebemos que o novo porteiro não tinha nenhuma intimidade com o interfone; ao entrar um casal pela entrada principal, ele acionou a porta da garagem; ao sair um veículo do prédio, ele abriu a porta de serviço. Coçava a cabeça, nervoso, e mais de uma vez riu sozinho.

Nenhum movimento no terceiro andar. As cortinas permaneciam abertas e as luzes da sala, acesas. Ninguém dentro de casa se aproximou da janela para contemplar a magnífica vista. O som do Dodge era incompatível com a sua forma. A carroceria velha, anacrônica e gasta era compensada por um toca-fitas e três caixas de amplificador instaladas estrategicamente no assento de trás. Gonzáles havia gravado *Dirty*, do Sonic Youth, e escutamos o disco repetidas vezes. Eu gostava dos dedilhados das guitarras e do tom sombrio de algumas faixas.

Por volta de meia-noite as luzes do apartamento de Dellasandro se apagaram. Esperamos por alguns minutos para ver se ele sairia de carro. Nada.

Vânia continuava sem me dar notícias.

15

O vazio que sentia ao entardecer era preenchido pela missão de acompanhar Gonzáles na vigília em frente ao prédio da futura vítima. Alternávamos o lugar em que estacionávamos o Dodge, permanecíamos nele por um hora e — sem sinais de vida de Dellasandro — dávamos uma volta pela lagoa sem perder de vista as luzes de seu apartamento. Eram voltas curtas; acendíamos o baseado, contemplávamos a belíssima paisagem que nos apresentava e regressávamos ao carro. A imensidão da lagoa, as montanhas do Sumaré e o Corcovado me faziam recordar Vânia. Sua marca de biquíni sob a pele morena, a língua presa em alguns momentos de tensão, sua cabeça em cima do meu peito ao dormir assistindo a uma velha comédia de Billy Wilder pela TV. Cada noite de vigília era abastecida com muita música: do último lançamento de Tom Zé a compilações de clássicos da Motown passando por gravações raras de jazz — especialmente Dexter Gordon e Bix Beiderbecke.

Éramos fiéis ao Sonic Youth, e a missão começava e terminava com o mesmo disco.

O político não tinha o hábito de sair à noite, concluímos. Depois de quatro dias de investigação, percebemos que seu carro permanecia na garagem, e ele tampouco deixava o apartamento a pé. As luzes da sala eram apagadas depois de meia-noite e ninguém apareceu para visitá-lo durante esses dias.

Vânia não me ligava há uma semana, e a dor dos primeiros momentos da nossa separação se transformou em raiva, muita raiva. Era claro que estava trepando com outro, que enfim o seu objeto de desejo não resistira às insinuações.

Pensei em ligar para casa de Vânia e dizer tudo o que passava pela minha cabeça; pediria para voltar, a chamaria de puta, diria que não poderia viver sem ela, que ela era uma cachorra. Eu estava imaginando a sua reação do outro lado do aparelho, ouvindo meus impropérios, quando Gonzáles chamou minha atenção para a entrada do edifício; o Santana azul-metálico, placa de Goiânia XL 5652, esperava o portão elétrico abrir em sua totalidade para deixar a garagem. Rogério Dellasandro estava sozinho ao volante.

16

O veículo se deslocou muito rápido em direção a Ipanema. Fiquei vencido em frente ao sinal vermelho. Gonzáles bufou como uma matrona e acendeu um cigarro. "Ele virou para esquerda", me disse. Ao dobrar no mesmo sentido que o Santana, o vimos pegar a direita. O sinal fecharia outra vez e tive que avançá-lo. Por pouco não atropelo um casal com compras de supermercado. Xingaram-me alto e alguns transeuntes nos olharam com reprovação. O puto do vereador tinha pressa.

O limpador de para-brisa do Dodge só tinha uma função: lento; e varria a chuva fina com lentidão enquanto Gonzáles me ajudava a limpar o vidro com a própria camisa. Seguimos o político por cinco pequenas ruas até conseguirmos encostar atrás dele. Se fôssemos detetives profissionais manteríamos um veículo de distância. Nosso carro era muito chamativo. Mais dez minutos de percurso e ele perceberia que estava sendo seguido.

Deixei o Santana acelerar, acendi um cigarro na guimba do cigarro de Gonzáles e colocamos uma fita do Jesus and Mary Chain. A essa altura Caio já estaria com Cíntia em Madri. Depois de fracassar na tentativa de nos facilitar os elementos químicos para fazer a bomba, partiu para o Velho Mundo sem se despedir.

Gonzáles apertou um baseado. Rogério Dellasandro estava agora dois carros a nossa frente. Eu seguia pela pista do meio na congestionada Visconde de Pirajá e me mantinha mais à direita para não perdê-lo de vista.

Não acreditei no que sucedeu. O Santana azul simplesmente desapareceu, esfumou-se, diante de nossos olhos. Não havia espaço para a ficção científica no meu mundo, e o sobrenatural era no máximo o nome de um restaurante em Santa Teresa. Reduzi a marcha do Dodge, averiguei os dois lados da pista, olhei pelo retrovisor — nada. O motorista do táxi atrás de mim buzinou, impaciente.

Eu segui devagar tentando entender o que poderia ter ocorrido. Um ônibus da linha 433 me cortou pela direita e por poucos centímetros não levou a porta do Gonzáles. Nos olhamos atônitos. Respiramos fundo, liguei o alerta e paramos na esquina da Visconde de Pirajá com a praça General Osório.

17

Éramos jovens. E o jovem ou é Rimbaud ou é uma besta — palavras de Nelson Rodrigues. Nos momentos dos atentados me sentia extraordinário, mais extraordinário que o próprio Rimbaud. Dentro do Dodge, debaixo da fina chuva de abril, sem saber que direção tomar, incapaz de seguir um carro a menos de dez metros de distância, me sentia uma besta.

Os efeitos do consumo da *Cannabis sativa* durante oito anos talvez começassem a pedir fatura: dificuldade de concentração, dispersão involuntária dos sentidos, ausência de capacidade motora em casos urgentes de ação. Tudo isso me ocorreu nos cinco minutos que permanecemos estacionados na praça General Osório. Gonzáles estava calado. Não vira nada porque estava apertando o baseado no exato instante da desmaterialização do Santana azul-metálico. Seria o caso de ligar para algum desses programas de TV que exploravam fenômenos sobrenaturais? Imaginava-me sendo entrevistado com Gonzáles num estúdio todo negro decorado com discos voadores no estilo Ed Wood. O entrevistador, de gravatinha-borboleta e óculos de grau *nerd*, nos perguntava:

"Conte-nos: como tudo aconteceu?"

"Bom, somos terroristas e estávamos seguindo o carro do conhecido presidente da Câmara de Vereadores do Rio, Rogério Dellasandro Tínhamos uma bomba — coisa fina, nitrato de amônio com gasolina — para jogar pelos ares o veículo dele, quando subitamente o carro desapareceu!"

"Foi a primeira vez que os senhores presenciaram um fenômeno como esse?"

"Não, já havíamos explodido dois deputados antes."

"Não, sr. Cito, me refiro ao desaparecimento do veículo..."

"Ah, sim, claro, foi a primeira vez..."

Eu estava imaginando tal diálogo surrealista quando Gonzáles propôs que tomássemos algo no botequim em frente. Encontramos uma vaga para o Dodge e pedimos uma cerveja para recuperar os sentidos. Vânia continuava sem me dar notícias, e Ana estava no aparelho à espera de alguma instrução.

Eu sentia que meu amigo precisava falar. Eu conhecia seu olhar de cachorro perdido quando virava o primeiro copo de chope. Era como se não importasse termos perdido Rogério Dellasandro de vista. Outro assunto o remoía por dentro. Era óbvio. A conversa pendente atendia pelo nome de Mila Almeida. Estava insuportável viver sem a sua presença e Gonzáles pediu autorização para contar a ela toda a verdade sobre o Comando Terrorista Anti-Corrupção. A jornalista deixara uma dúzia de cartas na portaria do aparelho. Pedia uma explicação — a mínima que fosse — para tamanho descaso com tão promissora relação. Escreveu que não comia, não dormia e tentava encontrar, sem êxito, alguma resposta. Gonzáles dizia que estava sem forças, que nunca havia gostado tanto de uma mulher e não queria perdê-la por nada nesse mundo.

Antes que pudesse chamá-lo de ordinário, pus minhas mãos no seu ombro e fiz com que ele girasse para a direita. Estaria eu louco? Sei que não me refizera completamente do ácido tomado no inverno passado, mas o Santana azul metálico parado na rua diante do botequim não parecia uma alucinação.

Não havia ninguém dentro do veículo. Rogério devia ter feito uma breve parada para comprar alguma coisa.

Sim. O político estava na farmácia ao lado do botequim.

18

Com uma destreza profissional, Gonzáles conseguiu colocar as cervejas em copos descartáveis em menos de 15 segundos. Os três reais de troco ficaram em cima da mesa do bar. Corremos em disparada em direção ao Dodge e ligamos o motor de primeira; esperamos Dellasandro voltar, em silêncio.

O futuro cadáver apareceu esbaforido. O gel nos seus cabelos parecia não resistir ao vento, e uma mecha enorme de cabelo cobria o lado direito da testa. Ele entrou no Santana azul-metálico e deu partida. Toda a nossa atenção estava voltada para o veículo, não haveria como desmaterializar-se novamente diante dos nossos olhos.

Dei a distância de aproximadamente dez metros e segui à direita, longe do campo principal de visão do espelho retrovisor do Santana. Era uma perseguição pouco cinematográfica; a chuva fina fazia com que o trânsito se movesse com uma lentidão maior que a habitual. Regressamos à Lagoa em direção ao Jardim Botânico — Gonzáles me sinalizou com o dedo um prédio ao lado do Jockey Club, mas não disse nada. Dellasandro subiu a rua Lopes Quintas, virou na terceira rua à esquerda e reduziu a marcha para se identificar com dois seguranças dentro de uma guarita marrom-clara. Era uma rua particular. Perguntei a Gonzáles o que ele havia apontado para mim momentos antes.

"O prédio da Mila", ele me disse.

"Vamos marcar um encontro com ela no aparelho e resolvemos isso de uma vez", assegurei-lhe.

Não sei se já havia mencionado que todo terrorista é sentimental.

19

Os dois homens de terno negro gasto eram maiores que muitos jogadores de basquete da Liga Americana; não reluziam em seus trajes. Ao contrário, revelavam o incômodo que sentiam ao vesti-los. As gravatas estavam tortas e os *walkie-talkies* — guardados nos bolsos das suas camisas sociais azul-marinho — faziam os ternos penderem sutilmente para a direita.

Entrar pela guarita seria impossível. O Dodge era demasiado *old-fashioned* para circular por uma rua tão nobre. Nos posicionamos ao lado de um bar na Lopes Quintas para averiguar a circulação de veículos. Em menos de meia hora vimos um desfile comparável ao Salão do Automóvel de Paris: carros importados de todos os tipos, transportando mulheres belíssimas de óculos escuros.

Poderia ser uma dessas festas odiáveis da *high society* com jogadores de futebol, músicos sertanejos, políticos e estrelas de televisão. Por um momento até me senti na Barra da Tijuca.

Pedimos uma cerveja para tentar arrancar alguma informação do dono do botequim.

O lugar começava a encher de seguranças privados dos protagonistas da festa — era o bar mais próximo do local. Depois da terceira cerveja, Gonzáles engatou:

"Tem festa hoje!"

"Toda quinta-feira", respondeu um dos seguranças.

"E eu não levo minha mulher para uma festa assim não!", emendou o dono do boteco.

"Essa não é pro teu bico", respondeu.

"E a tua patroa deve ser mais feia que a gordinha da novela das oito", comentou outro segurança com bigodinho típico de apontador de jogo do bicho.

"Você não só tem que botar tua mulher na roda como tem que ser bonita. Coisa de rico."

Ficou claro que se tratava de um clube de *swing*, e Ana seria a mulher perfeita para protagonizar o último capítulo da vida de Rogério Dellasandro.

20

Mila estava visivelmente mais magra. Sua pele branca denunciava a austera palidez do rosto. Gonzáles tinha razão em relação ao sofrimento descrito por Mila nas cartas; ela sem dúvida estava enfrentando uma de suas piores decepções amorosas.

Fora arrebatada por uma confusão mental sem precedentes. Depois de semanas de ausência, Mila esperava encontrar Gonzáles a sós. Teriam muito o que dizer um pro outro; confidências, sensações, desenganos. Não foi bem assim. Ao entrar na sala, Mila se deparou com nós três. Ana e eu estávamos botando a mesa enquanto Gonzáles fazia um café. Sem saber como reagir ou com quem falar, em um claro momento de fragilidade, ela foi até a janela e acendeu um Marlboro.

Tratei pessoalmente de lhe servir o café bem forte e de deixá-la à vontade. Esbocei um leve sorriso de boas-vindas e Ana se encarregou de colocar um CD do MC5. Nos apresentamos como no primeiro dia de aula de uma universidade: nome, idade, interesses, ocupação. Gonzáles foi o último a se apresentar e no final concluiu:

"Somos o Comando Terrorista Anti-Corrupção. Somos os responsáveis pelos três atentados ocorridos desde setembro de 1994. Criamos o Comando para vingar uma vendedora de biscoitos que morreu na praia de Ipanema no começo do verão passado. Era uma das vítimas da máfia dos laboratórios. Coincidiu de meu ex-padrasto morar no mesmo condomínio do principal suspeito por essas mortes. Eu vi a dona Angelina morrer... e o Cito também. Ela morreu nos nossos braços. Soubemos que o deputado iria a um batizado na Penha e consegui dinamite com um ex-sargento que integrou o Esquadrão Antibombas da Polícia Militar. Tínhamos um amigo que agora se encontra em Madri e que nos facilitou esse contato. Depois soubemos que outros dois políticos estavam envolvidos. Assassinamos um deles com outra bomba em um estacionamento de um shopping na Barra da Tijuca. Consegui a dinamite com o mesmo cara, só que dessa vez meu fornecedor queria que eu explodisse junto. Desconfiava que o artefato que matara o primeiro deputado era o que havia me vendido. Esse sargento morreu há um mês porque estava metido em corrupção de menores, e uma delas era irmã de um traficante de Niterói. O outro político que queríamos assassinar foi morto pela mulher — ele próprio contratou um matador para acabar com a vida dela, mas o assassino mudou de lado e cobrou duas vezes por uma só morte."

Gonzáles fez uma pausa e deu um gole no café.

"Depois foi a vez de Robério Peixoto de Mello..."

"O que morreu envenenado?", interrompeu Mila.

"Sim. Foi quando a Ana entrou pro Comando. Foi o assassinato perfeito! Sem explosões, perseguições..."

"E por que o Robério?"

"Ele era secretário de Obras do município e estava envolvido no escândalo dos postos de saúde de Campo Grande. As instalações atrasaram três meses para serem entregues à população, e quando isso aconteceu foi constatada tamanha falta de estrutura que a prefeitura decidiu fechar os centros de saúde outra vez. Dois operários morreram no desabamento de um dos locais. O político era investigado por favorecimento em licitação pública, desvio de recursos da secretaria de Obras e de outros crimes de lesão ao patrimônio público..."

Gonzáles suava e falava de pé com as duas mãos postas para trás. Mila ouvia atentamente — era jornalista *full time*. Meu amigo prosseguiu:

"E quando você me mostrou as fitas com as entrevistas do Gorka eu não soube como reagir... Era a primeira vez que eu conhecia um terrorista profissional. Um raio caiu duas vezes no mesmo lugar! E isso acontece! Não poderia te contar sobre o Comando Terrorista Anti-Corrupção e ao mesmo tempo queria me apresentar ao Gorka para planejar um atentado com o mínimo de profissionalismo. Tive que decidir entre você e o Comando e assim fiz... até que não consegui suportar sua ausência... eu amo você."

Mila não esboçou nenhuma reação — no máximo franziu a sobrancelha esquerda. Gostaria de saber o que passava por essa prodigiosa cabeça, cujo texto era ágil e ao mesmo tempo inteligente. Mais de uma vez Gonzáles nos falara do estilo franco e objetivo com o qual Mila encarava a vida. Essa característica agradava nosso amigo. Ela sabia que aguardávamos uma resposta. Ana se mostrava ansiosa e serviu à jornalista outra xícara de café. Mila dispensou o açúcar e tentou ser o mais direta possível:

"Eu não sei o que pensar. Nesse momento eu sou no mínimo cúmplice de vocês."

21

Não esperávamos ganhar uma quarta integrante do Comando; queríamos apenas a aprovação de Mila em relação aos atentados. Todos os assassinados foram responsáveis por outras mortes, e por isso eram dispensáveis à vida pública brasileira. Afinal, a corrupção mata. Eu temia por Gonzáles porque intuía que ele necessitava ser admirado por ela. Se estivessem apaixonados mas ao mesmo tempo distantes em suas interpretações da realidade, haveria um grande problema.

Ana apareceu com uma garrafa de vinho tinto de cinco reais; era o pior vinho digerido no aparelho desde o impeachment de Fernando Collor de Mello. Nos servimos e a tensão começou a esvair-se. Segura, Mila deu seu veredito:

"Eu preferia que vocês não tivessem me contado nada."

Argumentou ser radicalmente contra a violência e que matar dois ou três políticos não erradicaria a prática de corrupção do país. Disse claramente — e isso nos tocou fundo — que éramos tão assassinos quantos eles. Mila afirmou compreender perfeitamente o grau de indignação e revolta que se abate sobre o cidadão brasileiro ao deparar-se com tantos casos de corrupção. "Mas sujar as mãos é completamente distinto." Ela mesma já se vira pronunciar, diante da TV, que mataria um filho da puta desses. Porém, sabia que nunca o faria.

"Nunca o faria porque você é tão ordinária quanto os demais", pensei. Não queria criar uma polêmica naquele momento, seria tarefa de Gonzáles justificar e explicar a tese dos homens extraordinários para ela. Mila acrescentou que se sentia acuada, cúmplice involuntária de um grupo terrorista do qual ela não tinha o menor interesse de participar.

Propus a Ana tomar uma cerveja no Baixo Gávea — era final de tarde de uma sexta-feira, hora ingrata porque todos os ordinários se concentravam nos bares justamente nesse dia, após o escritório. Gonzáles e Mila deveriam ficar a sós — havia muito o que acertar — e Ana seria uma ótima interlocutora para as minhas pendências afetivas.

22

Eu não tinha dúvidas de que treparíamos naquela mesma noite; caminhamos juntos pela praça Santos Dumont e fiz questão de observá-la atentamente; contemplava sua bunda perfeita e imaginei que em no máximo três horas ela ficaria nua para mim. Sentei à mesa do bar de pau duro.

Resolvi adiantar o assunto que ela teria com o Comando no dia seguinte; o *modus operandi* do assassinato de Rogério Dellasandro.

Comentei que era importante arrumar roupas de ginástica de um tamanho menor do que ela costumava vestir e fazer um *cooper* exibicionista na ciclovia da Lagoa, em frente ao edifício do político. A ideia era simples: em 48 horas Ana deveria ser convidada por ele para a festa das quintas-feiras no Jardim Botânico. Segundo os seguranças do lugar, era uma loucura, trocas de casal e orgias à beira da piscina, com direito a uma magnífica vista do Corcovado.

Eu deveria acompanhá-la até o prédio da vítima; ela subiria ao apartamento de Dellasandro enquanto eu me esconderia na garagem. Em algum momento de distração do vereador — já me ocorreria pensar em algo mais factível — eu entraria no porta-malas do Santana. Ao chegar na festa, colocaria a bomba debaixo do chassi.

Ana se mostrou excitadíssima, a ideia lhe pareceu demasiado cinematográfica. Estava pronta para atuar. Agradeço a Deus por todas essas almas loucas que circulam pelo mundo, sem elas a terra seria inabitável. Imaginei o Gonzáles naquele momento no aparelho, quebrando a cabeça para convencer a Mila da opção pela via terrorista. Repleta de convicções humanistas e racionais, ela não mudaria de opinião. Com Ana bastavam três chopes e uma dose de Steinhäger para que uma ideia absurda e inconsequente ganhasse contornos de realidade.

O Baixo Gávea estava cheio de "ninguém", mas nos deparamos com alguns conhecidos, entre os quais Tatiana Dauster, uma jovem cantora *habitué* da noite local. Ela nos convidou para a estreia do seu show na semana seguinte e Ana ficou lisonjeadíssima. Pediu outra dose de Steinhäger e me confessou que achava a cantora muito gata. Provoquei-a dizendo que ela não tinha chances, pois Tatiana namorava Felipe Rodarte, músico também bastante cobiçado pelo público feminino.

"Eu traço os dois, meu bem!"

Bastaria que me traçasse naquela noite.

23

Entre os goles de cerveja, eu tentava visualizar a delicada situação de Gonzáles; se não convencesse a Mila, o que faríamos com ela? O que seria do Comando? Estava apaixonado por uma pessoa que não demonstrara nenhuma paixão por sua veia terrorista. Caíra no mesmo erro de Gorka? O basco não se mostrara seguro quanto a interlocutora ser o suficientemente progressista para aceitar a prática de explodir civis em nome da causa independentista. Tínhamos o artefato pronto e era o momento perfeito para atentar contra Dellasandro. Mila não podia abortar nossos planos.

Dois amigos de Ana sentaram-se à mesa — cada um com seu copo e seus respectivos instrumentos, eram músicos de forró. Não fizeram questão de me cumprimentar. Perguntaram, apreensivos, por uma menina chamada Vanessa. Ana respondeu que há semanas não tinha notícias dela e me explicou que Vanessa Motta era uma amiga do pessoal que tinha uma tatuagem enorme de dragão nas costas. Era ex-mulher de um conhecido produtor de um centro cultural no Humaitá. A dupla comentou que a última vez que fora vista, há dois dias, estava na mesa que ocupávamos. Havia bebido todas e queria companhia para comprar pó numa favela no Flamengo. Ninguém se ofereceu, apesar dos insistentes pedidos da moça. Todos da mesa tentaram dissuadi-la de ir, mas não deram muita importância. Não achavam que ela iria sozinha. Vanessa nunca mais apareceu. Comentei que poderia ter se apaixonado pelo traficante. Os dois me olharam com reprovação. "Não há clima para piadas", um deles me repreendeu.

Esperava que Gonzáles pudesse dar as caras a qualquer momento. Eu estava ansioso para ver o que Mila faria após as revelações. Os músicos se despediram de Ana e ignoraram mais uma vez minha presença à mesa. Eu nunca gostei de forró.

Outra dose de Steinhäger e Ana me encarou:

"Como vai a Vânia?"

It's only rock and roll, but I like it.

24

Ao chegar no aparelho, vimos um bilhete deixado por Gonzáles em cima da mesa; iria passar a noite com Mila, assim teriam mais privacidade para conversar. Ana abriu uma garrafa de vinho de 11 reais e correu pro telefone — para quem ligaria agora? Não era o momento de falar com ninguém. Fui até a janela para fingir meu desinteresse pela conversa. Desligou o aparelho e me disse contente que seu pai lhe enviara outro cheque de três mil reais; procurar trabalho não estaria em seus planos nos próximos dois meses. Serviu-me uma taça de vinho e cruzou pro banheiro. "Vai lavar a boceta", pensei. Ela voltou para a sala com dois vinis de Caetano Veloso e pôs *Transa* na vitrola. Ela sabia que esse disco me excitava. Apertou um baseado, sentou no sofá e cruzou as pernas sem disfarçar um riso jocoso no canto da boca. Havia alguma coisa no ar que eu não suspeitava. Vinte minutos passaram-se e ouvimos a campainha. Minha amiga abriu a porta e uma deslumbrante morena adentrou a sala. Era uma famosa atriz de teatro, no auge dos seus 35 anos, com dois prêmios nacionais nas costas. Era alta, esguia e com a pele branca protegida do sol. Na adolescência havia visto duas ou três novelas em que ela era protagonista e dediquei incontáveis horas de masturbação em seu nome. Era a atriz preferida da Vânia. Sua musa.

Estava claro que fora a pessoa para quem Ana havia ligado. Elas se cumprimentaram formalmente. Tive vergonha de lhe oferecer um vinho de 11 reais — certamente estava acostumada ao melhor Bordeaux em suas viagens ao exterior. Nos apresentamos e a atriz — não ousarei pronunciar seu nome — desfilou a classe típica das divas. A verdadeira elegância é invisível, e ela, como ninguém, sabia estar e fazer-se presente. Eu tremia da cabeça aos pés, não devido ao fato de me encontrar ao lado de uma personalidade, mas por causa da expectativa de que ela ficasse completamente nua diante de mim em algum momento. Pensei em ligar para Vânia. Eu tinha certeza de que nesse caso ela toparia uma fantasia a três.

Bebemos muito vinho e escutamos Caetano até cansar; eu continuava pequeno, intimidado, uma presa fácil para duas mulheres em busca de um macho psicologicamente perturbado mas que manteria seu pau virilmente de pé. Aos poucos fiquei mais à vontade. Comentei que minha namorada era atriz de teatro e menti sobre os planos de fazer uma viagem a Nova York no final do mês — tinha que dizer algo *cool*. Ana se encaminhou para a cozinha para abrir outra garrafa de vinho e a diva a acompanhou. Não retornaram por vinte minutos. Escutei seus beijos e gemidos devido à formidável acústica que a cozinha proporcionava. Permaneci imóvel no sofá da sala relendo pela nonagésima vez o encarte do disco do Caetano. Não conseguia mover o meu corpo. As duas cruzaram a sala nuas em direção ao quarto; entraram e fecharam a porta. Ana voltou para a sala para pegar o copo de vinho esquecido ao lado da cômoda. Foi quando me fez um gesto: entendi que era para esperar dez minutos, tirar a roupa e entrar no seu quarto.

Duas horas depois estávamos estirados na cama fumando nossos respectivos cigarros. Foi o ménage mais memorável de 1995.

25

Eu era o mais feliz dos homens. Fui caminhando da Gávea até Botafogo sem esquecer de dar bom-dia a todas as árvores do Jardim Botânico, aos frentistas dos postos de gasolina, aos cidadãos que faziam fila nos pontos de ônibus, aos maratonistas da lagoa, aos casais com carrinhos de bebê, aos trabalhadores da Comlurb, aos atletas de remo do Botafogo, aos aposentados com cara de tarado, aos jornaleiros... só não cumprimentei a polícia — meu bom humor não era para tanto.

A tal Vanessa Motta era linda. Sua foto estampou todos os jornais de sábado. Seu pai era um eficiente advogado da

Federação de Indústrias do Rio de Janeiro. O crime causou enorme comoção em todos os setores da sociedade civil. A moça foi esquartejada e seus restos, encontrados na Floresta da Tijuca. A tatuagem que a vítima tinha nas costas serviu como um jogo de quebra-cabeça para os médicos-legistas. Cada parte do corpo se encaixava até formar um imponente dragão — de tons verde-amarelados, que cuspia uma imensa rosa de fogo. Inicialmente não havia indícios de violência sexual, mas a polícia estava certa do delito.

Entrei no meu apartamento e pus o café para ferver. Pela primeira vez chegava em casa sem me importar com a possibilidade de que Vânia tivesse deixado algum recado na secretária eletrônica. Vânia? Quem seria Vânia? Eu tinha acabado de trepar com um ícone do teatro brasileiro, uma diva dos palcos nacionais, e iria me preocupar com a Vânia, uma reles atriz de uma Companhia repleta de egos pós-adolescentes? Se Vânia me perguntasse se tinha dormido com alguém, o que eu diria? Para começar não poderia dizer que eu comera a tal diva; na verdade ela e Ana me comeram, me defloraram — eram duas canibais famintas e eu, um pobre explorador sem bússola numa selva equatorial. Para ser mais sincero, eu diria que elas comeram uma a outra e eu era um mero figurante perdido com um sanduíche de salame no set de gravação. Elas protagonizaram a cena e me concederam 15 minutos de glória — instantes em que as penetrei sem camisinha e fui o mais feliz dos ordinários.

Nos dias anteriores havia repetido o mesmo patético ritual; abria a porta do apartamento sem me importar que as chaves ficassem penduradas do lado de fora da fechadura e "voava" para a secretária eletrônica em busca de algum recado da minha namorada; nada, absolutamente nada.

Nesse dia, sem a menor intenção de ouvir sua voz, refeito temporariamente da dor que me afligia, vejo que há três recados.

A Lei de Murphy. Eram todos de Vânia.

Na última mensagem, ela me convidava para uma viagem de dois dias a Búzios — só eu e ela — na casa do namorado da mãe.

Eu fui.

26

Antes de viajar para uma possível reconciliação conjugal, despachei com o Comando as tarefas que deveriam ser desempenhadas durante os dias de minha ausência. Ana deveria seduzir Rogério Dellasandro. Gonzáles a acompanharia como um bom cafetão. Ela deveria se expor, ser vista e jogar com todas as armas de sua beleza — não haveria o que temer, sua foto já não figurava nas delegacias brasileiras há 1 mês.

Mila e Gonzáles reataram seu relacionamento. O combinado era que ele voltasse ao estágio e abandonasse a atividade terrorista após o atentado em andamento. Sabia que meu amigo estava mentindo, mas era a única forma de ter Mila novamente em seus braços. Passaram a noite fazendo amor, trocando promessas de fidelidade eterna e essas bobagens de casal apaixonado.

Encontrei-me com Vânia na rodoviária Novo Rio, seguramente uma das mais fétidas de toda a América do Sul. Ao chegar, ela já estava com as duas passagens nas mãos — vestia a mesma saia hippie que eu tanto adorava e uma blusa branca transparente que anunciava a rígida forma dos seus seios. Ela sorriu e quando nos aproximamos me puxou pelo pescoço e me beijou violentamente a boca. Senti um leve cheiro de álcool na sua pele. Perguntei-me se ela estivera bebendo com o Luiz André na noite anterior. Nos dois dias de nossa desastrosa reconciliação, pronunciei esse nome 119 vezes.

27

A minha natural repugnância por Búzios foi recompensada pela transcendente música de Charly García, um dos únicos argentinos que eu suportava, e que ecoava por diversos bares da rua das Pedras. O sol resolveu não dar as caras e me sentei com Vânia para contemplar a fauna vivente local, acompanhados de duas caipirinhas feitas por uma garçonete de Rosário. Ela nos atendia num português claro e charmoso, sem o chiado impertinente do sotaque portenho.

Durante a viagem de ônibus, eu havia dito o nome do tal carinha 17 vezes e Vânia ameaçou saltar na ponte Rio–Niterói, dizendo: "Se é para passar por isso, é melhor a gente se separar definitivamente." Concordei e decidi pensar na performance que Ana faria no dia seguinte em frente ao edifício de Rogério Dellasandro. Confiava plenamente em seu inesgotável repertório de sedução. Ana possuía uma notória presença de espírito nas mais inusitadas situações; saberia aproximar-se da vítima na hora de pedir uma água de coco ou forçar uma insinuante sessão de alongamento ao alcance de sua vista quando ele parasse para descansar. Ela nunca apelava à vulgaridade para se fazer notar.

As caipirinhas fizeram o efeito desejado e, exceto um ou outro flashback da noite passada — imagens que levaria à eternidade —, eu e Vânia resgatamos nossa intimidade. Vânia se mostrava vulnerável e nostálgica, me pediu que a tocasse como na primeira vez, quando havia servido um vinho catarinense, dizendo que era de Santiago. Pagamos a conta e seguimos de mãos dadas em direção a Geribá, sob os últimos tímidos raios de sol.

A casa do namorado da mãe era absurdamente cinematográfica; poderia ser cenário para uma dessas festas da *high society* com direito a banho de piscina depois da meia-noite. Tinha um grande jardim cuidado com esmero por uma família de evangélicos de Saquarema. Eu queria saber o nome de todas as flores que adornavam a entrada e perfilavam o caminho até a varanda. Nosso quarto ficava no segundo andar e dava para o mar, com uma sacada para onde o vento trazia a serenidade necessária naquela ocasião. Antes de entrar no quarto, decidi ir sozinho até a praia, molhar os pés e me benzer diante da natureza. Gritei o nome de Luiz André contra o vento outras 78 vezes. Exorcizei por completo a figura desse rapaz. Ninguém me escutou. Vânia estava dentro da casa preparando outro drinque.

Retornei pelo portão, parei na entrada e olhei o mar uma última vez. Eu estava desintoxicado. Se Vânia trepara com ele isso era assunto dela, somente dela.

Eu era mais extraordinário que ele.

28

Os dias em Búzios passaram-se com uma assombrosa rapidez. Vânia deveria voltar aos ensaios e eu, começar a frequentar a universidade — as aulas haviam iniciado há duas semanas, e eu nada de aparecer. Mas a questão que mais me remoía era o resultado das incursões de Ana à ciclovia diante do edifício de Dellasandro.

Ao deixar a Ponte Rio–Niterói e entrar na Cidade Maravilhosa, uma pessoa pode se ver acometida de sensações variadas. No meu caso eram sempre favoráveis — a do velho retorno ao lar.

Ao cruzar o túnel Rebouças, senti pela primeira vez que algo havia acontecido — ou as normas e as leis que regem determinada ordem que guiam o caos haviam mudado. Vânia pediu que passássemos a noite juntos e por um desses motivos alheios à nossa compreensão preferi dormir em Botafogo. Uma desconhecida e incômoda sensação me guiava até ali. Uma frase estúpida me ocorreu: “Os dados jogados mudaram de mãos.”

Ao tentar abrir a porta do meu apartamento, percebi que ela estava somente encostada — primeiro sinal de alerta. Pisei no corredor, olhei à esquerda e vi a bolsa de Isabela jogada em cima da mesa da cozinha. Charles acabava de vir do banheiro e nos esbarramos, surpresos, na entrada da sala.

Isabela estava sentada à mesa da cozinha segurando a cabeça com as mãos — parecia em estado de choque. A polícia estivera na casa revirando tudo: livros, armários e móveis.

Juanja se encontrava detido na 15ª Delegacia acusado de tentativa de homicídio. A baiana — já fora de perigo — estava internada com cortes profundos de faca no pescoço e pulmão. Isabela me contou horrorizada dos gritos de socorro emitidos pela mulher, que chegavam até a portaria. Todo o prédio se mobilizou e Juanja ameaçou suicidar-se. Minha ex-companheira de apartamento não viu a cena, tudo foi relatado pelos vizinhos quando ela apareceu em nossa casa, no dia seguinte, para pegar suas últimas malas.

Comentou que esta seria sua despedida do apartamento; pegaria o que faltava, acenderia um incenso de sândalo pela sala e me escreveria um bilhete em agradecimento pelos dez meses de convívio. Realmente era muito difícil conviver com outra pessoa e nós — dentro das possibilidades de viver num espaço relativamente pequeno — conseguíramos respeitar nossas individualidades. Não tivera tempo de escrever a carta. A polícia tocou a campainha e, desprovida de uma ordem de busca ou de qualquer documento oficial da justiça, revirou todos os cômodos da casa — sem muitos estragos, pois o apartamento estava com o mesmo aspecto desleixado de antes.

Charles era estudante de direito e fez com que sua namorada se mantivesse calada. Os policiais abandonaram o prédio e antes esclareceram o motivo da busca: Juanja era procurado pelas polícias francesa e espanhola por associação com atividade terrorista. Era acusado de ter facilitado informação ao grupo terrorista ETA, no atentado que custou a vida de um deputado do Partido Popular, em Madri, no ano de 1987. Segundo as fontes de investigação, ele e outra cúmplice — já detida desde maio passado — seguiram os passos do político madrilenho nas semanas anteriores à sua execução. No dia do assassinato, Juanja embarcou com um passaporte falso para Zurique e dois dias depois alugou um *loft* no centro de Montreal. Juanja nos havia contado sobre suas caminhadas pela cidade canadense e seu encontro — por duas vezes seguidas, na mesma semana — com Leonard Cohen em uma casa de chá no bairro judeu.

Isabela disse que a polícia entraria em contato com os moradores do prédio e com qualquer um que houvesse mantido alguma relação com o espanhol.

Era tudo o que eu não pedia naquele momento. Para nossa sorte, a bomba preparada por Gorka estava debaixo da cama de Gonzáles, a alguns quilômetros dali.

29

Vânia me ligou para desejar boa-noite. Eu disse que a amava. Seu amor límpido e incondicional era tudo o que eu tinha.

Juanja não tinha pinta de terrorista, estava velho para ser terrorista, era demasiado culto e educado e refinado e vivido para ser um terrorista. "Não acredito na eficácia política do terrorismo", me disse, completamente bêbado, no dia em que nos conhecemos. Isabela comentou que a baiana escapara por um milagre, o golpe de faca recebido no pescoço não atingira a carótida por uma distância inferior a meio centímetro. De onde vinha tanta paixão? Eram notórias as desconfianças de Juanja quanto à esposa e o tal percussionista que ela produzia. Juanja parecia um tipo civilizado, cosmopolita, e estive a ponto de pensar que certas infidelidades de ambas as partes fossem consentidas em seu matrimônio. O fato de ser amigo de Gorka tampouco justificaria suspeitas sobre sua participação no ETA. Todos no País Basco conhecem, conheceram ou tiveram contato — seja na escola, na universidade, no bar — com algum membro do grupo terrorista.

Apesar da minha vasta experiência no quesito drogas, eu nunca havia tomado nenhuma substância química para dormir — geralmente buscava o efeito oposto; despertar a agilidade do raciocínio e ficar alerta ao que se passava ao meu redor. Essa noite recorri ao fiel companheiro da minha avó tijucana, o Lexotan.

30

Os recursos de sedução de uma mulher, utilizados com paciência e sabedoria, levam o gênero masculino à ruína. Uma menina de 14 anos, devidamente provida de malícia, faz de um empresário sexagenário ou de um chefe de Estado um idiota. Quantos lares, estruturas familiares, governos, projetos de vida não desabaram devido ao súbito surgimento de uma mulher — às vezes, uma pós-adolescente — na vida de um homem maduro, honesto e com o nome limpo na praça?

Imaginem se essa mulher atende pelo nome de Ana Cotta: alta, loura, magra, com seios fartos e olhos castanhos-claros que insinuam o verde da imensidão do mar; mar que varreria todos os sentidos de quem o contemplava. E tinha a voz cuja rouquidão curtida em tabaco fazia tremer os templos de qualquer cidadão ordinário.

Ana não precisou de mais de dez minutos para Rogério Dellasandro se esparramar aos seus pés. Ela exemplificava a vasta bibliografia na literatura que associa a beleza ao trágico, a mulher à morte. Gonzáles sugeriu um minúsculo *jogging* rosa e branco para Ana iniciar seus trabalhos de sedução. Ela rejeitou. "Vocês homens não têm imaginação", ela disse. Preferiu uma calça de Lycra negra — sem marcar os contornos da calcinha —, uma miniblusa branca com um decote em V, um boné vermelho com a língua dos Rolling Stones e óculos Ray-Ban com lentes verde-claras. Gonzáles não interferiu.

Às nove da manhã os dois já se encontravam na Lagoa, em frente ao edifício da vítima. Meu amigo ficou no Dodge estacionado, folheando o *Jornal do Brasil* enquanto Ana se dirigiu ao quiosque ao lado, local onde o político batia ponto antes e depois de sua corrida matinal.

Dellasandro apareceu na portaria com seu raquítico assessor. Gesticulavam exageradamente e o político apontava para o braço direito de seu acompanhante. O rapaz havia feito uma tatuagem e o bíceps direito estava coberto com uma pomada branca. Gonzáles imaginou que tatuagem caberia naquele insípido braço; o mapa do Chile, talvez.

Concluiu afinal que o vereador reprovava o desenho na pele de seu empregado e este não fez nada senão esboçar uma leve irritação.

Sabia que eles tinham o hábito de caminhar lado a lado. Neste dia, talvez irritado com a tatuagem, Delassandro mandou seu assessor ir na frente, dispensando momentaneamente sua companhia.

Parou no quiosque como fazia habitualmente e pediu uma água de coco. Ana já estava estrategicamente posicionada ao seu lado e permaneceu tomando em pequenos goles sua bebida. Ela contou que podia ouvir sua respiração; respiração que suplicava uma palavra, um contato, um aceno. Ana não mudou de posição e pediu ao vendedor do quiosque que abrisse o coco — iria degustá-lo na frente de Delassandro, pedaço por pedaço, com uma insinuante movimentação da boca. Antes de o vendedor poder realizar seu pedido, Dellasandro chamou a atenção de Ana e perguntou se ele poderia fazê-lo. "Esse aí pensa que sabe abrir coco", disse, referindo-se ao homem do quiosque. "De onde venho, somos mais práticos", completou. Pegou o facão e, exibicionista, cortou o coco em quatro partes simétricas. Sem dúvida, ele tinha jeito para coisa.

Ana fingiu impressionar-se, tirou os óculos escuros e agradeceu dirigindo-se ao *deck*. Estava segura de que em menos de trinta segundos o vereador a seguiria, pedindo licença para sentar-se ao lado dela.

Ele foi se aproximando com desvelo e em dez minutos já haviam conversado sobre temas variados. O político não era tão pau de arara quanto a gente pensava. Gostava de ópera, com predileção por *Elixir do amor* de Gaetano Donizetti, e citou outros nomes de compositores de música clássica. Disse que era viúvo e havia sido casado por 32 anos, até sua esposa sucumbir a um câncer de boca provocado pelo consumo de cigarro. Foi uma morte penosa, depois da qual ele próprio deixou de fumar. Tinha duas filhas que moravam em Londres, onde estudavam economia e administração. Não pensavam em morar no Brasil. Ele costumava ir à Inglaterra duas vezes por ano e aproveitava para esticar até a Itália, onde passava uma curta temporada para não perder as óperas do Teatro Scala de Milão. Desde a morte da mulher, não se envolvera com ninguém. Ana o escutou com uma certa indiferença — não queria aparentar disponibilidade — e revelou que também era viúva. Seu marido morrera em um acidente de avião na Índia — pensou em Leila Diniz — depois de uma viagem de negócios pelo Sul asiático. Era empresário do ramo de softwares com um futuro promissor nesse setor. Não tinha filhos e passava o tempo administrando uma loja de joias que tinha com uma sócia em Ipanema.

O raquítico assessor tentou se aproximar e foi advertido por Dellasandro, que convidou sua interlocutora para jantar num badalado restaurante japonês na avenida Bartolomeu Mitre. Ela respondeu que na terça-feira estava disponível. O político pediu seu endereço e se ofereceu para pegá-la às 22h em ponto; Ana preferiu marcar na porta de seu edifício. Ele não se opôs.

31

Ana me contou toda a história comodamente sentada no sofá do aparelho; vestia somente uma longa saia branca transparente que deixava à mostra sua calcinha cor de creme. Ana era adepta das roupas íntimas largas, bem maiores que o seu número. Gonzáles — o cafetão — não escondia um largo sorriso pela missão cumprida. Foi mais simples do que imaginávamos. O próximo passo requereria extrema delicadeza; o político não a convidaria para as festas orgiásticas das quintas-feiras. Ana se comportara diferentemente de uma garota de programa. Havia duas possibilidades; esperar os resultados desse primeiro encontro, para repensar o *modus operandi*, ou realizar o atentado nessa mesma terça-feira.

Gonzáles expôs que era melhor esperar, e eu tive que comunicar o outro motivo da minha visita.

Informei que Juanja estava preso, acusado de tentativa de homicídio e associação com atividade terrorista. Ambos congelaram. A polícia estivera no meu apartamento em busca de alguma prova que eu desconhecia — talvez um passaporte falso ou documentos suspeitos. O pior estava por vir; o delegado encarregado do caso solicitaria a presença de todos que tivessem travado contato com o detido, o que me implicava. Um homem vinculado ao ETA residia, com identidade falsa, na cidade do Rio de Janeiro durante a execução de três atentados contra políticos — era muita coincidência.

Concluí que, se não explodíssemos o carro de Delassandro no dia seguinte, não o faríamos mais.

32

Era o momento de escrever a carta; um estranho silêncio se apoderou ao meu redor. Há muito que eu ansiava redigi-la e era de extrema importância endereçá-la aos meios de comunicação.

Sentei-me diante de uma página em branco na mesa da sala. Tentei visualizar em *flashback* tudo o que havia ocorrido nos últimos meses. A neta de dona Angelina, agarrada ao bicho de pelúcia em frente às câmeras de televisão, foi a primeira imagem que me ocorreu; ela perdera a avó devido à desmedida ganância dos que estavam no poder. Lembrei das famílias das vítimas clamando por justiça em frente às mesmas câmeras; o desespero, a indignação e a revolta diante da certeza de que os culpados continuariam impunes. O texto tinha que ser conciso e objetivo, deixando claras as nossas exigências.

A corrupção mata e seus adeptos são tão ou mais assassinos do que o ladrão que rouba e mata para comer. Se o pobre vai para cadeia é hora de o rico corrupto ir junto. No Brasil isso não ocorre e é por esse motivo que escrevo essa carta neste momento.

Tentei fazer alguma analogia com a peste na Idade Média, que varria a todos: plebeu ou herdeiro do trono. A corrupção é a praga que assola todos os indivíduos e não exclui classes sociais. Quem disse que os ricos não são afetados pela corrupção? Ou a classe média? Todos são. Os miseráveis são os únicos que morrem diretamente como consequência dos atos corruptos da classe política brasileira. É um genocídio sem corpos mutilados. Boa parte das vítimas da máfia dos remédios morreu dormindo, com um infarto fulminante. Não há metralhadoras ou tanques giratórios disparando a esmo na população civil; há a tinta de uma caneta — geralmente Mont Blanc — que assina documentos ou leis que condenam a população à morte: desvio de dinheiro público, contratos fraudulentos, transferências para contas em paraísos fiscais, arquivamento de escândalos financeiros. E bem longe dos escritórios ou restaurantes onde essas negociatas são feitas encontramos as filas dos hospitais públicos, os bairros sem saneamento básico, as crianças com matrícula garantida na escola do tráfico.

Os milhões de reais roubados da população, de gente que paga imposto, de quem sofre para fechar as contas do mês, teria que voltar para os cofres públicos. O sistema judiciário e a rede mafiosa que o dirige — com ramificações na Polícia Federal e na Câmara dos Deputados — se mostraram ineficazes no combate à corrupção. E esse dinheiro tem que voltar. Se pela via dos valores democráticos esse direito de justiça foi negado ao povo brasileiro, o Comando Terrorista Anti-Corrupção e seus membros autorizam a sua consciência a fazê-lo. E da forma que nos parece mais conveniente — o assassinato.

Fiz uma pausa e preparei outro café. Reli o texto que eu havia escrito. Apresentava os dados de o quanto o país perdia em investimentos diretos e indiretos pela corrupção; não estou falando somente do que poderia ser feito com as verbas desviadas para fins pessoais — construção de estradas, centros de saúde, escolas — e sim do montante de dólares que deixava de entrar no Brasil pelo investidor estrangeiro devido ao risco de ver seu capital na mão de instituições que não tinham o menor crédito na comunidade internacional. Eu falava de milhões e milhões de dólares que geravam empregos, circulação de capital e progresso.

Eram recursos que poderiam ser usados racionalmente para o benefício de todos. Os terroristas italianos do final do século XIX perpetravam seus atentados com o intuito de divulgar o ideário anarquista. Na carta que escrevi, apresentei o Comando Terrorista Anti-Corrupção. Faltava exatamente expor nossas exigências, tópico que o ETA expressava com eloquência. Queríamos a mudança da Lei de Imunidade Parlamentar. Político corrupto deve ser julgado como homem comum, sem o auxílio corporativista de seus colegas parlamentares.

Enquanto essa lei estivesse em vigência no Brasil, nos permitiríamos realizar atentados contra todo aquele que atentasse contra o Tesouro nacional.

Ponto.

33

Terça-feira, 16 de abril de 1995. Li a carta em voz alta para Gonzáles e Ana, no topo das pedras do Arpoador. Li nosso próprio epitáfio. Houve o olhar cúmplice de aprovação entre eles. Naquela manhã, como num ritual de despedida, seguimos do aparelho até o Arpoador com duas garrafas de vinho tinto e um violão. Fazia muito calor para se tomar vinho, mas era o que eu tinha. Olhamos pela janela do ônibus as ruas do Rio de Janeiro; todos atribulados demais com suas existências, seres ordinários que não possuíam tempo e espírito para pensar; triste época em que a luta pelo coletivo se acabara; o que restava era exacerbar a individualidade, trabalhar para pagar as contas e envelhecer como os porcos envelhecem à espera da morte que a ciência não soube adiar.

Pensei nos meus pais e em Vânia, em como eram felizes dentro da estrutura que criaram para si mesmos, e me perguntei se eu seria feliz como eles algum dia. Sentamos na penúltima pedra da ponta do Arpoador, que nos oferecia uma das vistas mais privilegiadas do planeta: o Cristo, as montanhas do Sumaré, Copacabana e Ipanema ao alcance dos nossos olhos em um céu de abril homenageado em muitos clássicos da música brasileira.

Gonzáles queria conversar e escolheu essa paisagem para comunicar aquilo que todos nós já sabíamos. Aquilo que a loucura de Ana escondia em cada gesto transgressor e eu em cada pensamento ególatra de me imaginar um ser extraordinário.

"Seja marginal, seja herói!", disse Gonzáles, erguendo a taça.

Brindamos sem muita convicção.

Gonzáles pegou o violão e tocou de forma singela *Tempo perdido*, da Legião Urbana. Eram acordes fáceis, mas Gonzáles tinha dificuldade ao fazê-los. "Somos tão jovens", dizia a letra, e éramos. "Temos todo o tempo do mundo", e não o tínhamos mais. Executaríamos nosso último atentado naquela noite, enviaríamos a carta de apresentação na mesma madrugada e depois era esperar a polícia bater à nossa porta. No fundo sabíamos que o Comando Terrorista Anti-Corrupção não poderia seguir. Não éramos bandidos para viver com identidade falsa, na clandestinidade. Fugir era a única opção. Para onde? *Road to nowhere.*

Havíamos feito nossa parte, oferecido nossa pele aos urubus que atuam em nome da justiça, e agora era o instante de sair de cena. Como um ator que morre num acidente de carro no auge da carreira ou uma cantora vítima de uma overdose acidental de cocaína no meio de uma exitosa *tournée.* Vingamos dona Angelina e as 113 vítimas da máfia dos laboratórios farmacêuticos. Honramos os nomes dos dois operários mortos no desabamento dos centros de saúde que Robério Peixoto de Mello não entregou a tempo a uma população carente de hospitais. O trabalho estava feito. Segundo Gonzáles, cabia a alguma organização criminal, com uma sólida estrutura hierárquica e contatos seguros no sistema judiciário e policial, seguir com os atentados. Não éramos profissionais. Talvez um traficante da favela politicamente conscientizado e com um grupo de soldados dispostos pudesse se encarregar de perpetrar os atentados contra os políticos corruptos que insistem em condenar o cidadão brasileiro à miséria e à vergonha.

Brindamos porque éramos extraordinários, e, a partir daquele dia, o dia seguinte traria sempre o inesperado.

34

Terça-feira, 16 de abril de 1995, 14h30.

Toquei o interfone num edifício antigo na rua Prudente de Moraes, mais exatamente entre a Joana Angélica e a Maria Quitéria — o endereço de Vânia. Entrei pelo corredor e apertei o botão de subida; talvez fosse a última vez que eu pisaria naquele lugar. Não nos entregaríamos à polícia, simplesmente teríamos que evaporar, deixar o território nacional; Gonzáles propôs fugir pela fronteira com a Argentina e Ana, comprar uma passagem pro México e depois seguir até São Francisco — sua cidade adorada. Tudo o que restava era me despedir de Vânia e olhar pro seu rosto de forma demorada, entrar na sua pele e eternizar seu toque. "Olhamos pouco para a pessoa amada", dizia Nelson Rodrigues — eu concordo.

Ela abriu a porta sem esconder sua surpresa — nunca aparecia sem avisar. Talvez tivesse passado pela sua cabeça que eu estivesse dando uma incerta em busca do Luiz André. Vestia a mesma saia hippie e exibia os óculos de grau que raramente me deixava ver. A sensibilidade feminina nos momentos cruciais da vida de um casal não costuma falhar; foram inúmeras as ocasiões em que não precisei comunicar o fim de um relacionamento ou explicar os movimentos do espírito que me levavam a tomar certas decisões que ocasionariam graves consequências. Muitas mulheres sabiam sair de cena antes do último ato. Não era o caso de Vânia; sua realidade era distinta das demais e se tivesse alguma sensação acharia ser mera especulação psíquica.

Nos beijamos longamente e lhe dei um abraço forte. Não queria me desgrudar do seu corpo ao sentir seu cheiro. Ela perguntou se eu queria café; reclamou do meu bafo de vinho antes das três horas da tarde e me propôs pegar a última sessão no Estação Botafogo. Eu só conseguia contemplá-la, sem esboçar nenhuma resposta. Não havia planejado nada, mas, quando o telefone do quarto tocou e ela se ausentou por alguns segundos da sala, corri em direção à cozinha e fui em disparada até a entrada do apartamento. Abri a porta e desci as escadas chorando. Eu ainda amava aquela mulher.

35

Terça-feira, 16 de abril de 1995, 20h45.

Vestida para atentar, Ana exibia um longo vestido negro com um insinuante decote que deixava à mostra os belos contornos de suas costas. Levava um CD gravado por ela, intitulado *Músicas para atentar*; o petardo começava com Chico Science e terminava com Sonic Youth e seria colocado no *CD player* no instante em que ela se ausentaria momentaneamente do jantar. Diria que esquecera a bolsa dentro do carro e pediria as chaves a Dellasandro; depois, me ligaria de um orelhão para informar em que lugar o veículo estava estacionado e introduziria o CD dentro do *player* do Santana. Ana prometeu nos contatar antes de fazer o pedido do prato principal; precisávamos de no mínimo meia hora para chegar no local, averiguar a rua e encaixar a bomba no chassi do carro de Dellasandro. Ela comentou que, além do CD tocando, ela também deixaria um bilhete no banco ao lado do carona com a seguinte frase: "Esta é a trilha sonora da sua morte."

Achamos o ritual proposto por ela cinematográfico demais, mas resolvemos aceitar em nome do atentado. Cabia à Ana protagonizar a ação e era melhor não contrariá-la.

As câmeras de vigilância do edifício do político já não eram um obstáculo. Não tínhamos nenhuma esperança de escapar impunes, a solução era sair do país nas próximas 48 horas e nos comunicar com nossas respectivas famílias. Não havia futuro a ser construído no Brasil.

Paramos o Dodge em frente ao prédio de Dellasandro; Ana se despediu com um estalinho na boca de cada um e se dirigiu para a portaria; seguimos com o Dodge até um supermercado onde compramos conhaque e café; permaneceríamos no aparelho ao lado do telefone à espera de sua ligação. Um homem que mantinha famílias inteiras escravizadas no Nordeste estaria a ponto de receber sua execução.

36

Terça-feira, 16 de abril de 1995, 22h18.

Eu não concebia como Gonzáles conseguia acompanhar uma partida do Botafogo pelo rádio. Havíamos acabado com a metade do conhaque e Ana poderia ligar a qualquer momento.

Ao me levantar do sofá para esvaziar a cafeteira da cozinha, o telefone tocou:

"No começo da Dias Ferreira, Santana azul-metálico placa XL 4552."

"Ok", respondi.

"Temos um problema", ela me disse.

"Qual?"

"Estamos acompanhados de uma terceira pessoa, o cara contratou uma garota de programa."

"O quê?"

"Depois te explico."

"Convença essa mulher a não entrar no Santana com ele."

"O cara é muito filho da puta."

"Ana, me escuta. Depois que ele pagar a conta, desapareça! E tenta levar essa mulher para outro lugar..."

"Já temos uma testemunha... ela poderá me reconhecer..."

"Então é melhor que ela morra."

"Cala a boca, Cito, ela não tem nada a ver com isso."

"Te esperamos no Baixo."

Deixamos o apartamento e seguimos a pé até o Leblon. Para a nossa sorte nosso alvo estava a poucos quilômetros do aparelho.

Pela rádio de uma portaria ouvimos o terceiro gol do Botafogo, e Túlio seguiria como artilheiro do campeonato carioca. Não esbocei nenhuma reação, estava concentrado demais na tarefa de encaixar a bomba com perfeição. Em dez minutos chegamos na rua Dias Ferreira. O Santana estava estacionado entre dois veículos com o mínimo de espaço para se realizar uma manobra. Dependendo do impacto, quem estivesse na rua na hora da explosão também poderia ser atingido. A distância entre o carro e a janela do primeiro andar do edifício mais próximo era inferior a cinco metros. Lembrei da indignação de Sassá ao afirmar que Gorka produzira um artefato com um potencial explosivo devastador; ele depois me convenceria do contrário: "Quem estiver dentro do carro vai morrer e só." Eu estava depositando uma confiança cega nas palavras do terrorista e as consequências poderiam ser catastróficas. Não havia como voltar atrás. Ana já havia se exposto demais. Gonzáles assobiou para assinalar que a rua estava deserta. A única movimentação de pessoas se concentrava no botequim da esquina, a mais de trinta metros de onde nos encontrávamos. Foram os trinta segundos mais rápidos que vivenciei; me meti debaixo do Santana e encaixei com acuidade o artefato no chassi. Antes de regressar a pé até o Baixo Gávea, fumamos um fino e nos desfizemos da mochila durante o caminho. Sentamos comodamente na varanda do bar Hipódromo e pedimos o primeiro chope com Steinhäger da noite. Segundo nossos cálculos, Ana deveria estar à nossa mesa em menos de uma hora.

37

Quarta-feira, 17 de abril de 1995, 0h02.

O Baixo estava vazio, a maioria dos amigos estava na estreia da cantora Tatiana Dauster a poucos metros dali. Depois do show, o bar ficaria lotado e a ideia era deixar o local antes disso. Mas faltava Ana. Imaginávamos que antes de meia-noite ela apareceria com sua segurança habitual de *femme fatale* e nos contaria, triunfante, os detalhes de como se desvencilhara de Dellasandro. A nossa angústia esperando-a se espelhava na quantidade de bebida anotada na comanda; 16 chopes e duas doses de Steinhäger. Dois adolescentes traficantes nos faziam sinais para indicar que tinham cocaína. Viramos a cara sem lhes dar atenção. Pensei que poderia encontrar com algum amigo da Vânia; a forma abrupta como deixara seu apartamento ainda doía na minha consciência. Por que caralho marquei com Ana logo no Baixo Gávea? Após o atentado, deveríamos regressar ao aparelho, avaliar o *modus operandi* e entregar a carta de apresentação do Comando aos dois principais jornais da cidade. Decidimos pagar a conta e ir para outro bar ao lado do Hipódromo. O policial militar responsável pela ronda diária do Baixo Gávea se aproximou do garçom que iria anotar nossos pedidos e comentou:

"Explodiram um Santana no Leblon. Parece que o cara era político."

Tensos, pedimos dois chopes e nos perguntamos sobre o paradeiro de Ana. Ela só poderia estar no aparelho. Viramos os copos num único gole e seguimos até a casa de Gonzáles.

38

Quarta-feira, 17 de abril de 1995, 0h42.

Ana estava deitada no sofá em estado de choque. Pronunciava palavras desconexas e suava como se estivesse com malária. Seu corpo era acometido por convulsões e seus olhos estavam arregalados. Estava em posição fetal coberta com uma manta dispensável em pleno abril carioca. As luzes do apartamento estavam apagadas. Gonzáles deu água com açúcar para ela e resolvemos deixá-la na posição em que se encontrava. Comecei a massagear suas costas em movimentos de ida e volta do pescoço até a espinha; dizendo palavras de carinho, apoio e amor mútuo que nutríamos desde muito tempo. Gonzáles abriu a torneira do chuveiro e guiamos Ana até o banheiro com muito cuidado, tentando acalmá-la. Fiquei aturdido diante de tamanha metamorfose psicológica em tão pouco tempo. Há duas horas, Ana estava segura e orgulhosa de sua inominável beleza. Agora era uma mulher destroçada.

Após o longo banho lhe servimos conhaque, e ela foi aos poucos se recuperando. Pediu outra dose e um cigarro; dei o meu maço de Lucky Strike e ela insistiu que queria Marlboro. Gonzáles fumava Camel e lhe ofereceu o dele. Ela pediu que abrisse a bolsa. Tinha um maço fechado.

Embora não tivéssemos pedido explicações, ela própria começou a descrever os momentos do pré e pós-atentado.

Dellasandro foi um grande filho da puta desde o princípio. Ao chegar em seu luxuoso apartamento, Ana viu que ele não estava só. Uma mulata com sotaque do interior mal coberta por um microvestido branco fazia companhia ao político na sala, com uma vista deslumbrante para Lagoa. O político não caiu no seu conto da viúva que fazia jogging e tomava água de coco em frente ao seu edifício. Entendeu que se tratava de uma garota de programa fora do comum. Ana era belíssima, discreta e em nenhum momento foi vulgar no primeiro e único encontro que tiveram. A tal vaidade dos seres extraordinários. Pensava que teria um jantar romântico, e no fundo seria outra puta em um ménage desprovido de poesia. Comentou que fingiu surpreender-se com a presença da mulata, mas em poucos minutos iniciaram o ritual de drinques, conversando animadamente na sacada da sala. A morena atendia pelo nome de Kitty e era recém-chegada no Rio de Janeiro; era de uma beleza imponente e, se vestisse um *tailleur*, poderia passar por uma estonteante estagiária do consulado do Congo. O minúsculo vestido lhe dava um ar de sensualidade burra, especialmente atraente para juízes, políticos e empresários. Tinha somente 22 anos.

Rogério Dellasandro tinha pressa que as bebidas fossem consumidas, mas sua ansiedade não o denunciava. Estava claro que desejava ver as duas nuas em sua cama, porém agia com correção e respeito. Fingiu estar interessado na vida familiar de ambas; perguntou sobre seus trabalhos anteriores, ex-namorados e afirmou que poderiam contar com ele nos momentos de dificuldades financeiras. Kitty tinha pouca resistência ao álcool, por duas vezes emitiu uma sonora gargalhada e tentou tocar sutilmente na cintura de Ana — seria a primeira tentativa de buscar sua intimidade. Se Ana respondesse afirmativamente aos seus toques, o ménage começaria ali mesmo.

Gonzáles pegou outra dose de conhaque e acendeu um cigarro. Não nos interessavam os pormenores do encontro dela com o político, queríamos saber sobre o atentado. Percebemos que Ana necessitava se desintoxicar das últimas duas horas que vivera e decidimos não lhe perguntar nada específico. Ela daria rumo à narrativa, no seu tempo.

Ana pousou o cigarro no cinzeiro novo — era a primeira vez que o usava —, desfez o penteado estilo *lady* e recomeçou a descrever com meticulosidade os momentos pré-atentado. Falou que, após os quarenta minutos etílicos na casa do político, pediu para que fossem ao restaurante. Afinal, era o programa proposto. Rogério respondeu que ele poderia pedir no apartamento o prato que ela quisesse de qualquer restaurante dos quatro cantos da cidade. "Conheço todos os chefs", ele completou. Foi o primeiro instante de tensão da noite. Dellasandro não esperava encontrar resistência por parte de Ana e se serviu de outro uísque. Deixou escapar uma pronta irritação, imediatamente atenuada por dois beijinhos de Kitty em seu rosto. Desceram à garagem e seguiram até o restaurante japonês no Leblon. Ana quis deixar claro que para fodê-la deveria pagar pelo menos um jantar.

O estado inicial de embriaguez da morena constrangeu a todos. O lugar era chique e havia ganhado o gosto de alguns atores globais nos últimos meses. Ana recebera uma educação exemplar e sabia portar-se em ambientes elegantes. Estavam em um restaurante caro, moderno, apenas isso. Rogério tentava ocultar sua impaciência diante da postura de Kitty. Ana começou a se divertir, mas compreendeu que não poderia se entreter tanto; era o instante de bolar uma estratégia para que

Dellasandro entrasse no Santana sozinho. Pensou em propor a Kitty um jogo fetiche de esconde-esconde com o político. Elas pediriam a chave do apartamento e voltariam a pé para a Lagoa. Ele retornaria de carro. As duas entrariam na casa, deixariam a porta entreaberta e manteriam as luzes apagadas. Caberia a ele entrar e adivinhar em que recinto da casa se encontravam, certamente nuas.

Kitty estava suficientemente bêbada para topar tal brincadeira. E suficientemente bêbada para não compreendê-la.

O político pediu a entrada e Ana lhe solicitou as chaves do carro; queria pegar a maquiagem dentro da bolsa esquecida no porta-luvas. Ela foi até a cabine telefônica mais próxima e entrou em contato comigo; logo entrou no Santana, pegou a bolsa e encaixou o CD dentro do *player* do veículo: deixou o bilhete com a frase "esta é a trilha sonora da sua morte" no banco do carona.

Ao retornar à mesa percebeu o semblante nada agradável de Dellasandro. Kitty interrompera o jantar de um conhecido ator de telenovela para pedir-lhe um autógrafo; de onde estavam viam a mulata debruçada sobre o galã com metade da calcinha para fora do vestido. O jantar saía muito caro para imagem do presidente da Câmara. Foram servidos sushis e duas garrafas pequenas de saquê. Ana comentou sobre sua ida ao Teatro Liceu de Barcelona para ver *Percival*, de Wagner. Era adolescente e seu pai a havia levado com o intuito de estimular o gosto por ópera desde cedo. Dellasandro comentou que o segundo ato era muito longo e revelou que preferia as comédias italianas. Curiosamente esse estilo não era levado a sério na Europa do século XVII. Fora criado justamente para manter a plateia atenta nos intervalos dos atos da ópera séria. Mas revelou-se tão exitoso que acabou recebendo o status de estilo operístico. Kitty foi ao banheiro, cambaleando entre as mesas. Ana seguiu-a; era o momento de revelar o plano; brincar de esconde-esconde com Dellasandro, instigar até o último grau seu desejo sexual e depois ainda pedir um bônus pelo joguinho. Voltariam a pé para casa enquanto ele retornaria com o Santana. Kitty concordou sem convencer Ana, pois estava num estado perigoso de embriaguez e poderia vomitar a qualquer momento.

Ao regressarem à mesa, foram surpreendidas pelo garçom com a conta na mão; Dellasandro se adiantara e pedira a nota nos instantes em que estavam ausentes. Disse que Kitty estava demasiado bêbada e o melhor seria lhe dar uma ducha gelada em seu apartamento. Ana não se opôs. O plano de ir caminhando até a Lagoa foi abortado — a mulata mal conseguia caminhar. Ana revelou que tinha poucos minutos para pensar — mais exatamente os três minutos que durariam do restaurante até o Santana. Ao se aproximar do carro se viu tomada por um desespero silencioso. Caminhava com Kitty apoiada em seu ombro. Ana estava guiando a moça para sua própria morte. Quase na porta do veículo, a mulata levantou a cabeça e agradeceu a Ana com um doce e terno sorriso. Ana se mostrou forte, mas não conseguiu conter uma lágrima, que rolou pelo canto esquerdo da face quando ela viu os dois entrando no Santana. Ana se afastou do carro discretamente e encarou Kitty fixamente. Antes de abrir a porta, Rogério perguntou o que estava acontecendo. Ana respondeu que iria a pé. O político não aceitou a resposta e pediu educadamente que entrasse no Santana. Ela respondeu negativamente. Sua relutância fez com que Dellasandro perdesse a compostura; desferiu toda a classe de insultos, dizendo que ela não passava de uma putinha de luxo. Kitty assistia à discussão absorta em sua total embriaguez; se mantinha estática ao lado do carona à espera de que o político abrisse a porta. Houve mais bate-boca e um vizinho pediu silêncio pela janela. Em um gesto irracional, Ana tentou convencer Kitty a não entrar no Santana. A mulata não compreendeu seu movimento. Ana puxava-a pelo braço e dizia para acompanhá-la. Rogério deu a volta no carro para intervir; a mulata achou que Ana estava louca e pediu que a soltasse. Antes que o político pudesse apartá-las, Ana correu em direção à esquina e desapareceu aos prantos na avenida Bartolomeu Mitre. Sabia que escutaria a explosão nos próximos minutos.

Gonzáles deu um longo gole no conhaque. Esvaziei o cinzeiro novo e dei um beijo demorado na testa de Ana — seu corpo ainda tremia.

Ela escutou o estrondo logo depois, escondida atrás de uma árvore a menos de cem metros do local do atentado. Disse que foi rapidamente para o aparelho; não podia celebrar nada no Baixo Gávea.

O estado de perturbação psicológica apresentado por Ana inviabilizou o plano de fuga imediatamente após a entrega da carta de apresentação aos jornais. Em 24 horas deveríamos estar longe dos holofotes midiáticos do Rio de Janeiro e escapar pela fronteira com o Paraguai. A polícia investigaria os últimos passos da vida do político e certamente teria acesso às câmeras de segurança do seu edifício. Seria conclusiva a participação de Ana nos dois atentados; a mulher da foto do último almoço de Robério Peixoto de Mello era a mesma do último jantar de Rogério Dellasandro.

A possibilidade de escapar e deixar Ana psicologicamente devastada no sofá do aparelho foi descartada. Permaneci ao seu lado enquanto Gonzáles se dirigiu até o Centro para encerrar nossa gloriosa missão.

Algumas horas depois, os dois principais jornais do Rio de Janeiro publicaram, na íntegra, a carta de apresentação do primeiro Comando Terrorista Anti-Corrupção da história do Brasil.

39

Não era um momento propício para manifestações de vaidade, mas sou mais ordinário do que pensei. Enquanto colegas de faculdade se matavam por mil reais para escrever matérias que nunca seriam lidas, ou tão bem escritas na página 56, eu — um reles estudante de comunicação — consegui ver meu texto na capa dos veículos de mídia impressa mais importantes do país. Nenhuma linha foi tocada ou alterada — concluí que poderia começar minha carreira como editor.

Ana passou o dia em estado letárgico, deitada na cama. Levantava-se apenas para acender um cigarro, tomar água e voltar para o quarto. Não queria tomar conhecimento de nada que envolvesse o atentado. Ela não sabia que a prostituta sobrevivera à explosão. Estava com queimaduras em 70% do corpo e corria risco de perder a perna esquerda. Uma testemunha afirmou que ela não se encontrava dentro do Santana quando a bomba eclodiu. Que impacto teria essa informação sobre Ana? Gonzáles propôs que esperássemos ela se recuperar para revelar que a causa de todas as suas perturbações poderia ser atenuada. O que aconteceu dentro do Santana nos segundos prévios da explosão, só Kitty poderia dizer.

Tentei imaginar esse momento com requintes cinematográficos. Dellasandro — contrariado pela ausência de Ana — entrando no Santana e pondo o carro em marcha; a mulata — quase na horizontal devido à embriaguez — tentando ligar o CD *player* com a mão esquerda, a mesma que segurava um papel branco amassado. O político perguntando-lhe o que teria nas mãos e Kitty finalmente conseguindo ligar o CD *player*. Ela respondendo que o bilhete estava em cima do banco e entregando-o a Dellasandro. O riff de guitarras e percussão de Chico Science inundando o interior do Santana em volume máximo; Rogério — irritado com a música — tentando abaixar o som ao mesmo tempo que lia o bilhete: "Esta é a trilha sonora da sua morte." O carro explodindo. Fim de cena.

40

A imprensa internacional veio cobrir o acontecimento. O presidente da República se pronunciou em horário nobre. A cúpula da Polícia Civil caiu. Não teria palavras para traduzir a repercussão obtida sobre um grupo terrorista com o objetivo de eliminar do território nacional políticos corruptos. Os noticiários alimentavam a expectativa de um novo contato do grupo com os meios de comunicação nas próximas horas. Nada mais falso. Cuidávamos de Ana para que se recuperasse e encontrasse forças para fugir. Gonzáles começava a demonstrar impaciência; cada minuto perdido era mais uma informação obtida pela polícia.

Fui até Botafogo pegar a mala que havia preparado; o porteiro me comunicou que a polícia estivera duas vezes no prédio à minha procura. Disseram que Juanja gostaria de conversar comigo, pois eu era seu único amigo entre os vizinhos. A investigação agradeceu essa preciosa informação.

Retornei ao aparelho atento se me seguiam até a Gávea. Não percebi nenhum movimento fora do comum.

Lembro que meu erro número dois foi não confiar de forma incondicional em Gonzáles. Depois de comunicar a existência do Comando a Gorka, resolvi dobrar as precauções quanto às suas atitudes. Estava enganado.

Ao entrar no aparelho, Gonzáles me confiou um passaporte falso e a quantia de oito mil reais. Disse que estavam endereçados a Juanja e que Gorka lhe entregara devido à relutância do amigo basco em seguir com a prática terrorista. Gorka disse que os daria a Juanja da mesma forma mas mudara de opinião quando Gonzáles o informou sobre nossas atividades. Sem esse dinheiro e o passaporte minha fuga seria inviável. Se Gonzáles não tivesse comunicado nossa existência a Gorka, certamente não disporíamos de todo esse recurso para escapar.

Ana despertou justamente quando a TV anunciava que a prostituta estava fora de perigo. Arregalou minimamente os olhos mas não esboçou qualquer reação — parecia sedada pelos calmantes que consumira.

Decidimos esperar até o dia seguinte para empreender a fuga. Não escondi minha surpresa em saber que Mila levaria Gonzáles de carro até o Paraná e, de lá, seguiriam juntos para a Argentina. Ela seguramente estaria interessada em escrever a história e me pareceu possuir um inequívoco espírito de jornalista. Para Gonzáles, era amor. Para mim, amor ao jornalismo.

Rogério Dellasandro estava morto. Seu corpo carbonizado foi consumido pelo fogo após a explosão. A justiça brasileira agradeceu; não o Ministério da Justiça, pois talvez este — devidamente comprado pela bancada ruralista de Brasília — concordasse com as práticas de trabalho escravo no interior do Brasil. A justiça do trabalhador, que acorda às cinco da manhã e pega três coletivos para chegar ao local de trabalho. Trabalho com o qual não consegue dar dignidade aos filhos e nem a si próprio. A justiça que agradece é a da pessoa que mantém a honestidade e a ética com o próximo, no meio de uma Babilônia onde o dinheiro é o único motor que impulsiona a vida cotidiana.

Gonzáles bateu no meu ombro e disse:

"A ideia está no ar. Quem sabe outros não continuam nosso trabalho e o Brasil fica livre desses filhos da puta. Fizemos a nossa parte, Cito."

41

Passamos a noite em claro com a TV ligada no volume mais baixo. Nossa intervenção na realidade do mundo lá fora nos assustava. Todos os canais da TV aberta noticiavam o atentado.

Sociólogos teorizavam sobre a violência terrorista enquanto ex-secretários de Segurança apontavam as falhas da investigação. Uma longa reportagem sobre o ETA e o IRA explicava a origem do terrorismo na Europa. Dormimos por meia hora sentados no mítico sofá da sala com os pés apoiados em nossas respectivas malas. Ana deveria seguir com Gonzáles e Mila até a Argentina e depois pegar um voo até Cidade do México. Os riscos de empreender a viagem ao lado de Ana eram grandes; não poderia tentar sair do Brasil pelo aeroporto, sua imagem nas câmeras do edifício de Dellasandro já estavam a essa altura nas mãos da investigação. Além disso, apresentava um trauma psicológico que levaria tempo até se dissipar.

Esse seria o plano ideal a ser executado se Ana estivesse dormindo, em seu quarto, como imaginávamos.

Ela não estava. Ao acordar, vimos sua cama vazia, impecavelmente feita.

Nossa intuição nos levou ao mesmo ponto; Ana teria ido visitar a prostituta no hospital e sairia de lá algemada.

Outra hipótese; a polícia não a deteria e seguiria seus passos até o aparelho.

Em ambos os casos, não dispúnhamos de mais tempo.

42

Mila alugou um Monza prata em uma concessionária do Leme e às 9h45 já estava na porta do prédio de Gonzáles. Vestia o uniforme habitual: jeans justos surrados, camiseta branca lisa e um boné de couro bege. A ida ao aeroporto foi sem sobressaltos, exceto por uma blitz policial no sentido contrário, na saída do túnel Rebouças. Mantivemos serenidade, pois sabíamos que a polícia ainda não nos tinha identificado. Ao chegar no Galeão, escutamos pelo rádio a prisão de Ana; segundo a notícia, manifestava confusão mental e estava descalça. Foi detida no instante em que tentava entrar à força no quarto 118 do hospital Miguel Couto, quarto em que a estudante de enfermagem Patrícia Costa da Teixeira — vulgo Kitty — se encontrava em observação. Dois policiais à paisana faziam a guarda da única testemunha do atentado de Dellasandro. Era tarde para reagir a seu favor. Ana não nos exteriorizou nenhum descontrole em seus últimos momentos no aparelho. Foi extremamente habilidosa ao sair do apartamento sem ser advertida por nós. Conseguiu escapar nos únicos trinta minutos em que sucumbimos ao sono diante da TV sem som. Ir a sua procura seria muito arriscado, e sua prisão não nos surpreendeu.

Imagino a luta mental travada nas últimas horas em consequência da morte da prostituta. O pior seria saber que, mesmo viva, Kitty não a perdoaria.

Ana era a menos extraordinária de nós.

43

A despedida no aeroporto foi rápida e emotiva, porque, afinal, todo terrorista é sentimental. Combinamos de nos contatar através de Cíntia. Seria a única a saber do nosso paradeiro e por ela manteríamos nossos endereços em dia. Foi um abraço apertado prontamente interrompido pela impaciente voz de Mila. Vi o Monza deixar o terminal do aeroporto e pedi que o deus Dostoiévski fosse benevolente com Gonzáles. Deveriam chegar sãos e salvos em território argentino — o Brasil nunca foi eficiente em controlar suas fronteiras.

Era a minha primeira viagem ao exterior e eu não tinha a menor ideia de como proceder; me dirigi ao balcão de informação e expliquei minha desorientação a uma simpática funcionária do aeroporto. Ela obviamente fez a mesma pergunta que Vânia — em quase um ano de relacionamento sempre me fizera e eu nunca soube responder:

"Primeiro de tudo, para onde você vai?"

Londres? Paris? Amsterdã? Lembrei-me de um velho CD de Lou Reed, intitulado *Berlin*. O voo sairia em quatro horas e a passagem era mais barata que as demais. Com o passaporte europeu eu não teria dificuldades de embarcar.

Após os intermináveis trâmites, sentei no saguão de espera e pensei nas pessoas para as quais deveria escrever: Vânia, meus pais, e por que não a mim mesmo?

Foi quando decidi escrever esta história.

44

Quinta-feira, 25 de abril de 1995

Hoje seria o vigésimo quinto aniversário de Ana. Passei boa parte da manhã procurando esse cemitério. Sabia que era o lugar em que sua cantora preferida estava enterrada. Além dos trágicos destinos e da assombrosa semelhança física, as duas tinham essa indomável beleza que muitos homens buscam para dar sentido aos seus dias.

Berlim é uma cidade extraordinária. Ana era uma mulher extraordinária. Antes de ser apresentada à imprensa, consumiu uma dose letal de estricnina na delegacia. Permaneci em silêncio em frente ao túmulo da cantora e por um instante vi o nome de Ana na lápide de Nico. Ergui a taça de vinho tinto aos céus. Passaria o dia escutando *These Days* e relembrando nossas desventuras.

Era um completo desconhecido na capital alemã e isso me deu a concentração necessária para escrever as trezentas páginas de um possível livro. O frio de abril era convidativo aos cafés e à abstração. Aluguei um quarto numa pensão de Kreuzberg e escrevi boa parte destas páginas nos bares e parques do lado Oeste. Ao contrário do que imaginava, os berlinenses eram solícitos e educados. As notícias do Brasil vinham das caminhadas diárias pela Alexanderplatz, onde eu comprava o *El País* em uma banca de um velho jornaleiro polonês.

Li no jornal sobre o suicídio de Ana na delegacia.

E li sobre a onda de atentados ocorridos no Recife, em São Paulo e em Porto Alegre.

Todos eles assumidos por diferentes Comandos Terroristas Anti-Corrupção.

Não pude disfarçar — com um sarcástico sorriso no canto da boca — uma plena satisfação.

Nota do autor: em 2001, A Câmara dos Deputados aprovou a emenda constitucional que restringe a imunidade parlamentar ao exercício do mandato e permite que o político corrupto seja processado por crime comum no Supremo Tribunal Federal.

Este livro foi composto na tipologia Bembo Std, em corpo 11,5/16,3, e impresso em papel off-white 80g/m² no Sistema Cameron da Divisão Gráfica da Distribuidora Record.